LE CHANT DE LA SIRÈNE

DANS LA MÊME COLLECTION

Georgia Bockoven, *Un mariage de convenance*
Catherine Cookson, *Le Château de chiffons*
Catherine Cookson, *Les Oiseaux rêvent aussi*
Catherine Coulter, *La Fiancée du vent*
Catherine Coulter, *La Fiancée de la Jamaïque*
Juliet Fitzgerald, *La Demoiselle de Belle Haven*
Rosamunde Pilcher, *La Dame au portrait*
Amanda Quick, *Au péril de l'amour*
Katherine Stone, *Promesses*

Amanda Quick

LE CHANT DE LA SIRÈNE

Roman

Titre original : *Deception*
Traduit par Martine Bruce

La loi du 11 mars 1957 n'autorisant aux termes des alinéas 2 et 3 de l'article 41, d'une part, que les *copies ou reproductions strictement réservées à l'usage privé du copiste et non destinées à une utilisation collective*, et, d'autre part, que les analyses et les courtes citations dans un but d'exemple ou d'illustration, *toute représentation ou reproduction intégrale ou partielle, faite sans le consentement de l'auteur ou de ses ayants droit ou ayants cause*, est illicite (alinéa 1er de l'article 40). Cette représentation ou reproduction, par quelque procédé que ce soit, constituerait donc une contrefaçon sanctionnée par les articles 425 et suivants du Code pénal.

© Jayne A. Krentz, 1993
© Presses de la Cité, 1994, pour la traduction française
ISBN 2-258-00148-X

A Rebecca Cabaza
Un éditeur, férue de romance,
pour qui c'est une joie de
travailler.

Prologue

— Surtout, dites-lui bien qu'elle se défie du Cerbère ! lança Artémis Wingfield, ses yeux bleus pleins de détermination sous ses épais sourcils. Avez-vous compris Chillhurst ? Elle doit *se défier du Cerbère*.

Jared Ryder, vicomte Chillhurst de son état, s'accouda à son tour à la table et, croisant les doigts, fixa son compagnon du seul œil qui lui restait. Wingfield lui était devenu très proche ces deux derniers jours, pensa-t-il, si proche que celui-ci ne prêtait même plus attention au morceau de velours noir qui couvrait son œil sans vie.

Il était évident que Wingfield l'avait accepté pour ce qu'il prétendait être : un de ces gentilshommes anglais fermement résolus à voyager maintenant que Napoléon avait perdu toute velléité de guerroyer.

Les deux hommes avaient attendu ensemble que les vents deviennent favorables dans cette taverne nichée au creux du petit port français d'où partiraient leurs bateaux respectifs.

Wingfield se mit à transpirer. Il faisait chaud en cette soirée de printemps et l'atmosphère de l'auberge était particulièrement enfumée. Jared, pour sa part, trouvait que l'élégance de son compagnon contribuait beaucoup à son malaise : col empesé, somptueuse cravate négligemment nouée, gilet et jaquette fort bien coupés, tout ceci n'était guère de mise pour l'endroit. Mais Wingfield était apparemment le genre d'homme qui privilégiait l'élégance au confort. Jared le soupçonna de s'habiller pour dîner, chaque soir, quel que soit l'endroit du monde où il se trouvait.

— J'entends bien, Sir, reprit Jared, mais je crains de ne pas comprendre le sens de votre phrase. Qui est ce Cerbère ?

— Évidemment, cela ne vous évoque rien... (Wingfield tortilla sa moustache.) En fait, il s'agit d'une légende, tirée d'un journal intime que j'envoie à ma nièce en Angleterre. Le vieil aristocrate qui me l'a vendu m'a parlé de ce danger.

— Je vois, dit Jared poliment. *Défiez-vous du Cerbère...* Hum ! Intéressant !

— Je pense que cela fait partie du mystère qui entoure ce journal... Mais je dois tenir compte d'un incident, curieux ma foi, qui est survenu hier soir.

— Un incident ? Curieux ?

— Ma chambre a été fouillée pendant que je dînais.

— Et vous ne m'en avez rien dit ! s'exclama Jared en fronçant les sourcils.

— Rien de volé. Mais, même si je n'en suis pas sûr... j'ai eu aujourd'hui la pénible sensation d'être observé.

— Désagréable.

— Absolument. Bien sûr, aucun rapport avec le journal. Enfin je l'espère. Je ne voudrais pas la mettre en danger.

Jared but une gorgée de bière.

— Parlez-moi de ce journal.

— C'est un journal intime comme en tiennent les dames. Il appartenait à une certaine Claire Lightbourne. C'est tout. La moitié du texte est incompréhensible.

— Pourquoi ça ?

— Il est écrit dans un jargon de grec, de latin et d'anglais. Une sorte de code. Ma nièce croit que ce journal détient les clés d'un fabuleux trésor.

— Et vous n'y croyez pas ?

— Pas vraiment. Mais cela fait tellement plaisir à Olympia... décrypter est son passe-temps favori.

— Curieuse fille !

Wingfield eut un rire étouffé.

— Absolument. Ce n'est pas sa faute, elle a été élevée par deux tantes, d'excentriques vieilles dames. Je n'ai

jamais été proche de cette partie de la famille... elles lui ont farci la tête d'étrange façon.
— Vraiment ?
— Olympia se moque éperdument de posséder quoi que ce soit. Ne vous méprenez pas, elle est charmante, d'une réputation sans tache. Mais rien de ce qui occupe les jeunes filles ne l'intéresse. Vous voyez ce que je veux dire ?
— Non.
— La mode, par exemple. Les vêtements sont le cadet de ses soucis. Sa tante ne lui a donné aucune des notions essentielles dont une jeune lady a besoin : la danse, savoir converser, séduire, que sais-je ? dit Wingfield en hochant la tête. Drôle d'éducation... voilà sans doute pourquoi elle n'a pu trouver de mari...
— Alors, qu'est-ce qui intéresse votre nièce ? demanda Jared intrigué malgré lui.
— Tout ce qui a trait aux coutumes et légendes des pays étrangers. Elle fait partie de la *Société des explorateurs*... quand on sait qu'elle n'a jamais quitté son Dorset natal !
— Alors comment peut-elle faire partie de cette société ? questionna Jared en le regardant, étonné.
— Elle collectionne les vieux grimoires, les journaux, les lettres qui parlent de voyages ou d'explorations. Elle les étudie et en tire des conclusions. Ses articles paraissent dans la revue diffusée par la société.
— Vraiment ? fit Jared de plus en plus intrigué.
— Eh oui ! répliqua Wingfield avec fierté. Ils ont été fort bien accueillis car ils recèlent une mine d'informations sur les us et coutumes des indigènes.
— Et comment a-t-elle entendu parler du journal intime de Lightbourne ?
— Au travers de certaines lettres qu'elle a eues entre les mains. Cela lui a pris un an pour localiser l'endroit de France où se trouvait le cahier. Il faisait partie à l'origine d'une fort belle bibliothèque qui fut détruite pendant la guerre.
— Et vous avez fait spécialement le voyage pour lui rapporter cette pièce ?
— C'était sur mon chemin. Je vais en Italie. Ce journal a souvent changé de propriétaires ces dernières années. Le

vieil homme qui me l'a vendu avait besoin d'argent et je l'ai eu avec un lot d'autres livres. Une belle affaire.
— Et où est ce précieux journal ?
— En sécurité, dit Wingfield avec suffisance. Bien à l'abri avec le reste des denrées que je fais parvenir à Olympia par le *Sea Flame*.
— Et vous ne vous inquiétez pas d'envoyer ainsi ces marchandises par bateau ?
— Seigneur, non ! Le *Sea Flame* appartient à la société navale Flamecrest. Excellente réputation. Équipage expérimenté, capitaine au-dessus de tout soupçon. Parfaitement assuré... non, ma marchandise est entre de bonnes mains tant qu'elle est sur leur bateau.
— Mais les routes anglaises sont moins sûres...
Wingfield grimaça.
— Disons que je m'inquiète moins maintenant que je sais que vous vous occuperez de tout livrer à Upper Tudway.
— Merci de votre confiance.
— Ma nièce sera au comble de la joie lorsqu'elle verra le journal intime.
Jared se dit que décidément Olympia Wingfield devait être une bien curieuse créature. Mais cela ne lui faisait pas peur. N'avait-il pas, lui même, été élevé dans une famille d'extravagants, de flamboyants excentriques...
Wingfield jeta un coup d'œil circulaire à la salle et son regard s'arrêta sur un homme à l'expression bestiale, seul à une table et entendant bien le rester comme le démontrait le couteau qu'il arborait.
— Drôle de bonhomme, constata-t-il mal à l'aise.
— La moitié des individus ici présents sont de pauvres bougres, expliqua Jared. Des soldats qui n'ont plus où aller depuis que Napoléon a été vaincu, des marins attendant d'être embarqués, des brutes en quête de rixes. Enfin le lot habituel et mal famé des ports.
— Et l'autre moitié ?
— Des pirates, sans aucun doute, dit Jared avec un sourire en coin.
— Je vois. Vous m'avez raconté vos voyages, ce genre d'endroit semble vous être familier. J'espère que vous avez appris à vous défendre.

— J'ai survécu.

Wingfield fixa le bandeau de velours noir qui cachait l'œil sans vie de son compagnon.

— Certes, mais vous ne vous en êtes pas tout à fait sorti indemne.

— Pas tout à fait indemne, en effet, répondit Jared avec humour.

Il savait que ce détail gâchait son allure, le rendait inquiétant. Même lorsqu'il était parfaitement coiffé et habillé, sa propre famille lui trouvait l'air d'un pirate.

Son seul regret était de ne pas en être un vraiment. Jared n'était en fin de compte qu'un banal homme d'affaires et non pas le flamboyant, le passionnant fils que son père aurait souhaité avoir pour perpétuer la tradition familiale.

Wingfield, au premier abord, s'était méfié de lui. Puis ses bonnes manières, son calme, avaient eu raison de ses craintes, l'avaient fait accepter comme le gentleman qu'il était.

— Puis-je vous demander comment vous avez perdu votre œil ?

— C'est une longue histoire dont je préfère ne pas parler, laissa tomber Jared.

— Bien sûr, bien sûr, dit Wingfield en rougissant. Excusez-moi. Parlons plutôt du *Sea Flame* qui appareille demain matin. Cela me rassure vraiment de savoir que vous prendrez soin de ma marchandise jusqu'à Upper Tudway, je vous en remercie infiniment.

— Je vous en prie. Allant dans le Dorset moi-même, cela ne me coûte guère.

— A vous parler franchement, vous me faites faire des économies. Pas de transport à payer...

— C'est une belle cargaison.

— Oui, mais Olympia apparemment, les deux dernières fois, n'a pu en obtenir le prix que j'étais en droit d'en espérer.

— Le marché est fluctuant de nos jours, observa Jared. Votre nièce a-t-elle le sens des affaires ?

— Oh ! seigneur, non. Intelligente, mais aucun sens pratique. Elle tient cela de moi, j'en ai peur, comme son amour des voyages.

— Une femme ne peut courir le monde sans danger, concéda Jared.
— Ce n'est pas cela qui l'arrêterait. Elle a vingt-cinq ans et un sacré fichu caractère. Dieu sait ce qu'elle aurait pu faire si elle avait eu des revenus décents et si elle ne s'était pas encombrée de ses trois diables de neveux.
— Elle les élève ?
— En fait, ce ne sont que de vagues petits-cousins dont les parents ont été tués dans un accident il y a deux ans. Ils sont passés de main en main avant de se retrouver, il y a six mois, chez ma nièce qui, bien sûr, les a gardés.
— Quel sens de la responsabilité...
— Surtout pour quelqu'un qui vit dans les nuages, comme elle. Ces garçons sont de vrais sauvages, ils sont venus à bout de trois précepteurs. Ils ont transformé la maison en vrai cirque.
— Je vois, fit Jared qui se souvint d'une enfance semblable.
— J'essaye d'aider Olympia autant que faire se peut. Enfin, quand je suis en Angleterre.

« Mais vous n'y êtes pas assez souvent pour prendre ces trois garnements avec vous », pensa Jared.

— A part le journal, qu'envoyez-vous à votre nièce cette fois-ci ?

Wingfield finit sa bière avant de répondre :

— Vêtements, épices, quelques breloques diverses et des livres bien sûr.
— Et elle s'occupe de les vendre à Londres ?
— Oui, sauf les livres qui sont pour sa bibliothèque personnelle. Elle utilise une partie des sommes perçues pour tenir sa maison et le reste finance mes voyages.
— Difficile d'être bon en affaires quand on n'est pas de la partie, dit Jared vivement.

Il repensa aux problèmes qu'il avait rencontrés dans son travail depuis six mois. Une enquête s'imposait car il ne faisait plus de doute que plusieurs milliers de livres sterling avaient été détournés chez Flamecrest. Et Jared n'aimait pas qu'on le prenne pour un idiot. Mais il devait penser à une chose à la fois et ce fichu journal était la plus importante.

— Je sais que nous devrions être plus attentifs à nos affaires. Mais nous sommes ainsi, insouciants de nature, répliqua Wingfield en le regardant attentivement. Êtes-vous certain de pouvoir me rendre ce service ?

— Aucun problème, répondit Jared tout en contemplant par la fenêtre la silhouette du *Sea Flame* qui se détachait dans la nuit.

Il se demanda un instant ce que Wingfield dirait s'il venait à apprendre que Jared non seulement contrôlait le *Sea Flame* mais aussi l'empire naval de Flamecrest.

— Je suis rassuré, grâce à vous, je vais pouvoir continuer mon voyage.

— Vous allez en Italie, je crois ?

— Puis aux Indes, dit Wingfield les yeux brillants d'excitation.

— Je vous souhaite bon voyage.

— A vous aussi et merci encore.

Jared consulta sa montre de gousset en or.

— Je dois vous quitter...

— Vous allez vous coucher ?

— Non, je vais faire un tour sur les quais pour m'éclaircir les idées.

— Faites attention, dit Wingfield à voix basse. L'endroit est mal fréquenté.

— Ne vous inquiétez pas pour moi, répliqua Jared en prenant congé.

Puis il tourna les talons et se dirigea vers la sortie.

Plusieurs individus à la mine patibulaire jetèrent un regard concupiscent sur ses coûteuses bottes mais ils remarquèrent aussitôt le couteau fixé le long de sa cheville et prirent note du bandeau qui couvrait son œil.

Aucun d'entre eux ne prit l'initiative de le suivre.

Ses cheveux longs flottant au gré du vent de mer, Jared marchait dans la nuit. A l'inverse de Wingfield, il était confortablement habillé sans tenir compte des diktats de la mode. Point de col rigide, point de cravate de batiste, sa chemise de coton était négligemment ouverte et ses manches étaient carrément retroussées.

Jared avançait le long du quai, l'esprit occupé mais les sens en éveil. Personne ne perd impunément un œil sans avoir envie de prendre soin de l'autre...

Jared distingua deux hommes qui sortaient de l'ombre faiblement éclairés par la lanterne que l'un d'eux tenait. Ils étaient grands, presque de sa taille et de même carrure. Leurs visages étaient burinés, leurs cheveux blancs. Ils avaient dépassé la soixantaine. « Deux vieux flibustiers », pensa Jared non sans affection.

— Bonsoir, Sir, dit Jared respectueusement à son père. Oncle Thaddeus... Quelle nuit délicieuse, n'est-ce pas ?

— Nous vous attendions, répliqua sèchement le comte Magnus de Flamecrest en haussant les sourcils. Je commençais à croire que votre nouvel ami allait vous garder toute la nuit.

— Wingfield est un bavard.

Thaddeus leva sa lanterne.

— Bien, mon garçon. Qu'avez-vous appris ?

A trente-quatre ans, Jared ne se considérait plus comme un gamin, mais il ne pouvait se permettre de contredire son oncle.

— Wingfield se croit en possession du journal de Claire Lightbourne, annonça-t-il calmement.

— Que le diable l'emporte ! s'esclaffa Magnus, le visage illuminé de joie. Ainsi, ce fichu cahier a été enfin retrouvé après toutes ces années...

— Par tous les saints ! reprit Thaddeus, comment Wingfield a-t-il pu mettre la main dessus, le premier ?

— C'est sa nièce apparemment qui l'a localisé en France. Mes cousins ont perdu leur temps à le rechercher en Espagne.

— Écoutez, répliqua Magnus d'un ton apaisant, Charles et William avaient de bonnes raisons de croire qu'il avait été emporté là-bas durant la guerre, le seul ennui est qu'ils aient été capturés par ces damnés bandits...

— Ennui ? Le mot est faible, cela m'a coûté deux mille livres de rançon, beaucoup de temps perdu et mes affaires en ont souffert !

— Suffit, mon fils ! explosa Magnus. Est-ce là tout ce qui vous intéresse ? vos maudites affaires ? Du sang de flibustiers coule dans vos veines et vous agissez comme un vulgaire commerçant !

— Sir, je suis parfaitement conscient de n'être pour vous

et ma famille qu'une source de désappointement. Ce sujet a été abordé de trop nombreuses fois, inutile d'y revenir ce soir.

— Il a raison, Magnus, dit Thaddeus rapidement. Il y a des choses plus importantes en ce moment. Ce journal est enfin à portée de main... nous l'avons presque !

Jared leva un sourcil.

— Est-ce vous qui avez fouillé la chambre de Wingfield hier soir ?

— Cela n'a rien donné, avoua Thaddeus.

— Nous avons jeté un coup d'œil, sans plus, acquiesça Magnus.

Jared lâcha un juron.

— Le journal est à bord du *Sea Flame* depuis hier après-midi. Il faudrait décharger le navire pour le retrouver.

— Quelle déception ! murmura Thaddeus abattu.

— De toute façon, continua Jared, ce journal appartient à Miss Olympia Wingfield de Meadow Stream Cottage dans le Dorset. Elle l'a acheté, elle l'a payé.

— Bah ! ce journal est à nous, tonna Magnus. C'est un bien de famille. Elle n'a aucun droit dessus.

— Vous semblez oublier que même si nous nous en emparons, nous ne serions pas à même de le déchiffrer. Cependant... dit Jared en marquant une pause.

— Oui ? s'inquiéta Magnus.

— Artémis Wingfield est persuadé que sa nièce est capable de le décrypter aisément. Apparemment, Miss Wingfield excelle dans ce genre d'exercice.

Thaddeus s'illumina d'une joie contenue.

— Écoutez-moi, mon garçon. Il ne vous reste qu'une seule chose à faire, suivre ce journal jusqu'à son ultime destination et gagner... les bonnes grâces de Miss Wingfield afin qu'elle vous révèle d'elle-même ses découvertes.

— Excellent ! surenchérit son père, la moustache en bataille. Charmez-la, mon fils. Séduisez-la. Lorsqu'elle vous mangera dans la main, vous saurez tout ce qu'il y a à découvrir dans ce damné journal ! Alors nous le raflerons.

Jared soupira. Qu'il était difficile d'être le seul être sain, doté qui plus est d'une âme sensible, au milieu de cette famille d'excentriques et d'originaux.

La quête du journal de Lightbourne avait occupé trois générations de mâles chez les Flamecrest. Ses oncles, ses cousins, tous avaient participé à la recherche, à l'instar de leur grand-père et de leurs grands-oncles. L'attrait d'un probable trésor avait eu un effet magique sur les descendants de ce flibustier de génie qu'était leur ancêtre.

Mais tout a une limite. Et lorsque quelques semaines plus tôt ses cousins avaient failli trouver la mort en recherchant ce fichu journal, Jared avait décidé qu'il fallait mettre un terme à cette chasse idiote. Malheureusement, seule la découverte du cahier pouvait y mettre fin.

Personne n'avait dit mot lorsqu'il avait annoncé qu'il allait prendre la relève, pour rechercher à son tour cette mystérieuse fortune perdue depuis plus d'un siècle. En vérité, ils étaient tous très contents de le voir s'y intéresser.

Jared savait que sa famille appréciait ses talents d'homme d'affaires, mais cela suffisait-il à les séduire, ces hommes impétueux, au sang chaud ? Comme ils devaient le trouver sinistre... ils marmonnaient que le feu des Flamecrest s'était éteint en lui. Et lui trouvait qu'ils étaient dépourvus de sens commun et n'avait pas manqué de noter qu'ils étaient bien prompts à lui demander son aide et surtout son argent.

Depuis l'âge de dix-neuf ans, Jared avait la lourde charge de gérer les ennuyeux détails du quotidien concernant le clan et toute sa famille était d'accord pour dire qu'il y excellait.

Jared se disait qu'il était condamné à secourir ses proches les uns après les autres, toute sa vie. Et le soir, à la veillée, lorsqu'il écrivait dans son journal les événements du jour, il se demandait si jamais quelqu'un viendrait le secourir à son tour. Il reprit d'un ton sec :

— Cela vous va bien de parler de charme et de séduction alors que vous êtes les premiers à reconnaître que je n'ai point hérité du talent des Flamecrest.

— Bah ! fit Magnus avec un geste vague de la main. Faites des efforts.

Thaddeus semblait préoccupé.

— Écoutez, Magnus, vous savez bien qu'il a essayé. Rappelez-vous cette triste histoire, il y a trois ans, lorsqu'il a voulu courtiser sa future femme.

Jared regarda son oncle.

— Je pense que nous devrions éviter ce sujet. Je n'ai nullement l'intention de séduire Miss Wingfield, ou qui que ce soit d'autre, pour connaître le secret de ce fichu journal.

Thaddeus devint menaçant.

— Comment comptez-vous lui tirer les vers du nez, jeune homme ?

— Je vais lui offrir de l'argent, laissa tomber Jared.

— *Offrir de l'argent ?* dit Magnus choqué. Vous pensez que l'on peut acheter pareil secret ?

— L'argent peut tout acheter, croyez-en mon expérience.

— Mon garçon, mon garçon ! Qu'allons-nous faire de vous ? marmonna Thaddeus.

— Vous allez me laisser agir à ma guise. Et que cela soit bien clair entre nous, j'aurai ce journal, mais je veux votre parole d'honneur que vous respecterez notre arrangement.

— Quel arrangement ? demanda Magnus sèchement.

— Que tant que je serai au loin, vous n'interférerez pas dans les affaires de la société.

— Mon Dieu ! mon garçon, j'y travaillais bien avant que vous ne soyez né !

— Certainement, Sir. Je le sais, et cela a causé votre perte à tous les deux d'ailleurs.

Magnus cilla sous l'outrage.

— Ce n'était pas notre faute, les affaires étaient dures en ce temps-là.

La sagesse empêcha Jared de répondre. Tout le monde savait que l'incapacité du comte n'avait d'égale que celle de son frère.

Jared était arrivé à temps pour sauver de la ruine ce qui restait de l'héritage familial. A dix-neuf ans, il avait demandé à sa mère de lui donner sa rivière de diamants qu'il avait vendue afin de récolter les fonds nécessaires à la reconstruction de l'empire Flamecrest. Personne ne lui avait pardonné ce geste inqualifiable, et surtout pas sa mère qui le lui reprocha une dernière fois sur son lit de mort, deux ans auparavant. Et Jared n'avait pas eu le cœur de lui rappeler qu'elle avait bien profité de cette fortune retrouvée grâce à ses soins.

Il avait dû recommencer avec un seul bateau et espérait qu'il n'aurait pas à revivre ce cauchemar à son retour du Dorset.

Thaddeus leva le poing, tout excité.

— Difficile d'imaginer que le trésor des Flamecrest est enfin à portée de main.

— Ne sommes-nous pas déjà assez riches ? demanda Jared. Nous n'avons nul besoin du butin du capitaine Jack et de son second Edward Yorke, enterré dans une île perdue, il y a plus de cent ans !

— Il ne s'agit pas d'un butin ! tonna Magnus.

— Si je peux me permettre, Sir, mon arrière-grand-père n'était qu'un pirate sillonnant l'Inde occidentale. Il est hautement improbable que lui et Yorke aient acquis ce butin d'une façon honnête...

— Capitaine Jack n'était pas un pirate, dit Thaddeus avec fierté. Il était gentilhomme anglais et loyal à la couronne. Ce trésor vient d'un galion espagnol transbordé en toute légalité, grand Dieu !

— J'aimerais beaucoup entendre la version espagnole, ironisa Jared.

— Bah ! fit Magnus en l'observant. Ces bâtards d'Espagnols... s'ils n'avaient pas riposté et pourchassé capitaine Jack, ce fichu trésor n'aurait pas eu besoin d'être enterré dans une île inconnue, et nous ne serions pas là ce soir, un siècle plus tard, à réfléchir sur les moyens de le retrouver.

— Je sais, Sir, dit Jared qui avait entendu maintes et maintes fois cette histoire sans s'en lasser d'ailleurs.

— Le seul pirate, s'il y en a un, est ce Yorke, fit Magnus. Ce mécréant, cet escroc, ce sanguinaire qui a vendu votre arrière-grand-père aux Espagnols. Grâce à Dieu, capitaine Jack put échapper à ce piège mortel.

— C'était, il y a plus d'un siècle, qui peut assurer que Yorke a bien trahi ? dit Jared calmement. De toute façon, cela n'a plus guère d'importance maintenant.

— Mais si ! insista Magnus. Tout cela fait partie de votre héritage familial. Il est de votre devoir de retrouver ce trésor. Il nous appartient de plein droit.

— Après tout, dit Thaddeus d'un ton grave, vous êtes le nouveau Cerbère, mon garçon.

— Par tous les saints ! cria Jared. Cela n'a aucun sens.
— Par Dieu ! insista Thaddeus. Vous avez pourtant gagné le droit de porter ce titre, depuis la nuit où, grâce à la dague du capitaine Jack, vous avez sauvé vos cousins des griffes de ce contrebandier. Vous n'avez pas pu l'oublier ?
— Cela ne risque pas, j'y ai laissé un œil, sauf votre respect, Sir !
— Aussi êtes-vous devenu le nouveau Cerbère, dit Magnus avec emphase. Vous avez trempé la dague dans le sang ennemi. Vous êtes l'image même de capitaine Jack, jeune.
— C'est assez, fit Jared qui regardait l'heure à sa montre de gousset à la seule lueur de la lanterne. Il est tard et je dois appareiller tôt demain.
— Vous et vos satanés horaires, grommela Thaddeus. Je suppose que vous promenez toujours avec vous votre fichu carnet !
— Bien sûr, répliqua froidement Jared. J'y consigne tout.
« Sa montre et son carnet étaient les deux seules choses auxquelles il attachait de l'importance », pensa-t-il. Depuis des années, elles l'avaient aidé à maintenir sa sacro-sainte routine au milieu d'un monde de plus en plus chaotique.
— Je n'en crois pas mes oreilles, décréta Magnus troublé. Vous êtes sur le point de découvrir d'excitants secrets et vous consultez votre montre et vous notez vos rendez-vous sur votre livre de bord comme un vulgaire employé !
— Je suis un vulgaire employé, Sir.
— C'est à pleurer.
— Essayez mon garçon de ranimer un peu cette fameuse flamme des Flamecrest, intima Thaddeus.
— Nous sommes sur le point de recouvrer notre héritage perdu, fils !
Magnus gagna le faîte du mur de jetée et scruta dans l'obscurité l'immensité de l'océan, donnant ainsi l'image d'un homme censé voir au-delà de l'horizon.
— Je le sens de tout mon être. Enfin, après toutes ces années, le trésor des Flamecrest est à portée de main. Et

vous avez, mon fils, le grand honneur de pouvoir le retrouver pour votre famille.

— Je vous assure, Sir, répondit Jared avec respect, que mon esprit n'est occupé que de ce projet.

1

— Voilà un autre livre que vous devriez trouver intéressant, Mr. Draycott.
Olympia Wingfield se tenait en haut de l'échelle. Un de ses jolis pieds chaussés de mules de satin posé sur un des barreaux, l'autre s'appuyant sur le bord d'une étagère, elle tentait d'extirper le volume en question.
— Il contient des informations fascinantes sur les mythes de l'Ile d'Or. Oh ! je repense à un autre que vous devriez étudier...
— Prenez garde, je vous en supplie, Miss Wingfield.
Reginald Draycott tenait fermement l'échelle d'acajou, inquiet de voir Olympia essayer d'attraper un deuxième volume hors de sa portée.
— Vous finirez par tomber si vous ne faites pas attention !
— Bêtise que tout ça ! J'ai une grande habitude... le voici, je m'en suis servi pour écrire mon dernier article paru dans la gazette trimestrielle de la *Société des explorateurs*. Il est extrêmement intéressant, plein de détails sur les coutumes bizarres des autochtones des îles des mers du Sud.
— C'est très gentil à vous de me le prêter, Miss Wingfield, mais vous m'effrayez à vous tenir ainsi sur l'échelle !
— Ne vous faites pas de mauvais sang.
Olympia lui jeta un coup d'œil intrigué avant de lui sourire. Draycott avait une drôle de lueur dans le regard et sa bouche était anormalement ouverte.

— Êtes-vous malade, Mr. Draycott ?
— Non, non. Pas le moins du monde, ma chère, dit Draycott en continuant de la contempler.
— Vous en êtes certain ? Vous paraissez sur le point de vous évanouir... Je peux très bien chercher ces livres une autre fois.
— Il n'en est pas question. Je me sens parfaitement bien. Vous avez si bien su éveiller ma curiosité sur la légende de l'Ile d'Or, ma chère. Je veux en savoir plus.
— Bien, si tel est votre désir. Tenez, ce volume relate l'extraordinaire légende de l'île. Je suis tellement fascinée par ses us et coutumes...
— Vraiment ?
— Oh, oui ! Comme Citoyenne du Monde, je trouve évidemment tout ceci des plus intéressants. Le rituel de la nuit de noces est particulièrement passionnant...

Olympia feuilleta quelques pages du livre puis baissa les yeux vers Draycott.

« Décidément, quelque chose ne va pas », pensa-t-elle. L'expression du visage de son interlocuteur la rendit mal à l'aise. Il avait le regard fuyant.
— Rituel de la nuit de noces, avez-vous dit, Miss Wingfield ?
— Oui, très inhabituel, dit Olympia en se concentrant. Il paraîtrait que le fiancé offre à sa promise un objet d'or en forme de phallus.
— De phallus, dites-vous ? gargouilla Draycott.

Brusquement Olympia dut se rendre à l'évidence, dans la position qu'elle occupait, son visiteur ne pouvait manquer d'apercevoir ses affriolants dessous de dentelles et de batiste.
— Seigneur ! s'écria-t-elle en perdant l'équilibre.

Elle se rattrapa in extremis à l'un des barreaux. Un des volumes qu'elle tenait chut à terre, sur le tapis persan.
— Quelque chose ne va pas, très chère ?

Mortifiée d'avoir ainsi exposé ses bas de soie et la dentelle de ses petits pantalons au regard de Draycott, Olympia se sentit rougir.
— Tout va parfaitement bien... j'ai vos livres et je vais descendre maintenant. Auriez-vous l'obligeance de vous écarter ?

— Permettez-moi de vous aider...

Les mains grassouillettes de Draycott tentèrent de s'emparer des chevilles de la jeune femme au travers de ses jupes de mousseline.

— N'en faites rien. Tout va bien, supplia Olympia, dégoûtée par ce toucher d'homme qu'elle n'avait encore jamais subi.

Elle tenta de remonter pour s'échapper mais les doigts enserrèrent fortement ses chevilles.

Olympia essaya de dégager une de ses jambes. Son embarras tournait à l'énervement, maintenant.

— Si vous aviez l'obligeance de me lâcher, Mr. Draycott, sans doute pourrais-je descendre tranquillement.

— Je ne permettrai pas que vous tombiez, répliqua ce dernier en glissant une main sous les jupons.

— Je n'ai aucunement besoin de votre aide, marmonna Olympia tentant en vain d'éviter que les volumes qu'elle tenait ne tombent à leur tour. Lâchez ma cheville !

— J'essaye seulement de vous aider, ma chère...

Olympia était scandalisée. Elle connaissait Reginald Draycott depuis des années et elle avait du mal à admettre qu'il ne puisse lui obéir. De rage, elle lui envoya un solide coup de pied qui l'atteignit en pleine épaule.

— Aïe ! cria Draycott en se reculant, le regard furieux.

Olympia l'ignora superbement. Elle se laissa glisser le long de l'échelle dans une envolée de mousseline. Ses longs cheveux se détachèrent et son bonnet de dentelle se mit de guingois.

Mais à peine eut-elle touché terre que les mains de Draycott enserrèrent sa taille.

— Ma très chère Olympia, je ne peux vous cacher plus longtemps ce que j'éprouve pour vous.

— Cela suffit, Mr. Draycott ! intima Olympia qui abandonnant ses bonnes manières lui envoya un coup de coude dans les côtes.

Draycott grommela mais n'en lâcha point pour autant sa proie. Il haletait contre son oreille et Olympia fut saisie par son haleine nauséabonde. Son cœur se souleva.

— Ma toute douce, vous êtes une grande fille maintenant. Bien sûr vous n'avez pas connu d'autre endroit que ce sinistre Upper Tudway. Vous n'avez jamais été en butte à la folle passion. *Laissez-vous aller...*

— Je crains de vomir sur vos bottes, Mr. Draycott !

— Ne soyez pas ridicule. Les plaisirs de la chair vous rendent un tantinet nerveuse, c'est tout. N'ayez pas peur, je serai votre initiateur...

— Laissez-moi, Mr. Draycott ! explosa Olympia en lui donnant un coup de livre sur les mains.

— Vous êtes une adorable jeune femme inexpérimentée dans les choses de *l'amour*. Vous ne pouvez refuser de goûter cette ultime expérience des sens !

— Mr. Draycott, si vous ne me lâchez pas immédiatement, je crie...

— Il n'y a personne, ma chère, murmura Draycott en la poussant vers le canapé, vos neveux sont sortis.

— Mrs. Bird ne saurait être loin.

— Votre gouvernante est au jardin, souffla Draycott en l'embrassant dans le cou. Personne ne nous dérangera, ma douce.

— *Mr. Draycott !* Vous n'êtes plus vous-même. Vous ne savez plus ce que vous faites.

— Appelez-moi Reggie, ma chère.

Olympia tenta désespérément de s'emparer du cheval de Troie en argent qui reposait sur son bureau, en vain, lorsque, à sa grande stupeur, Draycott, soudain apeuré, la relâcha.

— Par tous les diables ! glapit-il.

Brutalement libérée, Olympia manqua de tomber. Elle se rattrapa au bureau, tandis que, derrière elle, Draycott s'écriait de nouveau :

— Qui diable êtes-vous ?

Pour toute réponse, il y eut un bruit sourd de chair meurtrie.

Son bonnet de dentelle sur l'œil, Olympia virevolta, souffla sur les mèches qui lui masquaient le visage, et regarda ébahie Draycott. Ce dernier gisait, recroquevillé, à même le plancher.

Atterrée, la jeune fille aperçut derrière le corps une paire de bottes noires plantées sur le tapis. Elle leva doucement les yeux et se trouva brusquement en face d'un individu semblant sortir tout droit d'une de ses légendes préférées, pleines de trésors cachés, d'îles mystérieuses et de mers inconnues ; ses longs cheveux châtains décoiffés par le vent, son bandeau de velours noir sur l'œil, sa dague pendant le long de la cuisse, tout ceci contribuait à lui donner une allure étrange.

C'était vraiment le plus bel homme qu'Olympia ait jamais vu. Grand, large d'épaules, mince, il irradiait la force et la grâce. Il ressemblait à un de ces bronzes de la Renaissance italienne.

— Seriez-vous par hasard Miss Olympia Wingfield ? demanda l'homme calmement comme s'il n'avait cure du corps gisant à ses pieds.

— Oui, souffla Olympia d'une toute petite voix... oui, c'est moi. A qui ai-je l'honneur, Sir ?

— Chillhurst.

— Oh ! fit-elle décontenancée. Comment allez-vous, Mr. Chillhurst.

Elle n'avait jamais entendu ce nom.

Sa cape et sa culotte de cheval étaient très chic, mais Olympia, bien qu'elle n'ait jamais quitté son village, reconnut qu'elles étaient un tantinet démodées. Un gentilhomme de moyens modestes, certainement, puisque à première vue il ne pouvait pas s'offrir de cravate nouée. Le col de sa chemise était ouvert et la vue de cette poitrine avait quelque chose de sauvage, presque de primitif. La vision de ces poils abondants et sombres la fit frissonner.

Cet homme, debout, là, dans sa bibliothèque paraissait dangereux, Olympia s'en rendit compte. Dangereux et terriblement fascinant.

Un petit frisson lui parcourut l'échine. Un frisson qui n'avait rien de désagréable, rien de commun avec ce qu'elle avait ressenti avec Draycott. Un frisson, en fait, tout à fait excitant.

— Je crains de ne connaître aucun Chillhurst dans mes relations, dit doucement Olympia.

— Je suis l'envoyé de votre oncle Artémis.

— Oncle Artémis ? répéta-t-elle, soulagée. L'avez-vous rencontré lors d'un de ses périples ? Comment va-t-il ?

— Parfaitement bien, Miss Wingfield. Nous avons fait connaissance sur les côtes de France.

— Mais c'est merveilleux !

Olympia lui adressa un de ces délicieux sourires avant de continuer, tout excitée :

— Je meurs d'impatience de vous entendre me conter cette histoire. Oncle Artémis a toujours d'incroyables aventures. Si vous saviez combien je l'envie ! Vous devez absolument dîner avec nous, ce soir, Mr. Chillhurst et tout nous raconter.

— Vous sentez-vous bien, Miss ?

— Je vous demande pardon ? fit Olympia surprise. Bien sûr, je vais bien. Pourquoi n'irais-je pas bien ? J'ai une excellente santé. Depuis toujours d'ailleurs. Je vous remercie de cette sollicitude...

Chillhurst leva le sourcil.

— Je ne faisais référence qu'à l'agression que vous veniez de subir.

— Oh ! je vois, fit Olympia se souvenant brusquement de la présence de Draycott toujours étendu sur son parquet. Mon Dieu, je l'avais oublié.

Draycott commençait d'ouvrir les yeux et elle se demanda ce qu'elle allait faire. Elle n'avait aucun talent pour affronter ce genre de situation. Tante Sophy et tante Ida n'avaient jamais pris la peine de lui enseigner ce genre de subtilités.

— C'est Mr. Draycott, expliqua-t-elle, un de nos voisins. Une vieille connaissance.

— A-t-il pour habitude d'assaillir les jeunes femmes chez elles ? s'enquit Chillhurst assez sèchement.

— Pardon ? Oh ! non... répondit Olympia en rougissant. Enfin, je ne crois pas. Apparemment il a été victime d'une syncope... Peut-être devrais-je sonner ma gouvernante pour qu'elle apporte des sels ?

— Ne vous inquiétez pas. Il revient à lui.

— Vraiment ? Je n'ai que peu d'expérience sur les effets secondaires du pugilat. Mes neveux adorent ça... dit Olympia en lui jetant un regard en coin. Vous avez l'air friand de ce sport. L'avez-vous appris dans une de ces académies londoniennes ?

— Non.

— Ah bon ! je croyais. Aucune importance, fit-elle, tout

en continuant d'observer Draycott. Il a la fâcheuse habitude d'embêter les gens. J'espère que cela lui servira de leçon. Je vais devoir lui dire que s'il continue d'agir ainsi, je serai dans l'obligation de lui refuser l'accès de ma bibliothèque !

Chillhurst la fixa, se demandant si elle n'était pas un peu folle.

— Miss Wingfield, permettez-moi de vous suggérer que ce sinistre individu ne doive sous aucun prétexte refranchir le seuil de votre porte. A votre âge, vous devriez savoir que l'on ne reçoit pas de visiteurs du sexe masculin lorsqu'on est seule.

— Ne soyez pas ridicule, Sir. J'ai vingt-cinq ans. J'ai très peu à craindre des hommes. Je me définis comme une Citoyenne du Monde et ce ne sont pas de ridicules événements comme celui-ci qui peuvent m'effrayer.

— Vraiment, Miss Wingfield ?

— Absolument. J'espère que ce pauvre Mr. Draycott a simplement été victime d'un excès de passion purement intellectuel fréquemment engendré par la beauté de ces extraordinaires légendes. Toutes ces recherches sur de prétendus trésors enflamment certaines personnes plus qu'il n'est nécessaire.

Chillhurst l'observait avec intérêt.

— Et vous, Miss Wingfield, cela enflamme-t-il vos sens ?

— Oui, bien sûr...

Olympia s'arrêta, consciente que Draycott commençait à s'agiter.

— Regardez, il ouvre les yeux... Croyez-vous qu'il aura mal à la tête après le coup que vous lui avez porté ?

— Avec un peu de chance, oui, marmonna Chillhurst.

— Que le diable m'emporte ! grommela Draycott. Qu'est-il arrivé ?

Il fixa Chillhurst un long moment, hébété.

— Par tous les saints, qui êtes-vous ?

— Un ami de la famille, répondit Chillhurst en le contemplant.

— Et cela vous donne le droit de m'attaquer impunément ? glapit Draycott en se frottant la mâchoire. Je porterai cela devant le tribunal, par Dieu !

— Certainement pas, Mr. Draycott, répliqua Olympia d'un ton tranchant. Votre attitude est répugnante et vous n'en avez même pas conscience. Je suppose que vous désirez vous retirer sur-le-champ...

— Mr. Draycott vous doit d'abord des excuses, interrompit Chillhurst d'un ton doucereux.

Olympia eut un regard étonné.

— Vous croyez ?

— Oui.

— Damnation, qu'ai-je fait de mal ? hurla Draycott. J'essayais seulement de maintenir l'échelle pour que Miss Wingfield puisse descendre sans risque. Et voilà le remerciement.

Chillhurst se précipita sur Draycott et, le prenant par le col de la veste, le remit sur ses pieds.

— Vous allez vous excuser sans attendre ! dit-il d'un ton qui n'admettait pas la réplique. Puis vous pourrez prendre congé.

Draycott cilla, puis son regard rencontra celui de son adversaire et il préféra capituler.

— Oui, bien sûr. Tout ceci n'est qu'une simple méprise. Vraiment désolé...

Chillhurst le relâcha sans précaution et Draycott manqua de tomber. Aussi recula-t-il promptement, puis se retournant vers Olympia, dit-il gêné :

— Je regrette profondément ce qui s'est passé entre nous, Miss Wingfield. N'y voyez aucune offense, je vous en prie.

— Certes !

Olympia ne pouvait manquer de remarquer que Draycott paraissait frêle et sans défense à côté de Chillhurst. Elle eut du mal à concevoir qu'elle ait pu être effrayée par cet homme.

— Je pense que le mieux est d'oublier l'incident. Faisons comme s'il ne s'était rien passé, proposa-t-elle.

Draycott coula un long regard vers Chillhurst.

— Très bien, dit-il en s'emparant de son manteau non sans avoir au préalable ajusté son col. Maintenant, si vous voulez bien accepter mes excuses, je dois partir. Nul besoin de sonner votre gouvernante, je trouverai le chemin tout seul.

Draycott sortit précipitamment et la pièce retrouva son calme habituel. Olympia regarda Chillhurst et le surprit en train de l'observer avec une expression indéfinissable sur le visage. Aucun d'eux ne dit mot tant qu'ils n'entendirent pas la porte d'entrée claquer.

La jeune femme sourit.

— Merci de m'avoir porté assistance, Mr. Chillhurst. Vous êtes un galant homme. Personne n'avait, jusqu'à présent, volé ainsi à mon secours. Quelle intéressante expérience...

Chillhurst inclina la tête avec civilité.

— Je vous en prie, Miss Wingfield, je suis très heureux d'avoir pu vous rendre service.

— Bien sûr, mais je doute fort que Mr. Draycott ait voulu faire autre chose que de me voler un baiser.

— Croyez-vous ?

Olympia fronça les sourcils devant le scepticisme de Chillhurst.

— Ce n'est pas un mauvais homme. Je l'ai connu à mon arrivée à Upper Tudway. Toutefois, je dois admettre qu'il lui arrive de se conduire d'étrange façon depuis que son épouse est morte il y a six mois... Et récemment, il s'est intéressé, comme moi, aux contes et légendes.

— Cela ne me surprend guère.

— Quoi ? l'intérêt que je porte à...

— Non, que Draycott s'y soit intéressé, ironisa Chillhurst. Probablement dans le seul but de vous séduire, c'est évident.

Olympia était consternée.

— Mon Dieu ! Vous voulez dire que ce qui s'est passé cet après-midi était intentionnel ?

— Une action préméditée, voilà tout.

— Je vois... Je n'avais aucune idée...

— Je m'en doute. Mais à l'avenir, évitez de vous trouver seule avec lui.

Olympia balaya l'idée d'un geste de la main.

— Cela n'est pas grave. C'est fini. Tout est oublié. Aimeriez-vous une tasse de thé ? Le voyage a dû être long... Je vais sonner ma gouvernante.

A ce moment-là, la porte du vestibule claqua violemment, interrompant le geste d'Olympia vers la sonnette. Des aboiements, des bruits de griffes sur le plancher de l'entrée, suivis de bruits de bottes et de jeunes voix excitées formèrent un indescriptible concert.

— Tante Olympia ? Tante Olympia, où êtes-vous ?
— Nous sommes là, tante Olympia !

La jeune femme jeta un regard vers Chillhurst.

— Mes neveux semblent avoir fini leur partie de pêche. Ils vont être ravis de faire votre connaissance. Ils adorent leur oncle Artémis et voudront entendre le moindre détail de votre rencontre. Il faudra aussi leur dire l'intérêt que vous portez à la boxe. Mes neveux vont vous bombarder de questions, j'en ai peur.

Brusquement, un énorme chien, de race indéterminée, jaillit dans la bibliothèque. Il aboya sur Chillhurst avant de foncer vers sa maîtresse. Il était trempé et laissait d'affreuses traces sur le tapis persan.

— Oh ciel ! Minotaure s'est encore détaché ! dit Olympia en se protégeant. Couché, Minotaure ! J'ai dit, couché ! Sois un bon chien.

Minotaure continuait à bondir sans répit, la langue pendante, les babines retroussées.

Olympia battit en retraite précipitamment.

— Ethan ? Hugh ? Rappelez votre chien, s'il vous plaît.
— Ici Minotaure ! cria Ethan depuis l'entrée. Ici, mon vieux.
— Reviens Minotaure, intima Hugh.

Minotaure restait sourd à leurs appels. Il avait décidé de fêter sa maîtresse et rien ni personne ne pouvait l'en dissuader. C'était un affreux bon gros chien qu'Olympia avait pris en affection depuis que ses neveux l'avaient trouvé, perdu dans les bois, et ramené à la maison. Malheureusement, l'animal n'avait aucune éducation.

Le chien haletait, cherchant désespérément à lécher sa maîtresse qui le repoussait d'une main, en une vaine et inutile tentative.

— Assis, mon garçon, assis, répétait-elle sans grand espoir. S'il te plaît, assis. *S'il te plaît !*

Minotaure jappa, sentant la victoire proche, et ses sales pattes visèrent la jolie robe d'Olympia.

— Cela suffit maintenant ! tonna Chillhurst. Je ne supporte pas les chiens dans une maison.

Du coin de l'œil, la jeune femme le vit se déplacer à grandes enjambées, attraper le chien par le collier et le soulever de terre un instant.

— Sage ! intima Chillhurst au chien. Et maintenant assis !

Minotaure parut extrêmement étonné de cette intervention. L'homme et la bête se regardèrent, puis à la surprise d'Olympia, Minotaure s'assit.

— C'est extraordinaire ! s'exclama la jeune femme. Par Dieu ! Comment y êtes-vous arrivé ? Minotaure n'a jamais obéi de sa vie.

— Il avait besoin d'être pris en main.

— Tante Olympia, êtes-vous dans la bibliothèque ?

Ethan arrivait en dérapant, son visage d'enfant de huit ans illuminé par la joie, ses cheveux bruns pleins de sable, ses vêtements maculés de boue, à l'instar du pelage de Minotaure.

— Il y a un drôle d'attelage sur le chemin. Énorme, rempli de caisses. Est-ce que oncle Artémis est arrivé ?

— Non, répondit Olympia qui se demandait pourquoi ce gamin avait été nager avec ses vêtements.

Mais avant qu'elle n'ait eu le temps de lui poser la question, Hugh, le jumeau d'Ethan, s'élança dans la pièce. Il était lui aussi couvert de boue, de plus sa chemise était déchirée.

— Dis, tante Olympia, avons-nous des visiteurs ? demanda-t-il avidement, ses yeux bleus brillant d'enthousiasme.

Brusquement les deux garçons s'aperçurent de la présence de Chillhurst et s'arrêtèrent, comme frappés par la foudre, continuant d'inonder le tapis de boue.

— Qui êtes-vous ? dit Hugh avec brusquerie.

— Venez-vous de Londres ? questionna Ethan. Que transportez-vous dans votre attelage ?

— Qu'est-il arrivé à votre œil ? fit Hugh.

— Les enfants ! Où sont vos bonnes manières ? En voilà une façon d'accueillir un hôte, gronda gentiment Olympia. Montez et allez vous changer. Vous semblez tout droit sortis d'une rivière.

— Ethan m'a poussé à l'eau et je lui ai rendu la pareille, expliqua Hugh, puis Minotaure nous y a rejoints.
— Je ne t'ai pas poussé à l'eau ! s'écria Ethan outré.
— Si, tu l'as fait !
— Absolument pas !
— Si.
— Cela n'a plus d'importance, interrompit Olympia. Montez et changez de vêtements. Lorsque vous serez propres, je vous présenterai à Mr. Chillhurst.
— Oh ! tante Olympia, répliqua Ethan de ce petit ton odieux qu'il avait récemment adopté. Ne joue pas les rabat-joie et dis-nous qui est cet individu.

Olympia se demanda où cet enfant avait bien pu apprendre à s'exprimer ainsi.

— Je vous expliquerai plus tard, c'est tout à fait amusant. Mais vous êtes tous deux trop boueux pour continuer de salir ainsi le tapis. Mrs. Bird sera très fâchée.
— Au diable Mrs. Bird ! lâcha Hugh.
— Hugh ! s'écria Olympia.
— D'accord, mais elle est toujours en train de geindre, tu le sais bien, répliqua-t-il non sans avoir jeté un coup d'œil à Chillhurst... Êtes-vous un authentique pirate ?

Chillhurst ne daigna pas répondre. De toute façon sa voix aurait été couverte par l'horrible vacarme provenant de l'entrée. Deux épagneuls bondirent dans la pièce en aboyant joyeusement pour prévenir de leur arrivée. Ils n'avaient pas l'air farouche. Intrigués de voir Minotaure assis poliment, ils se précipitèrent dessus.

— Tante Olympia ? Qu'est-ce qu'il se passe ? Il y a un drôle d'attelage dans le chemin... Avons-nous un visiteur ? hurla Robert de deux ans plus vieux que les jumeaux.

Il apparut dans l'embrasure de la porte, les cheveux plus bruns que ceux de ses frères, mais doté des mêmes yeux bleus. Il n'était pas trempé mais ses bottes étaient pleines de boue et ses mains et son visage en étaient également maculés. Il avait un grand cerf-volant à la main dont la queue dégoulinante traînait sur le plancher ; et de l'autre, il tenait trois poissons accrochés au bout d'une ligne. Il marqua un temps d'arrêt en voyant Chillhurst. Ses yeux s'arrondirent sous l'effet de la surprise.

— B'jour, dit Robert. Qui êtes-vous ? la carriole est à vous ?

Chillhurst ignorant les deux épagneuls remuants, fixa avec attention les trois enfants qui se tenaient devant lui.

— Je m'appelle Chillhurst, laissa-t-il tomber. C'est votre oncle qui m'envoie.

— Pas possible ? répliqua Hugh. Et d'où connaissez-vous oncle Artémis ?

— Je l'ai rencontré récemment. Il a su que je me rendais en Angleterre et m'a demandé de m'arrêter, ici, à Upper Tudway.

— Ça veut dire que nous allons avoir des cadeaux ! sont-ils dans votre carriole ?

— Oncle Artémis nous envoie toujours quelque chose, expliqua Hugh.

— C'est vrai, renchérit Ethan. Où sont-ils ?

— Ethan ! rappela Olympia. Il est extrêmement impoli de réclamer ses cadeaux à un hôte qui n'a pas encore pu se rafraîchir.

— C'est exact, Miss Wingfield, acquiesça Chillhurst qui se tourna vers Ethan. Entre autres cadeaux, votre oncle m'a choisi.

— Vous ? fit Ethan ébahi. Pourquoi vous aurait-il choisi ?

— Il m'a choisi pour être votre nouveau précepteur.

Un silence de mort tomba sur la bibliothèque. Olympia s'aperçut que l'expression de ses neveux passait de l'attente fébrile à une indicible terreur. Ils restaient là, consternés.

— Que le diable vous emporte ! souffla Hugh.

— Nous ne voulons pas de précepteur, décréta Ethan en fronçant le nez, le dernier était un ennuyeux personnage ne baragouinant que le latin ou le grec.

— Nous n'avons besoin de personne, assura Hugh. N'est-ce pas Robert ?

— Certes, admit ce dernier. Notre tante est tout à fait capable de nous apprendre ce que nous avons besoin de savoir. Dites-lui, tante Olympia !

— Mr. Chillhurst, je ne comprends pas... commença la jeune femme en observant le pirate qui se tenait au beau milieu de sa bibliothèque. Mon oncle n'aurait jamais engagé de précepteur sans m'avoir consultée au préalable.

Chillhurst la regarda avec une expression à la fois étrange et fascinante.

— C'est pourtant ce qu'il a fait, Miss Wingfield. J'ose espérer que cela ne posera aucun problème. J'ai fait tout ce chemin dans l'espoir d'avoir cette place. Je suis persuadé que je serai de quelque utilité, ici.

— Je ne suis pas vraiment certaine de pouvoir payer un autre précepteur, murmura Olympia.

— Mes gages ont déjà été payés, expliqua patiemment Chillhurst.

— Oh ! je vois, dit la jeune femme qui ne trouvait plus rien à redire.

Chillhurst se tourna alors vers les trois enfants qui l'observaient avec une appréhension et un déplaisir évidents et leur ordonna :

— Robert, allez à la cuisine et nettoyez ces superbes poissons.

— Mais... C'est le travail de Mrs. Bird !

— Vous les avez pêchés, vous les nettoyez, expliqua calmement Chillhurst. Ethan, Hugh, conduisez ces animaux au chenil.

— Mais les chiens vivent à la maison, riposta Ethan. En tout cas Minotaure. Les épagneuls appartiennent aux voisins.

— Aucune bête ne sera plus acceptée ici. A part Minotaure, bien sûr, et seulement lorsqu'il sera sec et propre. Renvoyez les deux autres et prenez soin du vôtre.

— Mais Mr. Chillhurst... protesta Ethan de sa voix snobinarde.

— Je ne tolérerai pas de jérémiades. Les jérémiades m'ennuient affreusement, dit Chillhurst en jetant un coup d'œil à sa montre de gousset. Quand vous aurez terminé, nous ferons connaissance et je vous parlerai de vos prochains cours... compris ?

— Que le diable m'emporte ! siffla Robert. Cet homme est complètement fou.

Ces frères, atterrés, continuaient de fixer Chillhurst.

— Est-ce bien compris, répéta ce dernier d'un ton de voix dangereusement calme.

Les jumeaux regardèrent la dague.

— Oui, Sir ! dit précipitamment Ethan.
— Oui, Sir ! fit Hugh en déglutissant avec difficulté.
Robert semblait maussade mais il acquiesça à son tour.
— Vous avez la permission de quitter la pièce, dit Chillhurst.
Les trois garçons s'en allèrent, raides comme la justice, suivis par les chiens excités. Puis le calme revint.
Olympia fixa la porte avec effarement.
— Tout ceci est purement incroyable, monsieur. Vous êtes engagé.
— Merci, Miss Wingfield. Je ferai mon possible pour mériter cette place.

2

— Il faut que je sois honnête avec vous, Mr. Chillhurst, expliqua Olympia en posant les avant-bras sur le bureau. J'ai eu trois précepteurs en six mois. Aucun d'entre eux n'est resté plus de quinze jours.
— Je vous promets de rester aussi longtemps qu'il sera nécessaire, Miss Wingfield.
Jared se cala confortablement dans son fauteuil et observa la jeune femme par-dessus ses doigts croisés.
« Par tous les saints ! » pensa-t-il. Son regard ne pouvait se détacher d'elle. Olympia l'avait tout bonnement fasciné depuis l'instant où il était entré dans la bibliothèque.
En fait, constata-t-il, cette fascination avait véritablement commencé la nuit où dans ce maudit port français, Artémis Wingfield lui avait décrit sa curieuse nièce. Il n'avait, durant tout le voyage, cessé de penser à cette femme insensée qui avait réussi à retrouver la trace du journal de Claire Lightbourne. Dire que sa famille avait passé des années à le rechercher, sans succès.
Mais, ce qui l'avait le plus étonné, ce fut, en voyant Olympia assaillie par Draycott, ce sentiment de violence et de jalousie qui l'avait envahi.

Cela avait été un peu comme s'il avait surpris sa propre femme en fâcheuse posture. Il avait eu envie d'étrangler Draycott et en même temps avait été furieux qu'Olympia n'ait pas fait preuve de plus de sens commun. Il avait failli la secouer, la jeter sur le tapis et bien manquer lui faire l'amour.

Jared était troublé par la force de ses sentiments. Et pourtant, il avait déjà vécu cela le jour où il avait trouvé Demetria Seaton, sa fiancée, dans les bras de son amant ; mais sa réaction d'alors n'avait pas atteint la violence de celle qu'il avait eue aujourd'hui. Ce n'était pas normal, ce n'était pas logique.

Malgré cela il n'avait fallu à Jared que quelques secondes pour prendre sa décision. Il avait abandonné ses jolis plans parfaitement élaborés. Il avait envoyé le journal de Claire Lightbourne au diable et renoncé à le lui racheter. Cette pensée même lui faisait horreur.

Ce qu'il voulait, c'était elle. *Il la voulait de tout son être.*

Il lui avait fallu trouver très vite un moyen de rester dans les parages de cette sirène. Il avait l'impérieux désir d'aller jusqu'au bout de cette fatale attraction.

Rien d'autre ne comptait autant, ni le carnet, ni la quête familiale, ni même ses affaires en instance, encore moins la recherche de la personne qui l'avait floué. Tout ceci pouvait attendre, pour la première fois de sa vie, il allait faire ce dont il avait envie et au diable ses responsabilités.

Grâce à son intelligence acérée, il avait pu trouver l'immédiate solution au dilemme qui s'était présenté, en se faisant passer pour un précepteur, un peu comme si le destin lui avait tendu une perche. Mais maintenant, à y réfléchir, Jared se demandait s'il n'avait pas perdu l'esprit alors. Non, il ne pouvait regretter, même s'il savait, au plus profond de lui, que cette flambée de passion pouvait être une menace pour son légendaire sang-froid. Il ne regrettait rien.

Tout ceci, en fait, l'amusait considérablement car jusqu'à présent le calme, la logique, la maîtrise de soi avaient prévalu dans sa vie.

Dans cette famille d'excentriques livrés à leurs passions, le contrôle de ses instincts avait seul permis à Jared de vivre dans la paix et l'ordre. Il avait si bien su garder ses émotions sous le boisseau qu'il en était venu à se demander s'il pouvait encore en avoir.

Olympia lui avait prouvé le contraire. C'était une sirène à n'en pas douter... et qui n'avait pas encore conscience de son pouvoir.

Ce n'était pas sa beauté qui avait ouvert une brèche dans l'armure qu'il s'était forgée, Demetria était plus jolie, plus élégante. Non, Olympia avec sa chevelure flamboyante, son visage si expressif, ses yeux couleur de lagon était beaucoup plus que belle, elle était excitante, mystérieuse, éclatante. Son charme innocent était plus dévastateur qu'il ne l'avait imaginé.

Il lui semblait que ce corps si joliment dessiné exprimait un monde de volupté sous l'aérienne robe de mousseline. Que tous les Reginald Draycott de la terre aillent se faire voir ailleurs, décida Jared. Il désirait Olympia, et nul autre homme que lui ne devrait s'en approcher.

Plein de curiosité et de fascination, Jared ne pouvait manquer de noter qu'Olympia n'avait pas remis d'ordre dans sa toilette. Son bonnet était toujours de guingois, son bas de soie blanche avait glissé de la jarretière sur sa cheville, mais ces détails ne la rendaient que plus attirante. Elle paraissait vivre dans un monde étrange, connu d'elle seule.

A n'en pas douter, elle n'était qu'un bas-bleu condamné à rester vieille fille, mais cela ne semblait pas la troubler. Jared pensa qu'elle ne détestait pas cet état, ayant fort bien admis qu'il existait peu d'hommes capables de la comprendre et de partager sa vie intérieure.

Olympia se mordit la lèvre inférieure.

— C'est fort aimable à vous de me promettre de rester, je suis certaine que vous le dites avec les meilleures intentions du monde. Mais la vérité est que mes neveux sont un peu durs à discipliner.

— Ne vous inquiétez pas, Miss Wingfield, je m'en arrangerai.

Après avoir passé des années à affronter de rusés hommes d'affaires, d'arrogants capitaines, d'occasionnels pirates et surtout les lunatiques membres de sa famille,

Jared ne craignait pas de venir à bout de trois jeunes garnements.

Pendant un instant une lueur d'espoir traversa le regard d'Olympia, puis elle s'alarma :

— J'espère que vous ne comptez pas employer la force. Je ne permettrais pas qu'ils soient frappés. Ces enfants ont assez souffert depuis la mort de leurs parents.

— J'ai toujours jugé que l'on ne venait pas à bout d'un enfant ou même d'un cheval avec une cravache, Miss Wingfield, répliqua Jared, employant malgré lui une phrase qu'il n'avait que trop entendue dans la bouche de son père. Cette méthode détruit toute initiative et je dirais même développe un esprit vicieux chez l'enfant.

Olympia parut soulagée.

— C'est tout à fait ce que je pense. Malheureusement beaucoup de personnes pratiquent encore ces vieilles méthodes. Mes neveux sont de bons garçons.

— Je vois.

— Je m'occupe d'eux depuis six mois, continua Olympia. Ils sont passés de main en main depuis la mort de leurs parents. Lorsque je les ai trouvés sur le seuil de ma maison, ils étaient en proie à l'angoisse et au désespoir. Hugh souffre encore d'horribles cauchemars.

— Hum !

— Je sais qu'ils sont parfois indisciplinés, mais ils étaient presque trop sages au début... de les voir si remuants m'incite à penser qu'ils sont heureux. Et, je constate depuis quelques mois qu'ils sont devenus plus affectueux.

— Ils en ont en effet l'air d'être heureux, admit Jared.

— Je comprends ce qu'ils ont pu ressentir le jour où leur oncle et leur tante du Yorkshire les ont laissés ici. J'ai vécu ce sentiment d'abandon et de solitude lorsque je fus moi-même déposée sur le perron de tante Sophy...

— Quel âge aviez-vous ?

— Dix ans. Mes parents ayant péri en mer, je passais de l'un à l'autre comme mes neveux. Personne n'avait vraiment envie de s'embarrasser de moi, même si certains ont essayé de faire leur devoir.

— Le devoir n'a rien à voir avec l'affection.

— Absolument. Et un enfant sent très bien la différence.

Tante Sophy et tante Ida avaient toutes les deux dépassé la soixantaine mais elles m'acceptèrent et m'offrirent un foyer. Je suis déterminée à agir de la sorte avec ces garçons.
— C'est tout à votre honneur, Miss Wingfield.
— Malheureusement, je n'entends rien à l'éducation des jeunes enfants, admit Olympia. Je crains de leur imposer une certaine discipline de peur qu'ils ne se croient rejetés ou mal-aimés.
— Vous pouvez les élever avec autorité sans qu'ils en pâtissent, répondit Jared avec calme. C'est l'absence d'autorité qui peut les amener à penser qu'ils vous sont indifférents.
— Vraiment ?
Jared croisa les mains.
— Comme précepteur, je ne peux que conseiller à vos neveux des leçons à heures fixes et des activités surveillées.
Olympia montra des signes de soulagement.
— Je vous serai reconnaissante si cette maison retrouvait un semblant d'ordre, il m'est extrêmement difficile de travailler dans ce chaos. Cela fait plusieurs mois que je n'ai pu écrire un seul article. Il y a toujours une crise sur le point d'éclater...
— Une crise ?
— Samedi dernier, Ethan avait apporté une grenouille à l'église. Je vous laisse imaginer l'effet produit... Il y a quelques jours, Robert a essayé d'enfourcher le cheval d'un voisin, sans selle bien sûr. Il est tombé et le voisin était furieux. Hier, Hugh s'est battu avec Charles Bristow et sa mère en a fait un drame.
— Quelle était la cause de cette bagarre ? s'enquit Jared curieux.
— Aucune idée, Hugh n'a pas voulu m'en parler. Mais il saignait du nez et j'ai craint qu'il ne l'eût cassé.
— Hugh a perdu ?
— Oui, mais ce n'est pas cela l'important. L'important c'est qu'il ait commencé. Serait-il querelleur ? Mrs. Bird dit que je devrais lui donner le fouet, mais il ne saurait en être question. Enfin, voici un petit aperçu de ma vie.
— Hum !
— Mais tout ceci n'est rien à côté du *tapage* qui règne

ici ! On se croirait aux halles, dit-elle en portant une main à son front.

— Cela ne vous concerne plus Miss Wingfield. Je me charge dorénavant de tout, cette maison va retrouver sa bonne vieille routine et vous pourrez travailler de nouveau. A ce sujet, je voulais vous dire combien j'étais impressionné par votre bibliothèque.

Olympia le remercia. Un moment distraite par ce commentaire, elle jeta un coup d'œil plein de fierté et de bonheur autour d'elle.

— J'ai hérité de presque tous ces livres de mes tantes Sophy et Ida. Elles ont beaucoup voyagé lorsqu'elles étaient jeunes et ont rapporté maints volumes inestimables.

Jared détacha son regard de la jeune femme pour examiner les lieux. La pièce était aussi inattendue et mystérieuse qu'Olympia elle-même. C'était la retraite d'une intellectuelle, bondée d'éditions rares, de cartes, de globes terrestres. Nulle trace d'herbiers ou de boîte de couture, nul ouvrage commencé traînant sur le bras d'un fauteuil. Le bureau d'acajou était de taille imposante et ne ressemblait en rien à ces délicates écritoires pour dames. « En fait, pensa Jared, cela me rappelle mon propre bureau. »

— Revenons à votre engagement, Mr. Chillhurst, reprit Olympia hésitante. Je suppose qu'il me faut vérifier vos références. Ma voisine, Mrs. Milton, m'a toujours conseillé de n'employer que des précepteurs aux antécédents irréprochables.

Jared lui lança un regard en coin.

— Votre oncle m'a choisi, je supposais que cela devait vous suffire.

— Oui... oui, bien sûr. Quelle meilleure référence pourrais-je avoir ?

— Je suis heureux que vous le preniez ainsi.

— Ceci clôt la discussion, alors.

Olympia était apparemment soulagée de n'avoir plus à s'inquiéter de ces détails.

— Vous me disiez avoir rencontré oncle Artémis en France ?

— Oui, je revenais d'Espagne et faisais route vers l'Angleterre.

— Vous étiez en Espagne ? s'enquit Olympia au comble de la joie. J'ai toujours voulu visiter l'Espagne... et l'Italie, ainsi que la Grèce d'ailleurs.

— J'ai eu la chance de connaître ces pays... et les Indes occidentales, les Amériques...

— Comme c'est excitant, Mr. Chillhurst ! et comme je vous envie. Vous êtes, à n'en pas douter, un Citoyen du Monde.

— Je suis ravi de l'apprendre, dit Jared avec amusement.

Il estimait, pour sa part, qu'il n'était qu'un homme ordinaire. Mais l'admiration qu'il lisait dans les yeux de cette sirène le remplissait d'aise.

— Vous devez, bien sûr, être au fait des us et coutumes de ces autochtones, fit Olympia remplie d'espoir.

— J'ai pu observer de fort curieuses choses, ma foi.

— Je ne crains pas de me considérer aussi comme une Citoyenne du Monde, à cause de l'excellente éducation que m'ont donnée mes tantes, confia la jeune femme. Mais je n'ai jamais eu l'occasion de me rendre à l'étranger. Ces dernières années, les chères vieilles dames étaient trop souffrantes, et après, leur maigre héritage ne m'a pas permis de voyager.

— Je comprends, acquiesça Jared amusé de voir Olympia se définir comme une Citoyenne du Monde. Mais maintenant, j'aimerais que nous discutions du rôle que je dois jouer dans cette maison, Miss Wingfield.

— Vraiment ?

— Absolument.

— Je croyais la chose faite...

Olympia se cala dans son fauteuil et exhala un curieux soupir.

— Je n'avais jamais rencontré un voyageur tel que vous, Mr. Chillhurst. Je vais certainement vous presser de questions... Je vais enfin pouvoir vérifier certains faits tirés de mes annotations.

Brusquement, Jared se rendit compte qu'elle le contemplait comme s'il avait été le plus beau, le plus fascinant, le plus désirable gentleman que la terre ait jamais porté. Jamais femme ne l'avait ainsi regardé.

Lui qui n'avait rien d'un séducteur, lui qui depuis l'âge de dix-neuf ans n'avait pensé qu'à travailler encore et encore. Lui qui, suivant les dires de son père, avait laissé s'éteindre la flamme des Flamecrest.

Les choses de l'amour ne lui étaient pas inconnues pour autant. Il les avait pratiquées, mais il était conscient que cela n'avait rien à voir avec le fait de désirer nuit et jour la femme aimée. N'être qu'un coureur de jupons ne l'intéressait pas. Cela l'avait toujours laissé insatisfait. Et ses partenaires féminines n'avaient pas paru plus heureuses. Comme d'ailleurs Demetria avait pris la peine de le lui expliquer : excepté son titre et sa fortune, il n'avait rien de vraiment désirable à offrir.

Mais aujourd'hui, son instinct l'avertissait qu'il lui serait possible de séduire Olympia Wingfield s'il le voulait. Elle au moins n'exigerait pas de poèmes alambiqués, ni de somptueux bouquets, ni de regards enamourés.

Seulement quelques récits de voyages...

Il se prit à penser à la manière de lui faire la cour. Elle sourirait assurément à une aventure italienne, s'émerveillerait devant la beauté du continent américain, serait tout bonnement bouleversée par son épopée en Indes occidentales. Il se sentit revigoré par ces multiples possibilités.

Jared inspira profondément pour recouvrer son self-control. Puis il chercha son carnet dans la poche de sa veste et l'ouvrit, sous l'œil intéressé de la jeune femme, à la page du jour.

— En premier, nous devons discuter du chargement que votre oncle m'a confié.

— Oui, oh ! oui, répliqua-t-elle vivement. C'était tellement gentil à vous de vous en être chargé. Oncle Artémis et moi avons passé un merveilleux arrangement, mais je suppose qu'il vous en a parlé. Au cours de ses voyages, il sélectionne le maximum de produits rares et il s'arrange ensuite pour me les faire parvenir. En échange, je m'occupe de les vendre à Londres.

Jared essaya, mais en vain, d'imaginer la jeune femme en importatrice de marchandises de luxe.

— Puis-je me permettre, Miss Wingfield, de vous demander comment vous trouvez les acheteurs ?

Elle sourit rapidement.

— C'est très simple. Un de mes voisins, lord Pettigrew,

a la bonté de m'aider. Il a déclaré que c'est le moindre de ce qu'il pouvait faire eu égard au respect qu'il portait à mes chères tantes depuis de si longues années.

— Et comment ce Pettigrew s'y prend-il ?

Olympia eut un vague geste de la main.

— Je suppose que son homme d'affaires à Londres s'occupe des détails...

— L'homme d'affaires de lord Pettigrew vous fait-il gagner beaucoup d'argent ? insista Jared.

La jeune femme gloussa puis, se penchant en avant, lui confia :

— Nous avons obtenu deux cents livres sterling sur le dernier chargement.

— Vraiment ?

— Bien sûr, il s'agissait d'une cargaison exceptionnelle. Mon oncle avait envoyé des mètres et des mètres de pure soie, une grande variété d'épices... je ne sais si je gagnerai autant cette fois-ci.

Jared estima approximativement à trois mille livres sterling ce qu'il avait rapporté de France. Il avait dû louer les services de deux gardes aux docks de Weymouth.

Il prit dans son carnet une feuille de papier soigneusement pliée.

— Voilà la liste des denrées que votre oncle vous a envoyées cette fois, dit-il en la lui tendant. Est-elle comparable à la précédente ?

Olympia s'en saisit et la parcourut distraitement.

— Je ne me souviens plus très bien... il me semble y avoir moins de dentelles, et je ne vois aucun de ces charmants éventails italiens qu'oncle Artémis m'avait envoyés la dernière fois...

— Il y a de belles coupes de soie et de velours, fit observer Jared doucement.

Olympia haussa les épaules.

— Lord Pettigrew m'a fait remarquer que le marché de la soie et du velours était au plus bas en ce moment, aussi, n'obtiendrai-je sans doute pas autant cette fois-ci.

Jared se demanda depuis combien de temps lord Pettigrew abusait Olympia.

— Je connais bien l'import-export...

— Vous, vraiment ? dit-elle d'un ton de surprise polie.

— Absolument, confirma Jared en pensant aux centaines de milliers de livres sterling qui transitaient par sa compagnie chaque année. Si vous le désirez, je me ferai un plaisir de négocier ce chargement pour vous.

— C'est très généreux à vous, fit la jeune femme confuse devant tant de bonté. Êtes-vous vraiment certain de vouloir vous embarrasser de cela ? Lord Pettigrew affirme que cette tâche est fastidieuse, qu'il doit toujours être en alerte, les escrocs sont légion.

— Je suppose qu'il sait de quoi il parle, répliqua Jared d'un ton ironique. Je pense sincèrement pouvoir faire aussi bien que lui, sinon mieux.

— Vous toucherez une commission, alors.

— Il n'en est pas question.

Jared, déjà, pensait à la manière dont il procéderait. Il enverrait le chargement à Félix Hartwell, son homme d'affaires, et il en profiterait pour lui demander s'il avait progressé dans sa recherche.

— Je considère que cela fait partie de la tâche de tout bon précepteur.

— Vous croyez ? s'étonna Olympia. Comme c'est curieux. Aucun de vos prédécesseurs ne m'a jamais proposé d'étendre ses services au-delà de la salle de classe !

— Je pense que je vais être de quelque utilité dans cette maison.

La porte de la bibliothèque s'ouvrit brutalement, livrant passage à une gaillarde matrone en tablier et bonnet blancs. De ses grosses mains rouges, elle tenait le plateau de thé.

— Eh ben ! Qu'est-ce qui se passe ? On a un nouveau précepteur, lança-t-elle à Olympia. Z'allez pas bourrer encore le crâne d'un pauvre être en lui faisant croire qu'il peut venir à bout de ces petits monstres !

— Mes neveux ne sont pas des monstres, répliqua Olympia d'un ton sec. Mrs. Bird, voici Mr. Chillhurst. Oncle Artémis me l'a recommandé et je crois qu'il s'avérera très utile. Mr. Chillhurst, laissez-moi vous présenter Mrs. Bird, ma gouvernante.

« Il n'y a rien de délicat ni de charmant dans cette créature », pensa Jared. C'était une robuste femme, au faciès rond, au nez épais et qui avait apparemment les pieds sur terre. Malgré son manque d'éclat, le regard révélait une vague lueur de suspicion.

— Tiens, tiens, tiens, marmonna Mrs. Bird en posant sans ménagement le plateau sur le bureau. Ainsi nos trois diablotins avaient raison... Z'avez plutôt l'air d'un damné pirate que d'un honorable précepteur, Mr. Chillhurst.

— Croyez-vous ? dit Jared étonné par le manque de manières de la gouvernante, et par l'absence de réaction d'Olympia qui semblait considérer cela comme normal.

Il accepta son thé avec une politesse glacée.

— Le prenez pas mal, expliqua Mrs. Bird. Vous aurez besoin d'un sabre d'abordage et d'un pistolet pour faire obéir ces fripons. Sont venus à bout de trois précepteurs, je vous l'dis.

Olympia lança un drôle de regard à Jared.

— Mrs. Bird ! Vous allez alarmer Mr. Chillhurst.

— Quoi ? renifla la gouvernante. Il aurait découvert le pot aux roses bien assez tôt. Ça sera intéressant de voir combien de temps il va tenir, celui-là... Suppose que vous l'mettez dans la maison du garde-chasse comme les autres ?

Olympia sourit à Jared.

— Mrs. Bird parle du pavillon qui se trouve en bas du chemin, sans doute l'avez-vous remarqué ?

— En effet. Il est charmant.

— Parfait, fit Olympia soulagée. Voyons, de quoi devons-nous encore discuter ? Ah oui ! Vous partagerez nos repas, bien sûr. Nous avons une grande pièce à l'étage du dessus qui fait office de salle de classe. Et vous avez la libre disposition de ma bibliothèque... Vous pouvez commencer vos leçons demain matin.

Mrs. Bird ouvrit des yeux ronds.

— Et ses gages ? dit-elle avant de s'adresser à Jared. Il faudra vous habituer, Miss Olympia n'y entend goutte, question finance. Faudra lui rappeler de vous payer, y a pas de timidité à avoir.

— Cela suffit, Mrs. Bird. Ne me faites pas passer pour plus idiote que je ne suis ! Les gages de Mr. Chillhurst ont été payés d'avance par oncle Artémis.

— C'est exact, confirma Jared doucement.

— Vous voyez, lança triomphalement Olympia à sa gouvernante.

Mrs. Bird renifla bruyamment, elle ne paraissait pas convaincue.

— Si vous nous rejoignez pour l'dîner, vous serez bien content d'apprendre que la cave est pleine de bordeaux et de vins de xérès.

— Merci.

— Miss Sophy et Miss Ida en prenaient toujours avant l'dîner, et après elles s'offraient un petit coup de cognac avant l'coucher. Bon pour la digestion, j'vous le dis. Miss Olympia a maintenu la tradition.

— Surtout depuis l'arrivée de mes neveux, murmura la jeune femme.

— C'est extrêmement gentil à vous, Mrs. Bird, et je ne verrais aucun inconvénient à boire un ou deux verres de bordeaux avant le dîner car le voyage a été éprouvant.

— Comptez là-dessus, expliqua Mrs. Bird en se dirigeant lourdement vers la sortie. J'me demande bien combien de temps vous z'allez rester...

— Le temps qu'il faudra, dit Jared. Au fait, à quelle heure le dîner est-il servi, ici ?

— Comment l'dire ? Dépend de Miss Olympia... Si elle arrive à attraper les diablotins en temps et en heure. Sont jamais pressés de venir à table...

— Je vois. Dans ce cas, Mrs. Bird, le repas sera servi à six heures tapantes. Ceux qui ne seront pas à l'heure seront privés de dîner. Est-ce clair ?

La gouvernante le regarda, médusée.

— Ouais ! Parfaitement clair.

— Excellent, Mrs. Bird. Vous pouvez disposer.

— Dites donc ! Qui donne les ordres ici ? J'aimerais ben le savoir.

— Jusqu'à plus amples informations, moi, répliqua froidement Jared sans tenir compte de l'étonnement d'Olympia. Avec l'accord de mon employeur, bien sûr...

— Beh ! Je doute que ça dure longtemps, déclara la gouvernante en quittant la pièce.

Olympia se mordit la lèvre.

— Ne faites pas attention à elle, Mr. Chillhurst. Elle est

un peu brusque, mais elle a un bon fond. Vraiment je ne sais pas comment je m'en sortirais, sans elle. Elle et son défunt mari étaient employés par mes tantes. Après leur mort, elle est restée avec moi et je lui en suis reconnaissante. Personne d'autre ne veut venir à mon service, on me considère comme un peu folle, ici, à Tudway.

Jared vit, dans ses beaux yeux, passer l'ombre de la solitude.

— Upper Tudway ne saurait apprécier à sa juste valeur une pure Citoyenne du Monde.

— C'est exactement ce que mes chères tantes avaient l'habitude de dire, répondit Olympia en retrouvant son sourire.

— Ne vous inquiétez pas. Mrs. Bird finira par s'habituer à ma compagnie, répondit Jared en buvant une gorgée de thé. Mais il y a autre chose dont j'aimerais vous entretenir.

— Ai-je oublié quelque chose ? s'excusa la jeune femme d'un air ennuyé. J'ai peur que ma gouvernante n'ait raison. Je prends pour des détails sans importance des choses qui paraissent vitales aux autres.

— Ce n'est rien de grave, la rassura Jared.

— Merci, mon Dieu ! dit la jeune femme en riant.

Olympia, rassurée, se laissa aller dans son fauteuil.

— Votre oncle m'a chargé de vous dire qu'il avait trouvé quelques vieux livres, dont un journal intime...

Brusquement, la jeune femme retrouva tout son sérieux.

— Qu'avez-vous dit ?

— Il s'agirait du journal de Claire Lightbourne.

— *Il l'a trouvé !* s'exclama Olympia en sautant sur ses pieds, excitée, les joues rouges. Oncle Artémis a trouvé le journal de Lightbourne !

— C'est ce qu'il m'a dit.

— Où est-il ?

— Dans une des malles de la cargaison. Dieu sait laquelle.

A vrai dire l'envie ne lui avait pas manqué de regarder, mais il n'avait guère eu l'opportunité depuis son accostage de trouver un endroit tranquille pour s'arrêter et fouiller la cargaison. Les voleurs de grand chemin foisonnaient sur les routes anglaises et il était préférable de voyager d'une traite.

— Nous devons décharger sans tarder la carriole. Je ne puis attendre plus longtemps ! lança Olympia au comble de l'énervement.

Elle contourna le bureau, se saisit de ses jupes et s'élança dehors.

Jared l'observa, un tantinet perplexe. Il ne pourrait vivre dans ce chaos perpétuel, il allait lui falloir instaurer ses propres règles sans lesquelles sa sacro-sainte routine ne pourrait subsister. Il allait commencer tout de suite.

Enfin seul, Jared dégusta son thé, calmement. Puis il posa sa tasse, tira sa montre de sa poche et regarda l'heure. Il restait dix minutes à ses jeunes élèves pour être en bas, au rapport.

Il se leva et se dirigea à son tour vers la porte.

3

Une semaine plus tard, Mrs. Bird fit irruption dans la bibliothèque, chargée de son plateau à thé.

— M'est avis que cette maison est trop calme, grommela-t-elle en posant sa charge sur le bureau d'Olympia. Beaucoup trop calme.

Olympia dut faire un effort pour se sortir du langage codé de Claire Lightbourne et regarder sa gouvernante.

— Que me dites-vous là ? Je trouve ce silence agréable. C'est la première fois que je goûte une telle paix depuis l'arrivée de mes neveux.

Ces quelques jours avaient passé très vite pour la jeune femme qui n'arrivait pas à comprendre comment Jared Chillhurst s'y était pris pour ramener le calme dans la maison en si peu de temps.

Il n'y avait plus eu de bottes boueuses dans l'entrée, plus de grenouilles cachées dans le tiroir du bureau, plus de chamailleries. Les garçons étaient passés à table à l'heure dite et, plus impressionnant encore, correctement vêtus et les mains propres.

— C'est pas naturel, marmonna la gouvernante en versant le thé. Qu'est-ce que ce pirate fabrique dans la salle de classe avec les trois diablotins. J'vous demande ?

— Mr. Chillhurst n'est pas un pirate, protesta Olympia. Je vous prierai de ne plus l'appeler ainsi, c'est notre précepteur, excellent au demeurant, vu ce qu'il a obtenu des enfants.

— Ah ! sûr qu'il les torture, pauvres gosses, voilà ce qu'il fait. J'parie qu'il leur fait peur pour qu'ils marchent droit.

— Stupidité, dit Olympia avec un bref sourire.

— Peut-être ben qu'il les menace du fouet s'ils lui obéissent pas !

— Je suis certaine que Robert se serait plaint à moi de tels traitements, observa la jeune femme.

— Pas si l'pirate lui a promis de lui tordre le cou !

— Par pitié, Mrs. Bird ! Vous étiez la première à dire que ces enfants avaient besoin d'une poigne ferme.

Mrs. Bird posa la théière sur le plateau et se pencha au-dessus du bureau.

— Jamais dit qu'on devait les terrifier. Malgré tout, sont des braves gosses...

Olympia tapota nerveusement le bureau.

— Croyez-vous vraiment ce que vous avancez ?

— Rien d'autre ne serait venu à bout de ces gaillards en si peu d'temps, si j'puis me permettre, affirma Mrs. Bird en levant les yeux au plafond d'un air désespéré.

Olympia suivit son regard. Au-dessus, le silence était total. Un silence anormal, inquiétant, pensa-t-elle.

— Je suppose que je ferais mieux d'aller voir, dit-elle en se levant aussitôt.

— Feriez mieux d'être rusée, l'avertit Mrs. Bird. Ce monsieur a fait son possible pour donner bonne impression. J'pense qu'il veut pas perdre la face. S'il sait qu'on l'observe, y sera très gentil.

— Je serai prudente, promit Olympia en prenant une gorgée de thé pour se ragaillardir avant de se précipiter vers la porte.

— 'Tendez avant que j'oublie ! Lord Pettigrew a laissé un message comme quoi il est rentré de Londres. Viendra cet après-midi. Pas d'doute qu'il veut vous aider à vendre la marchandise.

Olympia marqua un arrêt.

— Oh ! Seigneur. J'ai oublié de le prévenir que je n'avais plus besoin de ses services.

L'expression de la gouvernante passa de la désapprobation évidente à la plus pure inquiétude.

— Ben voyons ! Ça veut dire quoi, ça ?

— Juste ce que je viens de dire, ni plus, ni moins. Mr. Chillhurst m'a gentiment offert de s'en occuper à l'avenir.

— Suis pas sûre d'aimer... Qu'est-ce que ce Chillhurst va faire de ces produits ?

— Il ne va pas nous voler, voyons ! Il en aurait eu tout le loisir au débarquement à Weymouth.

— Peut-être qu'il vous abusera sur les ventes. Z'avez que sa parole, à ce pirate... Mieux vaut continuer avec lord Pettigrew, j'vous dis.

Olympia, pour le coup, perdit patience et quitta la pièce sans vouloir en entendre plus.

Elle ramassa ses jupes de mousseline d'une main et gravit promptement les marches de l'escalier. Sur le palier, elle fit une pause et écouta. Tout était calme. Elle marcha sur la pointe des pieds jusqu'à la salle de classe et posa son oreille contre la porte. Elle perçut la voix de Jared qui expliquait.

— C'était une idée idiote, mais ce capitaine Jack adorait les idées bizarres. C'était malheureusement un des traits de caractère de sa famille.

— Il y eut d'autres pirates parmi les siens ? demanda Ethan vivement.

— Capitaine Jack était un flibustier, corrigea Jared. Non je ne crois pas qu'il y en ait eu d'autres... bien que certains de ses descendants furent suspectés de contrebande.

— Contrebande ? demanda Hugh.

— Fraude, expliqua Jared. Le siège de cette famille était établi dans l'île de Flame. Un endroit absolument merveilleux, mais éloigné de toute civilisation. Robert, montre-nous où se trouve l'île de Flame...

— Ici, s'écria Robert avec enthousiasme. Au large des côtes du Devon. Vous voyez, ce petit point-là ?

— Très bien. Comme vous le remarquez, cet endroit est fort bien placé pour des contrebandiers. Les autorités françaises et espagnoles sont loin. Les garde-côtes viennent rarement dans les parages et les indigènes n'ont pas l'habitude de converser avec les étrangers.

— Dites-nous tout sur ces contrebandiers, réclama Ethan.

— Non, je préfère connaître le plan qu'avait capitaine Jack pour traverser l'isthme de Panama le premier, coupa Robert.

— Oh! Mr. Chillhurst, racontez-nous comment les flibustiers s'y prenaient pour capturer les galions espagnols! demanda Hugh vivement. Les contrebandiers peuvent attendre demain...

— Très bien, accepta Jared. Mais d'abord je voudrais vous expliquer que son idée n'était pas seulement bizarre mais aussi très dangereuse. L'isthme de Panama n'est pas un endroit sûr. Il est couvert de denses forêts où vivent d'innombrables créatures étranges et mortelles. Beaucoup d'hommes ont péri pour avoir essayé d'atteindre la mer de l'autre côté.

— Pourquoi capitaine Jack et son équipage ont-ils voulu tenter de passer? Pourquoi ne sont-ils pas restés aux Antilles, enfin les Indes occidentales comme vous les appelez?

— L'or! lança Jared. Capitaine Jack avait un associé à cette époque. Ils avaient entendu parler d'un fabuleux trésor que l'Armada espagnole rapportait de ses colonies américaines. Nos deux flibustiers décidèrent de traverser l'isthme de Panama avec une bande de solides gaillards et d'essayer de capturer un galion ou deux, histoire de devenir immensément riche.

— Seigneur Dieu! siffla Robert entre ses dents. Ce que j'aurais aimé être avec eux...

Olympia ne voulut pas attendre davantage. Les mots *fabuleux trésor* et *flibustiers* dansaient devant ses yeux. Comme ses neveux, elle était subjuguée par le récit de Jared, aussi ouvrit-elle doucement la porte et se glissa-t-elle, sans bruit, à l'intérieur de la pièce.

Ethan, Hugh et Robert étaient groupés autour d'une mappemonde, près de la fenêtre. Aucun d'eux ne vit Olympia entrer, tant ils étaient concentrés.

Jared, une main posée sur le globe, tenait de l'autre sa dague dont il pointait le bout acéré sur les Antilles.

Olympia, à ce spectacle, fronça les sourcils car depuis quelques jours Jared avait abandonné le port de la dague. Elle avait supposé, à tort, qu'il l'avait définitivement rangée. Or, il l'avait bien en main avec l'aisance d'un homme habitué à s'en servir.

Il lui paraissait dangereux, aussi dangereux qu'au premier jour, à se tenir ainsi, dans la lumière matinale. Pour qui ne le connaissait pas, il pouvait même faire peur. Mais elle le connaissait au travers des soirées qu'ils avaient passées ensemble ces derniers jours, à converser, à lire, à boire du cognac, avant qu'il ne regagne la maison du garde-chasse. Elle avait apprécié sa compagnie.

— Est-ce d'usage pour un précepteur de courir le monde ainsi ? lui avait-elle demandé.

Jared lui avait alors lancé un de ses insondables regards.

— Oh, non ! Je suis un homme chanceux. J'ai travaillé pour des gens qui voyageaient beaucoup et qui désiraient emmener leur famille, ce qui n'est pas commun.

Olympia avait hoché la tête.

— Naturellement... quelle merveilleuse carrière vous avez choisie.

— Je ne l'ai appréciée que tardivement, avait répondu Jared en se reversant une rasade de cognac. Je vois que vous avez une superbe carte des mers du Sud sur votre mur.

— J'ai effectué maintes recherches sur cette partie du globe, avait affirmé Olympia.

L'effet combiné du feu de bois flambant dans l'âtre et de l'alcool l'avait conduite à un état de plaisante lassitude. « Deux Citoyens du Monde s'entretenant de choses et d'autres » avait-elle pensé avec satisfaction.

Jared avait alors replacé le flacon de cristal sur la table.

— J'ai eu l'occasion de visiter ces îles.

— Vraiment ! Cela a dû être terriblement excitant.

— Oh, oui ! L'endroit est plein de légendes comme vous pouvez vous en douter. Une, surtout, qui m'a beaucoup intrigué.

— Dites-moi, avait supplié Olympia.

La bibliothèque lui avait semblé être baignée d'une lumière irréelle, comme si Jared et elle avaient été transportés dans un autre monde, dans une autre dimension.

— C'est l'histoire de deux amoureux qui ne peuvent se marier car le père de la jeune femme s'y oppose.

— Quelle tristesse ! s'était exclamée Olympia en portant le verre à ses lèvres. Qu'advint-il d'eux ?

— Leur passion était telle qu'ils décidèrent de passer outre. Ils se rencontrèrent en secret, une nuit, dans une petite crique à l'abri des regards.

— Ils durent parler jusqu'à l'aube naissante, avait murmuré Olympia. Se dire des choses fort poétiques, se confier leurs plus intimes secrets. Rêver d'un futur possible...

Jared lui avait jeté un curieux regard.

— En fait, ils firent l'amour toute la nuit, passionnément.

— Sur la plage ? avait cillé Olympia.

— Oui.

— Mais... (Olympia s'était éclairci la gorge). N'était-ce pas atrocement inconfortable ? Je veux dire, avec le sable...

Jared avait eu un sourire moqueur.

— Qu'est-ce qu'un peu de sable au regard de leur amour désespéré ?

— Euh... oui, bien sûr, avait répondu Olympia gênée.

— Et puis, il s'agissait d'une crique tout à fait spéciale, protégée, disait la légende, par les dieux qui prennent en pitié les pauvres amants.

Olympia n'avait pas été, pour autant, convaincue de la nécessité de faire l'amour dans le sable, mais elle n'avait pas voulu argumenter davantage.

— Continuez, Mr. Chillhurst. Racontez-moi la suite.

— Une nuit, les amants furent découverts par le père irascible qui tua le jeune homme sur-le-champ.

— Horrible... et ?

— La jeune fille ne put le supporter, naturellement. Elle se jeta dans l'océan déchaîné et disparut à jamais. Les dieux pleins de colère contre le père fautif changèrent chaque grain de sable de la plage en une perle rare.

— Vous appelez cela une punition ? avait demandé Olympia étonnée.

— Oui, car le père, abasourdi par le miracle, se précipita pour avertir sa famille. Or les dieux, pendant ce temps-là, lancèrent un voile magique sur la crique la rendant invisible aux communs des mortels.

— Elle resta introuvable ?
— Les habitants de l'île perpétuent la légende mais en vain. La plage de perles rares ne pourra être découverte qu'un soir de pleine lune par deux amants à la passion dévorante.
— Qui risqueront leur vie pour leur amour, avait murmuré Olympia.
— Je commence à croire qu'une grande passion est comme une fabuleuse légende, avait répliqué calmement Jared. Elle ne prévaut que par le risque encouru.
Un frisson avait parcouru le corps de la jeune femme. Brûlant puis glacé.
— Vous avez sans nul doute raison, Mr. Chillhurst. Merci pour ce joli conte que je ne connaissais pas. C'est une merveilleuse légende...
Jared avait alors plongé ses yeux dans les siens, ses pupilles paraissaient insondables.
— Oui, absolument merveilleuse, avait-il murmuré.
Durant un court instant, Olympia avait pensé qu'il parlait d'elle uniquement. Elle en ressentit une certaine excitation, semblable à celle qu'elle éprouvait lorsqu'elle venait de découvrir un nouveau mythe, mais plus puissante encore et qui l'avait laissée un peu ivre.
— Mr. Chillhurst ?
Jared avait consulté sa montre de gousset.
— Il se fait tard, avait-il dit à regret. Je dois rentrer. Mais demain soir, je me ferai un plaisir de vous raconter d'autres récits sur ces îles des mers du Sud que j'ai eu le bonheur de visiter.
— J'adorerais...
— Bonne nuit, Miss Wingfield. Je vous verrai au petit déjeuner.
— Bonne nuit, Mr. Chillhurst.
Olympia l'avait raccompagné jusqu'à la porte d'entrée et l'avait regardé s'éloigner dans la nuit jusqu'à ce qu'il s'évanouisse dans l'obscurité. Puis elle avait été se coucher et avait rêvé que Jared l'embrassait, un soir de pleine lune, sur une plage de perles rares.
Et maintenant, dans la lumière du matin, elle l'observait en train de donner un cours à ses neveux et prenait cons-

cience de la place qu'il avait prise dans la famille. Elle avait beaucoup appris de cet homme au faciès de pirate, elle avait appris à l'apprécier. *Peut-être trop,* pensa-t-elle.

A ce moment, Jared se rendit compte de sa présence dans la salle de classe. Il eut une drôle de petite grimace.

— Bonjour, Miss Wingfield. Désirez-vous quelque chose ?

— Non non, protesta-t-elle. Continuez, je vous prie. J'adore assister aux cours.

— Nous étudions la géographie ce matin.

— Je vois, fit Olympia en se rapprochant.

— Nous apprenons tout sur les Antilles, tante Olympia, dit Ethan.

— Et sur un pirate nommé capitaine Jack, ajouta Robert.

Jared s'éclaircit la gorge.

— J'aimerais faire observer qu'il ne s'agit pas d'un pirate mais d'un flibustier.

— Quelle différence ? s'enquit Hugh.

— Elle est infime, à vrai dire, répliqua Jared. Mais certaines personnes sont assez chatouilleuses sur le sujet. Les flibustiers, en théorie, sont autorisés par la Couronne ou par les autorités locales des Antilles à attaquer les vaisseaux ennemis. Mais les années passant, la distinction entre les deux termes devint fort subtile. Peux-tu nous expliquer pourquoi, Robert ?

Ce dernier haussa les épaules.

— Je suppose que beaucoup de pays différents ont leurs colonies en Indes occidentales.

— Absolument, approuva Jared. A l'époque qui nous intéresse, les vaisseaux anglais, français, hollandais et espagnols croisaient dans les Antilles.

— Et j'imagine que les flibustiers n'avaient pas le droit d'attaquer les bateaux ni les villes qui appartenaient à la Couronne. Donc les Anglais s'en prenaient aux Français, aux Espagnols et aux Hollandais. Les Français, bien sûr, tiraient sur les Anglais, les Espagnols et les Hollandais etc., dit Ethan.

— Tout ceci me paraît bien compliqué, observa Olympia en rejoignant ses neveux autour de la mappemonde.

Racontez-moi plutôt l'histoire de l'isthme de Panama et d'un possible trésor.

Le sourire de Jared se fit mystérieux.

— Nous ferez-vous l'honneur de vous joindre à nous pour la suite du récit, Miss Wingfield ?

— Avec plaisir. Vous connaissez mon intérêt pour ces contes.

— Je crois savoir, dit Jared doucement. Venez plus près, je ne voudrais pas que quoi que ce soit vous échappe.

Lord Pettigrew arriva à trois heures de l'après-midi. Olympia se trouvait dans la bibliothèque lorsqu'elle entendit le crissement des roues sur le gravier du chemin. Elle quitta son bureau pour aller observer à la fenêtre l'arrivée de son voisin.

Pettigrew était un solide quadragénaire. Il avait dû posséder une certaine beauté dans sa jeunesse ce qui lui permettait de penser qu'aucune femme dans les environs ne pouvait rester insensible à son charme. Olympia, quant à elle, ne voyait pas ce que l'on pouvait lui trouver.

La vérité était que Pettigrew était d'un ennui mortel et qu'Olympia était trop bien élevée pour le lui dire. Bien sûr, elle n'avait pas autorité en la matière. Pour elle, tous les mâles d'Upper Tudway étaient laids et sans intérêt aucun, leur seule activité se bornant à chasser à tir ou à courre et à surveiller leur fermage.

Néanmoins, elle savait qu'elle devait beaucoup à Pettigrew puisqu'il l'aidait à écouler les marchandises de son oncle.

La porte de la bibliothèque s'ouvrit alors qu'Olympia venait de regagner son siège. Lord Pettigrew fit son entrée, précédé par la forte odeur de son eau de Cologne.

Pettigrew allait souvent à Londres ce qui lui permettait de se tenir au courant de la dernière mode. Cet après-midi-là, il portait un pantalon agrémenté d'une foule de petits plis et sa redingote était aussi bien coupée que son gilet, avec ses pans qui tombaient jusqu'aux genoux. Sa chemise plissée mettait en valeur sa cravate nouée de façon si rigide qu'Olympia soupçonna la présence de baleines.

— Bonjour, Miss Wingfield, clama Pettigrew avec un sourire indubitablement charmeur. Vous êtes ravissante aujourd'hui.

— Merci, Sir. Asseyez-vous, je vous prie, j'ai des choses intéressantes à vous dire.

— Vraiment ? interrogea ce dernier tout en écartant soigneusement les pans de sa redingote avant de s'asseoir. Je vous soupçonne de vouloir me parler du dernier chargement de votre oncle. N'ayez crainte ma chère, j'étais au courant et je suis prêt à vous rendre service, comme à l'habitude.

— Je vous en sais gré, Sir, mais la bonne nouvelle est que je n'ai plus besoin de votre aide.

Pettigrew cilla, puis laissa tomber d'un ton froid.

— Je vous demande pardon ?

Olympia lui sourit chaleureusement.

— Vous avez été extrêmement courtois, Sir, et je vous en remercie, mais je ne veux pas m'imposer plus longtemps.

— Voyons, je ne considère pas cela comme une charge, vraiment. Il est de mon devoir de vous assister, comme ami et comme voisin. Je ne puis vous laisser tomber entre les mains d'ignobles canailles qui ne manqueraient pas d'abuser de votre naïveté.

— Ne vous faites aucun souci pour Miss Wingfield, dit Jared qui se tenait tranquillement dans l'embrasure de la porte. Elle est entre de bonnes mains.

— Par le diable ! s'exclama Pettigrew en se retournant. Qui êtes-vous, monsieur, et de quoi parlez-vous ?

— Chillhurst, pour vous servir.

Olympia nota une certaine tension entre les deux hommes. Elle s'empressa alors de faire les présentations.

— Mr. Chillhurst est le précepteur de mes neveux. Il n'est là que depuis quelques jours, mais il a fait des merveilles. Les garçons ont eu un cours de géographie ce matin et je parie qu'ils connaissent mieux les Antilles que tous les gamins d'Upper Tudway réunis. Mr. Chillhurst, permettez-moi de vous présenter lord Pettigrew.

Jared referma la porte et se dirigea vers le bureau.

Le regard de Pettigrew ne pouvait se détacher du morceau de velours qui cachait l'œil sans vie de Jared, puis il finit par découvrir la poitrine à demi dénudée sous la chemise sans col.

— Par tous les saints ! Jamais vu de pareil précepteur. Que se passe-t-il ici ?

— Mr. Chillhurst est bien un précepteur, riposta Olympia excédée. Et un très bon, de surcroît, envoyé par mon oncle Artémis.

— Par Wingfield ? Vous m'en direz tant...

— Absolument. Et par chance, Mr. Chillhurst se trouve être un excellent financier, ce qui m'oblige à vous dire que nous nous passerons dorénavant de vos services, Sir.

— *Un financier !* s'exclama Pettigrew effondré. Allons ! Vous n'avez nullement besoin d'un financier. Je suis là pour résoudre vos petits problèmes.

Jared s'assit et croisa les doigts.

— Je crains, Pettigrew, que vous n'ayez pas entendu Miss Wingfield... Elle n'a plus besoin de vos services.

Pettigrew le fusilla du regard avant de se retourner vers Olympia.

— Miss, je vous ai souvent prévenue contre le danger de traiter avec des personnes inconnues.

— Mr. Chillhurst est parfaitement respectable, affirma Olympia. Mon oncle n'aurait jamais permis à cet homme de travailler ici, s'il n'avait été d'un excellent caractère.

Pettigrew jaugea Jared.

— Avez-vous donné vos références à Miss Wingfield ?

— Mon oncle les a vérifiées, répliqua Olympia.

— Je vous assure, Sir, ajouta Jared froidement, qu'il n'y a pas lieu de s'inquiéter. Je mettrai un point d'honneur à ce que Miss Wingfield réalise un bon profit des marchandises reçues.

— Ce profit sera totalement subjectif, rétorqua Pettigrew. Comment pourra-t-elle savoir si vous l'avez abusée ? Devra-t-elle s'en remettre à votre parole ?

— Comme elle a dû s'en remettre à la vôtre, marmonna Jared.

Pettigrew, sous l'affront, bondit de son siège.

— Vous m'outragez, monsieur. Je ne le tolérerai pas !

— Vous vous méprenez, répondit Jared en tapotant ses doigts les uns contre les autres. Miss Wingfield ne m'a-t-elle pas dit avoir tiré deux cents livres sterling de la dernière cargaison ?

— Exact. Et elle a beaucoup de chance, grâce à mes contacts londoniens, sinon elle aurait dû compter sur une petite centaine de livres.

Jared acquiesça.

— Il sera intéressant de comparer. Peut-être ferai-je mieux...

— Je me moque de ce que vous pensez, répliqua Pettigrew indigné.

— Vous avez une drôle opinion de moi, observa Jared. Mais je vous assure que les intérêts de Miss Wingfield seront parfaitement protégés. Elle a besoin d'argent, n'est-ce pas ? C'est une jeune femme seule et qui doit élever trois enfants. Tout bénéfice sera le bienvenu.

Le visage de Pettigrew devint cramoisi.

— Allons, monsieur, il ne saurait être question de vous laisser prendre possession des biens de ma charmante voisine, uniquement sur votre bonne mine ! Vous pouvez très bien disparaître demain avec le tout...

— La marchandise a déjà disparu, ne vous en déplaise, dit Olympia. Mr. Chillhurst l'a expédiée à Londres, ce matin très tôt.

Pettigrew s'étouffa de fureur contenue.

— Ne me dites pas, Miss, que vous avez laissé faire cela !

Jared continuait de pianoter imperturbablement.

— Elle est en sécurité, Pettigrew. Surveillée par deux gardes. Un de mes proches, un homme de confiance, l'attend à l'arrivée et en disposera.

— Seigneur Dieu ! s'écria Pettigrew en gesticulant. Qu'avez-vous fait ? C'est du vol, je vais en informer le magistrat sur-le-champ.

Olympia se leva vivement.

— Cela suffit, Mr. Pettigrew. J'apprécie que mon précepteur prenne mes intérêts à cœur. Je n'aimerais pas devoir être désagréable, Sir, mais vous devenez insultant et Mr. Chillhurst pourrait en prendre ombrage.

Jared contempla un instant ses doigts croisés.

— Oui, je pourrais, en effet.

Pettigrew, bouche ouverte, ne pouvait articuler un son. Il regarda enfin Olympia.

— Après tout, Miss Wingfield, si vous préférez mettre votre confiance dans un étranger plutôt que dans un voisin que vous connaissez depuis des années, c'est votre problème. Je pense que vous le regretterez. Votre précepteur n'est qu'un vulgaire pirate pour moi. Voilà !

Olympia se sentit outragée, Chillhurst était son employé et elle se devait de le défendre.

— Vraiment, Mr. Pettigrew, vous allez trop loin. Je ne peux vous permettre de parler ainsi de mon personnel. Adieu.

— Adieu, Miss, lança Pettigrew en se dirigeant vers la porte. J'espère quand même que vous n'avez pas tout perdu en plaçant votre confiance en cet individu.

Olympia attendit que la porte se referme, puis elle jeta un regard à Jared. Elle fut soulagée de voir que ce dernier ne pianotait plus.

— Je suis désolée de cette scène. Pettigrew voulait bien faire, mais il a dû se sentir insulté par mon manque de confiance, la préférence que j'ai montrée pour vous.

— Il m'a traité de pirate...

Olympia toussa.

— Je sais, mais n'en soyez pas offensé, même Mrs. Bird trouve que vous ressemblez à un... Hum ! quelque chose en vous fait que...

— Je suis heureux de savoir que vous ne vous attachez pas aux apparences.

— Mes tantes me l'ont toujours déconseillé.

Jared prit une expression énigmatique.

— J'espère que l'homme que vous trouverez sous le pirate ne vous décevra pas.

— Oh ! Mr. Chillhurst... cela ne peut se concevoir, murmura Olympia dans un souffle.

Le lendemain soir, Olympia s'assit à son bureau et contempla d'un air rêveur l'abondante chevelure de Jared qu'il coiffait en arrière et portait assez longue. Cette coiffure qui défiait le temps était indémodable et contribuait à lui donner un air barbare qui, ma foi, ne déplaisait pas à la jeune femme, allant même jusqu'à lui donner envie d'y passer les doigts.

Mon Dieu, ce genre de pensée ne lui avait jamais encore traversé l'esprit...

Jared, quant à lui, était assis dans un fauteuil, près de la cheminée. Ses jambes bottées, allongées, il lisait un roman qu'il avait pris sur une des étagères avoisinantes.

Les flammes dansaient dans l'âtre et éclairaient d'un jour nouveau le visage de Jared. Après dîner il avait quitté son frac et Olympia, qui s'était pourtant habituée à le voir sans cravate, éprouvait quand même un certain embarras à être ainsi avec lui lorsqu'il ne portait qu'une chemise.

Ce type d'intimité la troublait, elle en avait conscience et elle se demanda si Jared ressentait, quant à lui, autre chose que la fatigue d'une dure journée.

Il était pourtant presque minuit mais il ne paraissait pas vouloir prendre congé.

Mrs. Bird s'était retirée après le dîner. Ethan, Hugh et Robert étaient couchés depuis longtemps et Minotaure était enfermé dans l'office.

Olympia était seule avec Jared et elle se sentait étrangement inquiète. Chaque soir depuis son arrivée, la tension qui régnait entre eux n'avait fait que croître, alimentée par ces longues veillées au coin du feu. Elle eut brusquement besoin de lui parler. Elle ferma sans ménagement le journal de Claire Lightbourne.

Jared leva les yeux de son livre et s'enquit :

— Avez-vous progressé ?

— Je le crois, certaines clés sont très primaires. Bien sûr, en apparence ce n'est qu'un banal compte rendu de faits journaliers qui couvre la période des fiançailles de Miss Lightbourne et de ses premiers mois de mariage avec un certain Mr. Ryder.

Le regard de Jared devint énigmatique.

— Un certain Ryder ?

— Il l'a rendue très heureuse à n'en pas douter... Elle l'appelait son « bien-aimé Mr. Ryder ».

— Oh ! Je vois.

— Elle ne l'a jamais appelé autrement, même mariée. Plutôt curieux, n'est-ce pas ? C'était une grande dame.

— Je suppose, en effet, dit Jared d'une drôle de voix où pointait une sorte de soulagement.

— Comme je vous le disais, ce journal paraît ordinaire, à part le fait qu'il ait été rédigé dans un méli-mélo de grec, de latin, et d'anglais. Mais à intervalles réguliers, je tombe sur une série de chiffres mêlés à des phrases à double sens. Je pense que ces chiffres et ces mots sont la clé de ma recherche.

— Cela me paraît bien compliqué, mais c'est la raison d'être de tous les codes, je suppose.

— Oui, répliqua la jeune femme, étonnée de son manque d'intérêt.

Elle comprit que le journal de Lightbourne ne susciterait jamais beaucoup d'enthousiasme chez Jared. Cela semblait même l'ennuyer prodigieusement. Elle en fut déçue car elle avait espéré partager ses découvertes avec lui...

Mais après tout, ils avaient bien d'autres centres d'intérêts.

— Vous parlez couramment le latin et le grec ? s'enquit Jared.

— Oui, mes tantes m'ont élevée dans ces deux langues.

— Les chères femmes vous manquent, n'est-ce pas ?

— Beaucoup. Tante Ida est morte il y a trois ans et tante Sophy six mois après. Elles étaient ma seule famille... jusqu'à l'arrivée de mes neveux.

— Vous êtes restée seule un moment.

— Oui, en effet. Et je regrette infiniment les conversations que nous avions chaque soir. Savez-vous ce que c'est que de n'avoir personne à qui parler, Mr. Chillhurst ?

— Je crois que oui, répondit-il calmement. J'ai toujours ressenti le besoin d'avoir un compagnon avec qui tout partager.

Olympia comprit qu'il soulevait un coin du voile qui cachait son jardin secret. *Nous y voilà*, pensa-t-elle. Sa main trembla tandis qu'elle portait le verre de cognac à ses lèvres.

— Personne ici, à Upper Tudway, ne s'intéresse aux us et coutumes des pays étrangers, lui confia-t-elle. Même Mr. Draycott qui pourtant, au début, semblait...

Jared manqua de briser son verre tant il le serra.

— Draycott n'est absolument pas porté sur de tels sujets, quant à moi...

— Je pressentais que vous l'étiez, vous, un véritable Citoyen du Monde ! s'exclama Olympia, qui tout à sa joie fit miroiter le liquide ambré devant ses yeux. Hier soir, ne m'avez-vous pas parlé d'une de ces étranges légendes qui courent sur les mers du Sud ?

— En effet, dit Jared tout en contemplant le feu. Elle est particulièrement intéressante.

— Vous m'avez promis de m'en dire plus. Rappelez-vous !

— Certainement, concéda-t-il après avoir bu une gorgée. Dans l'île à laquelle je fais référence, les amoureux transis ont pour habitude d'emmener la dame de leurs pensées en un lieu magique enserré par la jungle. On m'a dit qu'il s'agissait d'un lagon où une merveilleuse chute d'eau tombe des rochers.

— Cela me paraît enchanteur... et ?

— Si la dame désire être courtisée, elle permet à son soupirant de l'embrasser derrière la cascade. Ce dernier lui prouve son amour de bien étrange façon... et la légende veut que les unions ainsi consommées soient harmonieuses et fructueuses.

— Comme c'est passionnant !

Olympia essaya d'imaginer ce baiser. Jared semblait si viril, si fort, tout à fait capable de la soulever d'une main.

Et de la presser contre sa poitrine.

Et d'écraser ses lèvres contre les siennes.

Sous le coup de l'émotion, Olympia renversa son cognac.

— Quelque chose ne va pas, Miss Wingfield ? s'inquiéta Jared.

— Non, ce n'est rien...

Olympia s'empressa de poser son verre et épongea le liquide renversé avec son mouchoir de batiste. Elle cherchait désespérément quelque chose d'intelligent à dire.

— En parlant de ces marques d'affection propres à certains indigènes, reprit-elle avec vivacité, je connais une fort curieuse légende.

— Vraiment ?

— Il paraît que, dans certaines de ces îles, le futur marié offre à sa promise un bel objet d'or en forme de phallus.

Un silence pesant s'installa dans la pièce. Olympia jeta

un regard sur Jared en se demandant si ce dernier avait bien entendu. Elle fut étonnée de voir combien il paraissait bouleversé.

— Un phallus d'or ? bredouilla Jared.

— Oui, pourquoi ? répondit Olympia en posant son mouchoir trempé sur le bureau. N'est-ce pas étrange ? Que peuvent-ils bien faire avec cet objet ?

— La question est intéressante, au moins autant que la réponse, marmonna-t-il.

— Je suppose. Malheureusement j'ignorerai toujours la réponse puisqu'il est fortement improbable que je me rende jamais dans les mers du Sud.

Jared se leva avec empressement.

— Sans doute n'est-il pas besoin de voyager pour acquérir une certaine expérience du monde...

— Vous avez raison, répondit-elle en l'observant marcher de long en large. Quelque chose ne va pas, Mr. Chillhurst ?

— En effet ! dit-il en contournant le bureau et en l'obligeant à quitter son fauteuil. Il y a quelque chose que j'aimerais vous dire ce soir, Miss, et vous vous doutez de quoi il s'agit...

— Mr. Chillhurst, protesta Olympia dans un souffle, tout à son trouble. De quoi s'agit-il ?

— Puis-je vous embrasser, Miss Wingfield ?

Olympia, sidérée, ne put trouver ses mots. Elle fit la seule chose qui lui parut sensée, elle passa les bras autour de son cou et lui offrit ses lèvres en une silencieuse invitation.

Elle savait qu'elle avait attendu ce moment depuis toujours.

— Ma sirène, murmura Jared.

Il la serra contre lui avec ferveur et s'empara de ses lèvres.

4

Un feu ardent, sauvage envahit la jeune femme. Elle était étourdie, exaltée.

Les baisers de Jared étaient brûlants, persuasifs, insistants. Cet homme était un conquérant, un cajoleur et Olympia tremblait de tout son être sous l'étreinte. Elle ressentait la chaleur de son corps et la douceur de ses mains qui exacerbaient ses sens, qui la menaient vers le plaisir, sans peur aucune.

Elle se serra plus fort encore contre lui à la recherche de cet océan de bonheur dans lequel il la plongeait.

Jared soupira d'aise lorsqu'elle ouvrit les lèvres sur sa demande.

— Je ne peux plus attendre, ma sirène, j'ai besoin de votre chant, murmura-t-il.

Lorsque leurs langues se touchèrent, Olympia eut un mouvement de recul.

— Non, siffla Jared. Je veux vous goûter à loisir.

— Me goûter ? dit Olympia captivée par ces mots.

— Oui, comme cela, répondit Jared en l'embrassant avec fougue. Et comme ceci. Mon Dieu ! Quelle volupté.

La jeune femme rejeta la tête en arrière et ferma les yeux, tout à son bonheur d'être dans les bras de Jared. Brusquement, elle se sentit soulevée de terre et transportée, elle retint son souffle et n'ouvrit les yeux qu'une fois posée sur les coussins du canapé. Jared la contemplait avec un évident désir, qui correspondait en tout point au sien. Elle ne s'était jamais sentie aussi bien de sa vie.

— Voilà qui est étrange, murmura-t-elle en effleurant sa joue d'une légère caresse. J'ai l'impression d'avoir commencé un mystérieux voyage vers une île inconnue...

— Je ressens la même chose, répondit-il d'une voix basse et sensuelle en posant un genou à terre. Nous allons voyager de concert, ma charmante sirène.

Sans un mot, Olympia lui prit la main et, la portant à ses lèvres, y déposa un baiser dans le creux de la paume.

— Par Dieu ! vous ne savez pas ce que vous faites...

Jared, de son autre main, lui caressa le cou, puis doucement descendit à la rencontre de son sein menu.

Olympia le regarda au travers de ses cils.

— Est-ce cela que l'on appelle passion, Jared ?

— Oui, à n'en pas douter.

— Je ne savais pas que cela puisse être si violent, chuchota-t-elle. Je comprends mieux le sens de certaines légendes.

Et elle lui offrit de nouveau sa bouche.
Leurs lèvres s'unirent tandis que Jared caressait la courbe de son sein. Le corps de la jeune femme tremblait d'impatience. Elle bougea légèrement sur le canapé à la recherche d'une plus grande intimité.
Jared retint son souffle tandis que de ses doigts hésitants il tentait d'explorer les dessous affriolants d'Olympia.
— Jared, j'ai chaud.
— Ma douce sirène, je brûle...
— Oh ! Jared, moi aussi.
— Le plus dur dans ce voyage serait de revenir sur nos pas, dit-il en dénudant la poitrine d'Olympia.
La jeune femme eut un long frisson lorsqu'il prit entre ses lèvres le bouton rose et durci de son sein.
— Je n'ai nul désir de retour.
— Moi non plus, répliqua Jared en la regardant droit dans les yeux. Mais bien que mon envie de vous soit totale, je ne veux pas vous contraindre à faire quelque chose que vous pourriez regretter plus tard. Aussi vous demanderai-je de réfléchir et de m'arrêter maintenant alors qu'il en est encore temps.
— J'ai vingt-cinq ans, Jared, expliqua-t-elle en lui caressant la joue. Et je suis une Citoyenne du Monde. Non une jeune fille fraîchement sortie du pensionnat. J'ai été habituée à prendre mes propres décisions sans tenir compte du qu'en-dira-t-on.
Jared sourit.
— On m'avait dit que vous étiez une drôle de femme, on avait oublié d'ajouter que vous étiez une très belle femme.
Olympia frémit, partagée entre l'envie d'échapper à son regard insistant et celui de faire reconnaître sa beauté dont elle n'avait jamais eu conscience. Elle se sentait flattée.
— Avez-vous idée de la force de mon désir ? Avez-vous seulement l'idée...
— Oh ! Jared, je suis heureuse, si heureuse d'être ainsi désirée.
Chaque partie de son corps réagissait à la caresse.
— Je crains que ce voyage enchanteur ne me mène droit à la folie, marmonna Jared.
Sa main atteignit enfin l'intimité de la jeune femme qu'il

trouva humide et chaude. Olympia eut un sursaut puis une immense envie de le caresser à son tour s'empara d'elle. Elle entreprit de déboutonner sa chemise, mettant à nu sa poitrine à la toison bouclée et sombre, elle passa sa main dessus et sentit ses muscles jouer sous la peau.

— Je savais que vous seriez ainsi, fort, puissant.
— Olympia, ma sirène.

La main de Jared glissa le long de la cuisse de la jeune femme, juste au-dessus de la jarretière, tandis qu'il embrassait le divin sillon qui séparait ses jolis seins.

Brusquement, un cri terrifiant perça la bulle de passion dans laquelle tous deux se trouvaient. Olympia eut l'impression de tomber dans un torrent glacé.

— Par tous les saints ! qu'est-ce que c'est ? s'enquit Jared dégrisé.
— C'est Hugh, expliqua vivement Olympia qui luttait pour se relever et remettre de l'ordre dans sa tenue. Je vous ai dit qu'il avait de terribles cauchemars. Je dois aller le voir tout de suite.

Jared lui proposa son aide en la voyant se battre avec ses jupons de mousseline. Elle le remercia, et tandis qu'il s'escrimait à relacer son corset, elle ne cacha pas son impatience.

— S'il vous plaît, dépêchez-vous. Il a si peur.
— C'est fait.

Olympia s'élança vers la porte qu'elle ouvrit à la volée, courut dans le vestibule et commença de gravir l'escalier, consciente de la présence de Jared, derrière elle, qui se rhabillait à la va-vite.

Arrivée sur le palier, elle se hâta vers la chambre d'Hugh. Robert surgit à ce moment-là en chemise de nuit.

— Tante Olympia ? dit-il en se frottant les yeux. Je crois que j'ai entendu Hugh.
— En effet, répondit-elle en posant sa main sur l'épaule de l'enfant. Un de ses cauchemars sans nul doute. Retourne au lit, mon chéri. Je m'en occupe.

Robert acquiesça et commença de refermer sa porte lorsqu'il s'aperçut de la présence de Jared.

— Mr. Chillhurst ! Que faites-vous ici, monsieur ?
— J'étais avec ta tante lorsque Hugh a crié.

— Oh ! Hugh a parfois terriblement peur.
— Mais pourquoi ? demanda Jared.
— Il craint toujours qu'on ne le renvoie d'oncles en tantes, Ethan aussi d'ailleurs. Je leur ai pourtant dit qu'ils devaient être courageux, qu'il n'y avait rien d'autre à faire, mais ils sont encore jeunes. C'est difficile pour eux.
— Aucun de vous ne partira d'ici, Robert, dit Olympia fermement. Je te l'ai déjà dit.
— Bien sûr, tante Olympia, acquiesça Robert avec une politesse feinte.

Olympia cilla. Elle savait que ce dernier ne la croyait pas malgré toutes les assurances qu'elle lui avait données ces six derniers mois. Et ce n'était pas le moment d'entamer une polémique, Hugh attendait.

Elle s'avança sur le palier guidée par les sanglots de l'enfant. Elle ouvrit doucement la porte et pénétra dans la chambre baignée par la pénombre. Par la fenêtre, on voyait le halo de la lune qui éclairait la forme pathétique et recroquevillée de Hugh, sous la couette.

— Hugh ? Hugh ! c'est moi, dit-elle sourdement en venant s'asseoir sur le lit à côté de l'enfant qu'elle découvrit avec douceur. Tout va bien, chéri. Tout va bien. Je suis là...
— Tante Olympia ! sanglota Hugh en essuyant ses yeux encore pleins de terreur. J'ai encore eu ce vilain cauchemar...

Il se jeta dans ses bras, pleurant de plus belle.
— Je sais, chéri. Mais ce n'est qu'un vilain rêve, répondit-elle tout en le berçant. Tu es à l'abri ici. Et personne ne t'enverra ailleurs. C'est ton foyer dorénavant.

Il y eut un petit craquement dans l'obscurité, Jared allumait la bougie. Hugh se dégagea de l'étreinte de sa tante.
— Mr. Chillhurst ! s'exclama-t-il, désolé d'être vu en train de pleurer. Je ne savais pas que vous étiez encore là.
— J'étais dans la bibliothèque lorsque tu as crié. Te sens-tu mieux maintenant ?
— Certainement, monsieur, répondit Hugh en séchant ses larmes avec la manche de sa chemise de nuit. Ethan m'accuse de n'être qu'un sale pleurnichard.
— Vraiment ? Il faudra que je rappelle à Ethan que, pas plus tard qu'hier, il a pleuré tout son soûl en tombant de cet arbre.

Le regard d'Hugh s'illumina.
— Oui, n'est-ce pas !
Olympia fixa Jared à son tour.
— Personne ne m'a dit que ce garçon était tombé.
— Il n'y avait pas de quoi s'affoler pour un genou couronné, répliqua Jared amusé.
— Mr. Chillhurst n'a pas jugé bon de vous alarmer, il prétend que les femmes ne supportent pas la vue du sang.
— Ah ! vraiment ? riposta Olympia furieuse. Cela nous montre la grande expérience que Mr. Chillhurst a des femmes.
Jared eut un sourire ironique.
— Êtes-vous en train d'expliquer que ma connaissance de la gent féminine est insuffisante, Miss Wingfield ?
— Absolument.
— Alors, peut-être devrais-je étudier le sujet de plus près. Il est de mon devoir pour parfaire l'éducation que je donne de m'instruire encore et toujours. Sans doute devrais-je trouver un cobaye... Qu'en dites-vous ? Seriez-vous volontaire ?
Olympia sentit le sol se dérober sous ses pieds. Elle savait qu'il plaisantait mais ne comprenait pas pourquoi. Aurait-il une mauvaise opinion d'elle, maintenant qu'elle avait reposé à moitié nue dans ses bras ?
Ses tantes l'avaient avertie que la plupart des hommes n'approuvaient pas les femmes libres, bien qu'ils apprécient que ces mêmes femmes leur offrent leurs faveurs.
Pendant un court instant, la jeune femme se demanda si elle n'avait pas terriblement surestimé Jared. Peut-être l'avait-elle imaginé meilleur qu'il n'était. Peut-être n'était-il pas différent d'un Reginald Draycott ou de n'importe quel autre homme de Upper Tudway. Brusquement, elle eut froid, puis chaud et se félicita que la pièce ne soit éclairée que par une seule bougie.
— Tante Olympia, allez-vous bien ? s'enquit Hugh avec empressement.
Olympia se tourna vers l'enfant.
— Bien sûr, pourquoi ?
— Je suis désolé de vous avoir alarmée pour rien, reniflat-il.

— Tout le monde a des cauchemars, expliqua Jared.
Hugh cilla.
— Même moi.
— Quelle sorte de cauchemars ? demanda l'enfant avec intérêt.
Jared fixa le profil qu'Olympia lui offrait.
— Il y a un rêve, surtout, qui m'a poursuivi toute ma vie. Je suis sur une île inconnue et je peux voir dans le lointain les voiles d'un navire à l'ancre.
— Et que faites-vous ? le pressa Hugh, l'œil vif.
— Je sais que le vaisseau va partir et que je dois me trouver à bord à temps sinon je serai laissé là ! Mais je ne peux le rejoindre. Je regarde ma montre et je comprends qu'il n'y a rien à faire. Si personne ne me vient en aide, je serai abandonné sur cette île perdue.
Olympia lui jeta un regard intrigué.
— Je connais ce genre de rêves où l'on sait que la solitude sera votre destin. C'est dur à accepter.
— Très dur, murmura Jared, les yeux perdus dans un souvenir lointain.
Olympia sentit alors qu'elle avait eu raison de ne pas le méjuger. Ils partageaient quelque chose qu'ils ne pouvaient exprimer et elle se demanda s'il en avait conscience.
— Mais ce n'est qu'un rêve sans importance, tante Olympia, la rassura Hugh.
Olympia se secoua et lui sourit.
— Absolument, un simple rêve. Le sujet est clos, dit-elle en se levant. Si tu crois pouvoir trouver le sommeil, mon chéri, nous allons te laisser.
— Je suis tout à fait rassuré, tante Olympia, répondit Hugh en se coulant sous la couette.
— Parfait, nous nous retrouverons au petit déjeuner, alors.
Olympia se pencha pour embrasser Hugh sur le front et ce dernier grimaça comme à son habitude sans toutefois marquer de recul. Il attendit que sa tante ait soufflé la chandelle pour l'appeler.
— Oui, chéri ? répondit-elle.
— Robert nous a prévenus, Ethan et moi, qu'il fallait que nous soyons courageux car vous ne manqueriez pas

d'être un jour fatiguée de nous et qu'alors vous nous renverriez dans notre famille du Yorkshire... Je me demandais combien de temps cela prendrait pour que vous vous lassiez de nous.

Olympia manqua de s'étouffer.

— Il n'est pas question que je me lasse de vous trois ! C'est moi qui me demande comment j'ai pu vivre seule avant votre arrivée.

— Est-ce vrai ? insista Hugh avec avidité.

— Oh ! oui, mon chéri, lui répondit sa tante avec gravité. C'est la vérité. Ma vie était extrêmement vide, dénuée de sens avant que vous n'arriviez. Je serais profondément affectée si vous deviez me quitter.

— En êtes-vous certaine ? s'enquit l'enfant anxieusement.

— Si je ne vous avais plus, je deviendrais rapidement un excentrique bas-bleu incapable de trouver le bonheur ailleurs que dans ses livres.

— Ce n'est pas possible ! s'écria Hugh. Vous n'êtes pas une excentrique. D'ailleurs j'ai cassé la figure de Charles Bristow qui avait osé prononcer ce mot, parce que ce n'est pas vrai, pas vrai du tout. Vous êtes tellement adorable, tante Olympia.

Olympia fut consternée.

— Voilà la raison de votre bagarre ! parce qu'il m'avait traitée d'excentrique.

Hugh jeta un coup d'œil en coulisse vers Jared.

— Je ne voulais pas vous le dire et Mr. Chillhurst m'a donné raison.

— Absolument, affirma Jared. Un gentleman qui se bat en duel pour l'honneur d'une dame n'a pas à lui en donner la raison, avant comme après.

— Quels bons principes ! explosa Olympia outragée. Je ne saurais tolérer que l'on se batte pour moi. Est-ce clair ?

Hugh cilla.

— De toute façon, j'ai perdu. Mr. Chillhurst a promis de m'apprendre quelques coups qui me permettront de gagner la prochaine fois.

— Vraiment ? grommela Olympia.

— Ne vous en faites pas, Miss Wingfield, dit Jared.

— Vous me répétez toujours cela, mais je commence à me demander si je ne ferais pas mieux de prêter un peu plus attention aux leçons que vous donnez à mes neveux !

Jared fronça les sourcils.

— Nous ferions mieux de discuter de ceci en privé, Miss Wingfield. Bonne nuit, Hugh.

— Bonne nuit, Mr. Chillhurst.

Olympia sortit, raide comme la justice. Jared la suivit en refermant doucement la porte de la chambre.

— Vraiment, Mr. Chillhurst, l'avertit Olympia à voix basse, je n'admettrai pas que vous encouragiez mes neveux à se bagarrer.

— Ce n'est pas mon intention, vous devez me faire confiance. Je suis intimement persuadé qu'un homme intelligent doit pouvoir régler un conflit sans avoir recours à la violence.

— En êtes-vous certain ?

— Tout à fait certain. Mais le monde s'avère parfois plus cruel que nous ne l'imaginons et un homme doit être capable de se défendre.

— Hum !

— Et de défendre l'honneur de sa dame, conclut gentiment Jared.

— C'est une idée démodée que je réprouve. Tante Sophy et tante Ida m'ont toujours appris qu'une femme devait savoir défendre son honneur, seule.

— Quoi qu'il en soit, j'ose espérer que vous ne m'enlèverez pas votre confiance, dit Jared en prenant sa main.

Elle scruta son visage à la lueur du bougeoir et sa colère s'évanouit.

— Je vous garde toute ma confiance, Mr. Chillhurst.

— Parfait. Aussi vais-je vous souhaiter bonne nuit.

Il se pencha légèrement et effleura ses lèvres. Mais, avant même qu'Olympia ait pu répondre à son baiser, il avait bel et bien disparu.

La jeune femme descendit lentement l'escalier. Elle essayait de démêler le flot d'émotions qui l'avait envahie, mais en vain. Elles étaient trop violentes, trop nouvelles, trop étranges. Tout ceci paraissait extraordinaire et inquiétant à la fois.

Elle avait la sensation d'être entrée dans un de ces contes écrits tout exprès pour elle.

Avec un sourire rêveur, elle alla fermer le lourd verrou de la porte d'entrée. Puis elle regagna la bibliothèque où elle reprit le journal de Claire Lightbourne. Debout, au milieu de la pièce, elle savoura quelques instants le souvenir de l'étreinte de Jared.

Quel bonheur qu'il l'ait embrassée pour la première fois, ici, dans cet endroit merveilleux.

Olympia se souvint alors de l'impression éprouvée lors de la découverte de cette pièce par un jour sombre et pluvieux. Elle venait d'arriver chez ses tantes, gelée, terrifiée, mais désespérément décidée à cacher ses larmes et sa peur d'être laissée ainsi chez des femmes inconnues.

Ces deux années d'errance l'avaient marquée. Pour ses dix ans, Olympia était trop maigre, apathique, d'une anxiété maladive et en proie à de violents cauchemars.

Ses mauvais rêves avaient parfois figures humaines. Oncle Dunstan, par exemple, qui la fixait de ses petits yeux sournois. Qui l'avait suivie dans sa chambre pour lui dire combien elle était belle et porter ses mains grassouillettes sur elle. Olympia avait crié, crié, malgré ses protestations, jusqu'à ce que sa tante Lilian arrive. Cette dernière avait compris la situation d'un seul coup d'œil. Elle n'avait fait aucun commentaire, mais le matin suivant avait exilé Olympia.

Son cousin Elmer, par exemple, un garçon vicieux, de trois ans son aîné, qui avait pris un malin plaisir à la terrifier, en surgissant de l'obscurité, en brûlant sa poupée, en l'enfermant dans la cave. Olympia sursautait à chaque bruit, à chaque ombre, et le docteur avait diagnostiqué une dépression nerveuse qui lui avait valu d'être de nouveau exilée.

A son arrivée chez tante Sophy et tante Ida, les deux femmes l'avaient conduite immédiatement dans la bibliothèque, lui avaient offert un chocolat chaud, leur affection et l'assurance d'un foyer. Évidemment, Olympia ne les avait pas crues, mais avait acquiescé avec politesse.

Tante Sophy avait échangé un regard de connivence avec sa sœur, puis avait pris l'enfant par la main pour la conduire devant l'énorme mappemonde.

— Tu pourras venir dans la bibliothèque aussi souvent que tu le désireras, Olympia. Ici, tu es libre, libre d'explorer des terres inconnues, libre de rêver. Cette pièce est un monde à elle seule et c'est le tien.

Cela avait pris des mois avant qu'Olympia ne puisse s'épanouir à la faveur de l'affection prodiguée par ses tantes. Mais elle s'était épanouie, car rassurée, choyée, par son nouveau foyer, surtout grâce aux heures sans fin passées dans cette merveilleuse bibliothèque.

Cet endroit était devenu son lieu de prédilection. Son jardin secret, sa bulle où personne ne pouvait l'atteindre, où le rêve devenait enfin réalité. Une pièce où la solitude devenait agréable.

En somme, un endroit idyllique pour être embrassée par un pirate...

Le journal Lightbourne sous le bras, Olympia traversa la maison, vérifia la fermeture des fenêtres, éteignit les chandelles, puis monta se coucher.

La soirée était belle, Jared ne se souvenait pas en avoir vu d'aussi belle. Il faisait doux, la lune brillait dans un ciel sans nuage et l'air était empli de sublimes essences printanières. En prêtant attention, il aurait pu entendre la musique céleste des étoiles.

C'était une de ces nuits où l'homme prend conscience de son devenir, une de ces nuits faites pour les chuchotements amoureux, les élans du cœur et du corps. Une de ces nuits où l'impossible devient possible, où l'homme peut enfin séduire la sirène.

Et si le jeune Hugh n'avait, un moment plutôt, fait éclater la bulle magique dans laquelle ils se trouvaient, Olympia serait sienne à cet instant.

Tout son corps se durcit à l'évocation de la jeune femme voluptueusement étendue sur le canapé, à la lueur dansante des flammes de l'âtre. Jared se consumait de désir au souvenir de sa magnifique chevelure éparpillée sur les coussins de velours comme une auréole, de ses seins fermes et hauts placés, aux tétons couleur de corail, de sa peau satinée. Il percevait encore l'odeur de son parfum.

Olympia, si pleine de désir, d'élan, d'abandon...
Il s'enorgueillit de cette pensée. Pour la première fois de sa vie, une femme le désirait pour lui-même et non pour ce qu'il représentait. Elle était bien tombée amoureuse du précepteur de ses neveux...

Cela le fit sourire. Comme elle était différente de la froide Demetria ! Il était certain que nul amant n'avait partagé sa vie... du moins récemment. Il ne pouvait évidemment préjuger de son passé, surtout lorsqu'elle se proclamait Citoyenne du Monde. Une Citoyenne du Monde, en principe, n'était plus vierge. Mais il aurait juré qu'elle n'avait jamais encore éprouvé une telle passion.

Lorsqu'il avait noté la surprise émerveillée de son visage, il avait su qu'il était le premier à éveiller en elle de telles ardeurs. Si Olympia avait eu un autre homme dans sa vie, il saurait lui faire oublier.

Olympia si différente de Demetria...

Défiez-vous du baiser mortel du Cerbère lorsque vous percerez son cœur à la recherche de la clé...
Olympia fronça les sourcils à la lecture de la phrase qui venait d'apparaître après maintes tentatives de traduction.

Elle ne put retenir un bâillement tandis qu'elle griffonnait ces quelques mots sur une feuille de papier ministre. Il se faisait tard. Deux heures venaient de sonner. La chandelle achevait de se consumer près du lit, mais le sommeil la fuyait depuis que Jared avait regagné son logis.

Défiez-vous du baiser mortel du Cerbère lorsque vous percerez son cœur à la recherche de la clé...
Olympia se demanda ce que cela pouvait bien dire. Elle sentait que le sens caché de cette phrase avait son importance. Rêveusement, elle tourna la page et au même moment un aboiement venant de l'office déchira le silence de la nuit.

Quelque chose avait éveillé Minotaure.

Alarmée, Olympia posa le journal intime et s'extirpa de dessous les couvertures. Elle sauta de son lit à baldaquin et, traversant la chambre, alla s'emparer d'un tisonnier près de la cheminée.

Elle enfila son déshabillé et ouvrit doucement la porte.
Le palier était silencieux. Minotaure s'était tu. Peut-être avait-il été réveillé par un chat rôdant autour de la cuisine. Mais la sensation de malaise persistait.

Le tisonnier dans une main, le bas de son déshabillé dans l'autre, Olympia descendit lentement les marches. L'air frais et embaumé de la nuit lui parvenait de la bibliothèque, par la porte entrouverte. Elle poussa cette dernière à l'aide du tisonnier.

Une violente odeur de cognac la saisit alors à la gorge, intriguée elle pénétra dans la pièce.

La clarté de la lune permettait de voir les rideaux bouger sous la brise. La jeune femme frissonna. Elle était certaine d'avoir fermé cette porte-fenêtre, et les autres d'ailleurs, comme à son habitude.

Évidemment, elle ne pouvait nier avoir été particulièrement troublée ce soir, avoir eu l'esprit occupé par la pensée de Jared. Aussi, avait-elle pu être distraite et avoir, après tout, oublié de verrouiller les fenêtres de la bibliothèque.

L'odeur de cognac se faisait plus forte et c'est lorsque son pied nu se posa sur l'auréole humide du tapis persan qu'elle comprit.

Effrayée, elle s'élança vers son bureau pour allumer la lampe à huile. Mais lorsque la lumière fut, elle s'aperçut que la pièce était vide.

Elle vit aussi le flacon de cognac renversé.

Elle retint son souffle. A n'en pas douter, quelqu'un avait pénétré dans sa bibliothèque quelques instants auparavant.

5

— Qu'allons-nous étudier, ce matin, Mr. Chillhurst ? demanda Ethan tandis qu'il étalait de la marmelade sur son toast.

Jared ouvrit son carnet de notes et lut sous « leçons du matin » : géométrie.

— Géométrie, grommela Ethan sans conviction.

Jared sembla ignorer ce manque d'enthousiasme. Il reposa son carnet et jeta un coup d'œil incisif à Olympia. Quelque chose n'allait pas, c'était évident, et il se sentit glacé à l'idée qu'elle puisse regretter ce qui s'était passé la nuit précédente.

Il l'avait bousculée. Il devait lui laisser le temps de s'habituer à cette passion soudaine qui venait bouleverser leurs deux vies, sinon il risquait de tout perdre à vouloir ainsi la presser...

— Je n'apprécie guère les mathématiques, expliqua Hugh.

— Surtout la géométrie, reprit Robert. Nous allons être enfermés toute la matinée.

— Il n'est nullement question de rester ici aujourd'hui, répondit Jared en fixant Mrs. Bird avec insistance. Pourrais-je avoir un peu plus de café, s'il vous plaît.

— Sûr, monsieur.

La gouvernante tourna autour de la table avec la cafetière. Elle surveillait Ethan du coin de l'œil tout en servant Jared.

— Qu'est-ce que vous avez fait d'ce bout de saucisse, je vous demande ?

— Rien, expliqua Ethan d'un ton angélique.

— Z'avez bourré le chien avec, oui !

— Absolument pas.

— Menteur ! siffla Hugh. Je t'ai vu.

— Prouve-le ! rétorqua Ethan.

— Je n'ai pas besoin, tout le monde ici sait que j'ai raison.

Olympia leva les yeux, momentanément distraite de la contemplation de ses œufs sur le plat.

— Seriez-vous encore en train de vous disputer ?

— L'incident est clos, dit Jared calmement en contemplant les jumeaux. Mrs. Bird, vous devriez dire à Minotaure de quitter la pièce.

— Z'avez raison, monsieur. J'approuve pas les bêtes dans une maison, dit-elle en claquant ses doigts pour appeler le chien.

Minotaure sortit à regret de sa cachette et, après un ultime regard d'espoir vers Ethan, quitta les lieux.

— Comment allons-nous pouvoir étudier la géométrie dehors ? demanda Robert.

— Je vais vous apprendre à mesurer la largeur de la rivière sans avoir à la traverser, dit Jared en regardant Olympia retomber dans la contemplation de ses œufs.

— C'est impossible ! s'écria Ethan piqué au vif.

— Vous verrez... et lorsque vous aurez compris la leçon, je vous expliquerai la technique qu'employait capitaine Jack pour se repérer dans la jungle.

— Il y a une jungle à Panama ? s'enquit Hugh.

— Non. Il s'agit de celle d'une île des Antilles, expliqua Jared en souriant car Olympia venait enfin de lever le nez. *Brave vieux capitaine Jack,* pensa-t-il reconnaissant.

— Que faisait-il là ? demanda Ethan.

— Il était venu y cacher un coffre à trésor, murmura Jared.

Olympia ouvrit des yeux ronds.

— A-t-il pu revenir le chercher par la suite ?

— Celui-là, oui, affirma Jared.

— Et il utilisait la géométrie pour retrouver son chemin ? s'étonna Robert.

— En effet.

Jared but une gorgée de café tout en dévisageant Olympia qui paraissait de nouveau perdue dans ses pensées. Même l'histoire du flibustier n'avait pas réussi à l'en sortir. Décidément quelque chose n'allait pas.

— Est-ce que capitaine Jack a tranché la gorge d'un homme et laissé ses os sur le coffre en guise d'avertissement ? demanda Hugh plein d'espoir.

Jared manqua d'avaler de travers.

— Par tous les diables ! D'où sors-tu cela ?

— Mais c'est ce que font les pirates d'habitude.

— Je t'ai déjà expliqué qu'il n'était pas un pirate mais un flibustier, répliqua Jared en consultant sa montre de gousset. Si vous avez fini le petit déjeuner, vous pouvez quitter la table. J'ai besoin de parler à votre tante. Courez chercher des crayons et du papier là-haut. Je vous rejoins dans quelques minutes.

— Bien Mr. Chillhurst, dit Robert vivement.

Les chaises furent repoussées bruyamment et les trois garçons obéirent de concert.

— Une seconde, s'il vous plaît ! reprit Jared.
Ils se retournèrent tous les trois.
— Auriez-vous oublié quelque chose, Mr. Chillhurst ? s'enquit Robert poliment.
— Moi, non. Vous, oui. Avez-vous demandé à votre tante la permission de prendre congé ?
— Désolé, Mr. Chillhurst, fit Robert en s'inclinant. S'il vous plaît, tante Olympia, veuillez nous excuser.
— Je vous demande pardon, tante Olympia, mais je dois partir, dit Hugh.
— Excusez-moi, tante Olympia, fit Ethan, mais je dois aller me préparer pour mes cours, vous savez !
La jeune femme cilla, puis leur sourit d'un air vague.
— Oui, bien sûr. Passez une bonne matinée.
Les trois garçons se précipitèrent aussitôt vers la porte. Jared attendit qu'ils soient sortis pour fixer de nouveau Olympia.
Comme elle paraissait jolie, assise là dans le rayon de soleil. Le petit déjeuner était un moment privilégié, un moment d'une intimité merveilleuse. Dans cet instant, il la désira violemment.
Le fin visage, plein d'intelligence, d'Olympia était mis en valeur par le ruché de batiste de sa collerette, éclairé par le jaune d'or de sa robe à taille haute. Sa somptueuse chevelure auburn était négligemment épinglée sous le bonnet de dentelle blanche.
Jared se demanda ce qui se passerait si, soudainement, il tentait de lui voler un baiser... Il l'imagina renversée au milieu des débris épars du petit déjeuner, ses longues jambes mises à nu par ses jupons retroussés, ses cheveux dans un aimable désordre. Il s'imagina debout entre ses cuisses d'albâtre, tout son corps tendu de désir.
Il émit, malgré lui, un grognement de frustration avant de recouvrer son sang-froid.
— Vous paraissez troublée ce matin, Miss Wingfield. Puis-je vous en demander la cause ?
— J'avais hâte de pouvoir vous parler, Mr. Chillhurst.
Jared s'inquiéta, continuerait-elle à l'appeler Mr. Chillhurst après son premier orgasme ?
— Je crois que nous sommes à l'abri des oreilles indiscrètes, maintenant. Je vous en prie, continuez, dit-il.

Olympia fronça les sourcils d'un air concentré.

— Quelque chose d'étrange s'est produit dans la bibliothèque la nuit dernière....

Le sang de Jared ne fit qu'un tour. Il essaya de rester calme et dit d'une voix rassurante :

— Inhabituel, sans doute. Mais je ne qualifierais pas cela d'étrange. Les hommes et les femmes ont de tout temps éprouvé ces plaisirs des sens.

La jeune femme parut interloquée.

— Mais de quoi parlez-vous ?

« Voilà bien ma chance », pensa-t-il. A peine avait-il enfin trouvé la sirène de ses rêves qu'il découvrait qu'elle ne pouvait réfléchir qu'à une seule chose à la fois. Il fut quand même soulagé de savoir qu'elle ne regrettait pas leur étreinte passionnée de la veille.

— Rien de bien important, Miss Wingfield, répliqua-t-il en croisant les doigts. Je faisais référence à un souvenir très personnel et sans importance.

— Je vois, dit-elle en lançant un regard soupçonneux vers la porte... A propos de cette nuit...

— Oui ?

— Minotaure a aboyé vers deux heures du matin, je suis donc descendue pour voir ce qui l'avait effrayé. (Elle baissa encore la voix.) Mr. Chillhurst, j'ai trouvé le flacon de cognac renversé...

— Celui qui se trouve dans la bibliothèque ?

— Oui, bien sûr, c'est le seul que j'aie. Il appartenait à ma tante Sophy, vous savez. Il n'a jamais changé de place...

— Je crois que vous devriez vous en tenir aux faits.

Elle lui lança un regard courroucé.

— C'est ce que je tente de faire, Mr. Chillhurst, malgré vos interruptions.

— Toutes mes excuses ! s'exclama Jared en faisant craquer ses doigts.

— A part le flacon renversé, la fenêtre était grande ouverte.

— En êtes-vous certaine ? Cette fenêtre était fermée précédemment si je me souviens bien.

— Absolument. Toutes les fenêtres étaient fermées.

— Sans doute a-t-elle été ouverte par un coup de vent et le flacon se sera renversé.

— Impossible, il est trop lourd. Mr. Chillhurst, quelqu'un est entré dans la bibliothèque la nuit dernière !
— Cette idée ne me plaît pas du tout.
— Pas plus qu'à moi ! Jamais rien de tel ne m'est arrivé. C'est inquiétant.
— Et vous êtes descendue, seule, voir ce qui se passait. Il ne vous est pas venu à l'idée de réveiller Mrs. Bird ou de lâcher le chien ?

Olympia balaya ses objections d'un geste de la main.
— Ne vous inquiétez pas. J'étais armée d'un tisonnier. De toute façon, le temps que j'arrive, les lieux étaient vides. Je suppose que l'intrus a été effrayé par les aboiements de Minotaure.
— Un tisonnier ? Grand Dieu ! s'écria Jared, agacé par son manque de sens commun tout en se levant pour faire les cent pas. Je vais aller me rendre compte par moi-même.

Olympia sauta sur ses pieds.
— Je vous accompagne.

Jared ouvrit la porte de la petite salle à manger et lui jeta un regard glacial, empreint de réprobation, lorsqu'elle le dépassa dans le vestibule, mais la jeune femme n'en eut cure.

Elle fit irruption la première dans la bibliothèque. Elle examinait la fenêtre en question lorsqu'il arriva à son tour.
— Vous voyez cela ? dit-elle en montrant le pêne. Il a été de toute évidence forcé. Quelqu'un s'est introduit ici la nuit dernière, Mr. Chillhurst !

Jared y regarda de plus près. Il n'y avait aucun doute, le métal avait été endommagé.
— Peut-être ce pêne était-il déjà abîmé ? suggéra-t-il.
— Je l'aurais remarqué ! Je vérifie tout, chaque soir.

Jared balaya la pièce du regard.
— Manque-t-il quelque chose ?

Olympia passa derrière son bureau et vérifia les tiroirs fermés à clé.
— Non, il s'en est fallu de peu. Celui qui est capable de forcer un verrou peut fort bien ouvrir ces tiroirs sans peine.
— Qu'aurait-il pu prendre dans votre bureau ?
— Une seule et unique chose. Le journal de Claire Lightbourne.

Jared resta médusé.

— Personne ne sait qu'il est en votre possession !

« Sauf moi » pensa-t-il.

— Nous ne pouvons en jurer. Même si oncle Artémis avait l'interdiction d'en parler à quiconque...

— Je ne pense pas qu'il ait pu raconter cette histoire à quelqu'un, répliqua Jared prudemment.

— Mais il vous en a bien parlé.

— En effet.

— Évidemment, il vous faisait confiance. Quelqu'un d'autre a dû avoir vent du journal.

— A qui faites-vous allusion, Miss Wingfield ?

— A ce vieux Français qui le lui a vendu, par exemple. Sans doute a-t-il appris que j'allais en prendre possession et peut-être a-t-il prévenu d'autres personnes.

Elle avait malheureusement raison, et si elle réfléchissait plus avant, elle ne manquerait de suspecter le précepteur de ses neveux. Or, Jared n'avait pas quitté son lit la nuit dernière, trop occupé à réfléchir aux moyens à mettre en œuvre pour séduire sa sirène.

Il en ressentit un malaise. Durant des années, nombre de gens avaient pourchassé ce mythique journal, mais depuis ces derniers jours, seuls les membres de sa famille savaient où il se trouvait. Et ceux qui depuis un siècle s'obstinaient dans cette quête étaient tous morts.

Jared avait bien dit aux siens de rester en dehors de tout cela, mais il se demandait maintenant si ces imprévisibles têtes brûlées de Ryder n'avaient pas décidé de passer outre.

Jared serra les dents. Si un de ses proches avait eu la malencontreuse idée de venir cambrioler la maison d'Olympia dans l'espoir de trouver le journal, il ne l'emporterait pas au paradis.

Mais peut-être y avait-il une autre explication à cette effraction... Plus logique.

— Miss Wingfield, je pense que si quelqu'un a pris la peine de forcer votre porte, ce n'est pas pour un vieux cahier sans valeur, mais plutôt pour le carafon de cognac, par exemple.

Olympia fronça les sourcils.

— Je doute que la carafe de cristal ou les chandeliers

d'argent aient été visés. Il n'y a pas de maraudeurs dans ce village. J'y ai bien réfléchi et je pense que l'avertissement contenu dans le journal de Claire Lightbourne est clair.

— Seigneur ! s'exclama Jared brusquement effrayé. Un avertissement ? Quelle sorte d'avertissement ?

Les yeux de la jeune femme s'illuminèrent.

— La nuit dernière, je suis venue à bout de ma première phrase codée. *Défiez-vous du baiser mortel du Cerbère lorsque vous percerez son cœur à la recherche de la clé...*

— Incroyable !

— Mais vrai. Le Cerbère, quel qu'il soit, doit être extrêmement dangereux. Nous ne serons jamais assez sur nos gardes.

Mon Dieu ! Jared devait absolument lui faire oublier toutes ces fadaises. Immédiatement.

— Voyons, voyons, Miss Wingfield, je ne peux pas croire que nous puissions être impliqués dans cette vieille histoire. Le Cerbère, si Cerbère il y a, doit être obligatoirement mort, à l'heure qu'il est.

— J'ai appris que dans toute légende il y a une part de vérité. Je dois continuer à décoder ce journal. Peut-être trouverai-je d'autres références concernant ce Cerbère ou peut-être découvrirai-je son identité.

— J'en doute, marmonna Jared.

— Quoi qu'il en soit, je dois mettre ce cahier en sûreté. Par chance, hier soir, il se trouvait dans ma chambre.

Olympia balaya la pièce d'un regard pensif.

Des bruits d'enfants dégringolant l'escalier suivis de leur chien empêchèrent Jared de répondre. Ethan, Hugh, Robert et Minotaure firent irruption dans la bibliothèque.

— Fin prêts pour notre leçon de géométrie, Mr. Chillhurst ! clama Robert.

Jared hésita avant d'acquiescer.

— Parfait. Miss Wingfield, nous reprendrons cette conversation plus tard.

— Oui, bien sûr, répondit-elle distraitement, trop occupée à trouver une cachette sûre.

Jared suivit les garçons tout en pensant que les choses se compliquaient. Olympia organisait sa défense.

Et lui ne pensait qu'à son amour pour elle.

Pourtant le quotidien exigeait toute son attention. Il lui faudrait penser de noter dans son carnet, de vérifier chaque fermeture et de faire réparer le loquet brisé.

Ce qui restait curieux dans cette histoire c'est que l'intrus ne se soit emparé de rien, sans doute trop effrayé par les aboiements du chien.

Jared allait en avoir le cœur net.

Peu après trois heures, cet après-midi-là, le crissement des roues d'un attelage sur le gravier de l'allée tira Olympia de ses recherches. Elle écouta un moment, espérant que ce visiteur inopiné repartirait aussitôt que Mrs. Bird lui aurait annoncé que sa maîtresse n'était pas visible.

— Miss Wingfield ne reçoit personne cet après-midi ! lança la gouvernante de sa voix de stentor.

— Fi donc ! Elle nous recevra.

Olympia grimaça en reconnaissant la voix de la femme qui venait de parler. Elle refermait le journal Lightbourne lorsque Mrs. Bird fit irruption dans la bibliothèque.

— Que se passe-t-il ? demanda-t-elle d'un ton sec. Je vous avais instamment priée de ne pas me déranger. Je travaille.

— Mrs. Pettigrew et Mrs. Norbury désirent vous voir. Elles insistent...

Olympia se dit qu'elle avait peu d'espoir d'éviter cette visite. Bien sûr, elle et sa gouvernante pourraient facilement évincer Mrs. Norbury, la femme du vicaire, qui, la pauvre, avait l'habitude de se faire rabrouer sans cesse par son mari, mais il n'en serait pas de même avec lady Pettigrew, dont la morgue n'avait d'autre origine que celle que lui conférait son rang.

— Bonjour, fit Olympia avec un sourire forcé en voyant les deux femmes entrer. Quelle agréable surprise ! Prendrez-vous une tasse de thé ?

— Avec plaisir, répondit Mrs. Pettigrew en s'asseyant.

C'était une femme imposante qui arborait toujours d'impressionnantes capelines et Olympia pensait qu'elle était l'épouse idéale pour un riche gentleman-farmer. Adélaïde Pettigrew avait conscience de l'importance de sa place dans la société et malheureusement en profitait pour juger quiconque dans le pays se permettait de manquer aux strictes lois de la bienséance. Ethan, Hugh et Robert l'avaient surnommée la mouche du coche, reprenant sans le savoir une des expressions de leurs grand-tantes Ida et Sophy.

Mrs. Norbury fit un vague signe de tête en s'asseyant sur une chaise inconfortable, son petit réticule sur les genoux. Elle ressemblait à une pauvre petite souris terrorisée cherchant désespérément à se cacher dans le trou le plus proche.

Olympia se demanda pourquoi Mrs. Pettigrew avait cru bon d'amener la femme du vicaire. Cela laissait présager le pire.

— J'vais chercher le plateau, marmonna la gouvernante.

— Merci, Mrs. Bird, dit Olympia avant de prendre une profonde inspiration et de se forcer à regarder ses visiteuses.

— Quelle merveilleuse journée, n'est-ce pas ?

Mrs. Pettigrew ignora la remarque et attaqua :

— Ma chère, nous sommes ici pour un sujet d'importance. N'est-ce pas, Mrs. Norbury ?

Cette dernière tressaillit.

— Absolument, Mrs. Pettigrew.

— Expliquez-vous, demanda Olympia.

— Il s'agit d'une question de convenance, lâcha Mrs. Pettigrew d'un ton snobinard. Et je constate, à mon grand regret, que vous êtes au centre de nos préoccupations, Miss Wingfield ! Jusqu'alors votre conduite, bien qu'éminemment excentrique, pour ne pas dire extrêmement curieuse, n'était pas cependant dénuée de tenue...

Olympia la fixait les yeux mi-clos.

— Et quelque chose dans ma conduite aurait changé récemment ?

— En effet, et sans nul doute, Miss Wingfield... Nous avons, malheureusement, cru comprendre que vous aviez engagé une espèce de précepteur, si toutefois nous pouvons l'appeler ainsi, pour vos trois neveux.

Olympia devint de glace.

— Une espèce de précepteur ? En quoi cela peut-il vous intéresser, Mrs. Pettigrew ? Ce précepteur est parfait, et fait un excellent travail.

— On nous a rapporté que son allure, incroyable au demeurant, ne pouvait inciter à le considérer comme quelqu'un d'honnête, protesta Mrs. Pettigrew en cherchant du regard un soutien auprès de la femme du vicaire. N'est-ce pas, Mrs. Norbury ?

Cette dernière agrippa son réticule d'un geste angoissé.

— Oui, bien sûr, Mrs. Pettigrew. Incroyable allure. Je veux dire... On nous a dit qu'il ressemblait à un... à un pirate !

Mrs. Pettigrew se retourna majestueusement vers Olympia.

— Nous avons cru comprendre qu'en plus de son aspect grossier et inquiétant, cet homme était doté d'un tempérament violent !

— Violent ! s'exclama la jeune femme. C'est ridicule.

— J'ai su qu'il avait furieusement attaqué Mr. Draycott.

La femme du vicaire leva les yeux et renchérit précipitamment.

— Il paraît que ce pauvre Mr. Draycott a les yeux au beurre noir. Mon Dieu...

— Vous parlez, sans doute, de l'incident survenu l'autre après-midi dans ma bibliothèque, dit Olympia en souriant. Ce n'était qu'un simple malentendu !

— Drôle de malentendu, répondit Mrs. Norbury avec sévérité.

— Votre Mr. Chillhurst est, à l'évidence, un danger pour notre communauté.

— Sornettes ! s'emporta Olympia qui ne souriait plus.

— Et non content d'être un danger pour nous tous, il risque, d'après mon mari, d'abuser de votre naïveté, ma chère...

Olympia la fixa durement.

— N'ayez crainte, madame, Mr. Chillhurst n'a en aucun cas abusé de moi...

— Apparemment il a fait main basse sur le chargement de votre oncle.

— Absolument inexact, riposta Olympia en sautant sur ses pieds. Je vais devoir vous prier de partir, mesdames. J'ai beaucoup de travail cet après-midi et je ne peux pas me permettre de perdre mon temps ainsi.

— Avez-vous des nouvelles de ce chargement ? s'enquit Mrs. Pettigrew d'un ton suave.

— Non, pas encore. La marchandise n'est pas totalement vendue et il ne saurait être question que je reçoive aussi rapidement les fonds.

— Mon mari pense que vous ne verrez malheureusement pas l'ombre d'un penny. Mais soyez assurée que votre infortune n'est pas ma préoccupation première.

Olympia serra les dents, puis assenant un grand coup du plat de la main sur son bureau, elle demanda d'un ton arrogant.

— Et quelle est votre préoccupation première, madame ?

— Votre réputation, Miss Wingfield.

Olympia n'en crut pas ses oreilles.

— Ma réputation ? Serait-elle en danger ?

Mrs. Norbury sentit qu'il était de son devoir de répondre. Elle s'éclaircit la gorge.

— Il n'est guère convenable pour une femme seule, comme vous, de vivre sous le même toit qu'un homme de la sorte.

— Absolument, renchérit Mrs. Pettigrew en lançant un regard d'approbation à son amie. Ce Mr. Chillhurst doit être renvoyé sur l'heure !

Olympia observa ses visiteuses les yeux mi-clos.

— Vous allez m'écouter, toutes les deux. Mr. Chillhurst est et restera mon précepteur. Il fait correctement son travail et je n'ai nullement l'intention de le renvoyer. Quant à vous, je vous interdis de propager d'inutiles et mensongères rumeurs sur son compte !

— Mais votre réputation, balbutia la femme du vicaire, totalement terrifiée.

Olympia perçut un mouvement sur sa droite. Elle tourna la tête et aperçut Jared qui s'appuyait contre le chambranle de la porte. Il lui souriait d'un air amusé.

— Ma réputation ne concerne que moi, chère madame, répliqua la jeune femme. Cessez de vous en préoccuper. Personne, ces dernières années, ne l'a fait et je m'en suis très bien portée.

Mrs. Pettigrew leva le menton en un geste de défi.

— J'ai le regret de vous informer que si vous refusez d'entendre raison, nous serons obligées d'agir.

— D'agir ? répéta Olympia avec dégoût.

— Il est de notre devoir de veiller au bien-être des trois innocents confiés à votre garde. Si vous ne pouvez leur assurer un foyer correct, mon mari se verra dans l'obligation de leur en trouver un autre.

La peur, puis la rage, envahirent Olympia.

— Vous ne m'enlèverez pas mes neveux. Vous n'avez aucun droit de faire cela.

Mrs. Pettigrew eut un sourire condescendant.

— Je suis certaine que si mon mari expliquait à votre famille le sort de ces enfants, il se trouverait quelques bonnes âmes pour les accueillir.

— Ah, vraiment ! s'exclama la jeune femme. Savez-vous que s'ils sont arrivés ici, c'est que personne ne voulait d'eux ?

— Cette situation changerait s'ils apprenaient que ces enfants étaient élevés par un jeune homme à la moralité douteuse. Mr. Pettigrew n'aurait aucun mal à éveiller chez vos proches le sens du devoir... surtout s'il offrait une petite bourse destinée à financer des études par exemple...

Olympia tremblait de rage contenue.

— Vous feriez cela ? Vous payeriez pour cela ?

Mrs. Pettigrew hocha la tête.

— Si nécessaire, oui. Pour leur bien, évidemment. Les jeunes sont si impressionnables.

Olympia ne put se contenir davantage.

— Je vous demande de quitter les lieux, madame, lâcha-t-elle avant de se retourner vers la femme du vicaire tapie dans son coin. Et vous aussi, Mrs. Norbury. Je ne veux plus vous voir dans cette maison. Est-ce clair ?

— Écoutez-moi bien, jeune femme, répliqua sèchement Mrs. Pettigrew.

Mais elle fut arrêtée net par le cri perçant de son amie qui se tenait debout, pétrifiée, à regarder en direction de la porte.

— Que Dieu m'ait en sa sainte garde, ça doit être lui, murmura cette dernière en portant une main à sa gorge en un geste d'horreur. Vous avez raison, Mrs. Pettigrew, l'homme ressemble bel et bien à un de ces terribles pirates sanguinaires.

Mrs. Pettigrew fixa Jared avec un air de désapprobation totale.

— Oui, un pirate, en effet. Laissez-moi vous dire, jeune homme, que vous n'avez rien à faire dans cette honnête maison.

— Je vous présente mes respects, dit Jared en s'inclinant courtoisement. Je crains que nous n'ayons été présentés. Chillhurst, pour vous servir.

Mrs. Pettigrew se dirigea vers la porte.

— Je ne parle pas aux gens de votre espèce. Si vous aviez une once de respect humain, vous quitteriez ces lieux immédiatement. Vous entachez la réputation de Miss Wingfield, sans parler des dommages déjà causés à ses neveux. Je ne mentionne pas le côté financier de l'affaire, bien sûr !

— Vous nous quittez déjà ? s'enquit Jared en s'écartant.

— Mon mari sait comment traiter les gens comme vous... cria Mrs. Pettigrew en s'élançant dans le vestibule. Venez Cécily, nous partons.

La femme du vicaire ne pouvait détacher son regard du morceau de velours noir qui couvrait l'œil sans vie de Jared.

— Je vous prie de nous excuser, monsieur, je crains que nous ne vous ayons offensé.

— En effet, madame, je me sens offensé. Terriblement offensé... dit Jared avec calme en articulant chaque mot.

Mrs. Norbury crut, pour de bon, voir le diable en personne.

— Oh ! hoqueta-t-elle.

Jared eut un sourire glacial, puis il ouvrit grand la porte d'entrée.

— Dépêchez-vous, Cécily ! aboya Mrs. Pettigrew.

— Oui, oui, je viens, bredouilla cette dernière en se précipitant.

— Ben ? Qu'est-ce qui se passe ici ? clama Mrs. Bird en sortant de la cuisine, son plateau à la main. Ce fichu thé est prêt !

Olympia vint près de Jared et expliqua à haute et intelligible voix :

— Nos visiteuses ont changé d'avis, Mrs. Bird.

— C'est ben elles, toujours à fiche le désordre et même pas foutues de boire ce qu'on leur offre, marmonna la gouvernante. Ces gens-là n'ont pas de considération pour le petit personnel, vous voulez que j'vous dise...

Olympia observa le cocher de Mrs. Pettigrew descendre de son perchoir pour ouvrir la porte d'un nouveau landau aux deux femmes dépitées. Il n'avait pas décapoté bien que le temps fût agréable.

Mrs. Pettigrew s'engouffra à la hâte dans le véhicule, suivie de près par son amie. Le cocher referma la portière. Un hurlement strident retentit.

— Mon Dieu aidez-nous ! hurla Mrs. Norbury. C'est horrible ! ouvrez ! ouvrez la porte !

— Laissez-nous sortir, imbécile ! criait Mrs. Pettigrew à l'adresse de son cocher.

Ce dernier se dépêcha d'obtempérer. Sa maîtresse jaillit du landau, son amie sur ses talons.

Olympia entendit alors, très distinctement, le coassement de plusieurs crapauds. Par la portière ouverte, elle put voir une demi-douzaine de ces bestioles installées sur la banquette.

— Enlevez-moi ces abominables créatures, ordonna Mrs. Pettigrew hors d'elle. Enlevez-moi ça ou vous êtes renvoyé, George !

— Oui, madame, dit George en s'emparant de son couvre-chef pour recueillir les crapauds bavant sur le cuir du siège.

Olympia observait toute la scène avec délectation, bien que derrière le coassement des crapauds, l'agitation du cocher, les cris de détresse de Mrs. Norbury et les regards venimeux de Mrs. Pettigrew, elle pressentît l'imminence d'un désastre.

Jared, quant à lui, souriait tranquillement.

Lorsque enfin les bestioles furent évincées et que les deux femmes eurent repris leur place à l'intérieur du landau, Olympia se retourna vers Jared et lui demanda gravement :

— Comment s'est passée la leçon de géométrie ?

— Je lui ai préféré une leçon de sciences naturelles.

— Et pourquoi cela ?

— Ethan, Hugh et Robert venaient juste de voir arriver l'attelage de Mrs. Pettigrew.
— C'est bien ce que je craignais...
— Il n'y a pas de mal... Je pense que les crapauds survivront et qu'ils retrouveront le chemin de la mare.
— Mr. Chillhurst, vous n'avez apparemment aucune idée du mal que vous avez fait. Vous ne pouviez faire pire !

La jeune femme tourna les talons et regagna la bibliothèque sans mot dire.

6

Un peu surpris par la sécheresse du ton d'Olympia, Jared rejoignit la jeune femme dans la bibliothèque et referma soigneusement la porte.
— Que se passe-t-il ? L'épisode des crapauds vous aurait-il déplu ?

Olympia lui lança un regard troublé.
— Cela ne pouvait tomber plus mal.
— Pourquoi ? demanda-t-il intrigué. Regrettez-vous déjà d'avoir pris ma défense ?
— Non, assurément. Vous faites partie de ma maison et, à ce titre, je dois vous protéger, répliqua Olympia en se dirigeant vers la fenêtre pour regarder le jardin. Mrs. Pettigrew est quelqu'un d'extrêmement déplaisant qui aime à interférer dans la vie de ses semblables ! Non, je ne regrette absolument rien.
— Merci, répondit Jared en contemplant la gracieuse ligne de son cou. Je crois que vous êtes la première personne à m'avoir jamais défendu.
— Vraiment ? Oh ! ce n'est rien, fit Olympia en haussant les épaules.
— Ce n'est pas mon avis.
— Mrs. Pettigrew n'avait aucun droit de vous attaquer comme elle l'a fait, ni Mrs. Norbury d'ailleurs, bien qu'elle soit très influençable.

— Ce qui n'est pas votre cas, il me semble. Mais, même la plus forte femme se doit de prendre garde à sa réputation. Et j'ai cru comprendre, tout à l'heure, que Mrs. Pettigrew se faisait du souci pour la vôtre.
— Apparemment.
— Et vous, Miss Wingfield ? demanda Jared en s'approchant doucement d'elle.

Il s'arrêta, ne sachant que dire ou que faire. Il n'avait jamais de sa vie mis en péril la réputation d'une femme. Un homme comme lui, d'un naturel maussade, uniquement préoccupé de ses affaires, ne se trouvait que rarement confronté à ce genre de situation.

— Je me fiche éperdument de ma réputation, répliqua Olympia en serrant les poings. Tante Sophy me disait toujours que notre réputation n'était rien de moins que l'opinion des gens et que malheureusement les gens avaient souvent tort. Elle ajoutait que la seule chose importante à préserver était notre honneur et que c'était une affaire entre nous et notre conscience. Mais je ne suis pas seule concernée par les dires de Mrs. Pettigrew.

— Je vois.

Jared supposa qu'il aurait dû se sentir soulagé d'entendre qu'elle n'était pas concernée par cette histoire, or il n'en était rien.

— Si l'opinion de Mrs. Pettigrew vous importe peu, alors, quel est le problème ? demanda-t-il.

— Ne l'avez-vous pas entendue ? Elle a menacé d'envoyer les enfants ailleurs, s'exclama Olympia. Ils ne doivent pas subir l'influence immorale de cette maison. Elle affirme que son mari serait prêt à payer un quelconque membre de la famille pour qu'il prenne soin des enfants.

— Sale bâtard ! marmonna Jared.

— Je vous demande pardon ?

— Rien, Miss Wingfield. Je venais juste de réaliser que ce Pettigrew était plus désespéré que je ne le croyais.

— En effet. Je ne m'étais pas rendu compte que lord Pettigrew et sa femme avaient autant à cœur ma réputation, déclara Olympia en se retournant, les yeux pleins de détermination. Il serait peut-être préférable d'éloigner les garçons de Upper Tudway pour un moment. Croyez-vous que nous obtiendrons assez d'argent de la vente de la marchandise envoyée par mon oncle pour nous rendre au bord de la mer ?

Jared leva le sourcil gauche.

— Sans aucun doute. Vous pouvez y aller.

— Excellent ! s'exclama Olympia radieuse. Quand pensez-vous avoir des nouvelles de votre ami de Londres ?

— Je ne sais. Peut-être demain ou après-demain.

« Félix Hartwell n'avait pas dû mettre longtemps pour vendre la cargaison », pensa Jared. Il espérait surtout qu'Hartwell avait progressé dans son enquête, et qu'il aurait des nouvelles en même temps qu'il recevrait l'argent de la vente.

— Je suis ravie d'entendre cela. Si nous quittons Upper Tudway pendant une quinzaine de jours, lord Pettigrew se calmera. Je doute qu'il veuille vraiment dépenser un penny pour placer les garçons. Il est plutôt pingre de nature.

Jared réfléchit un instant.

— Miss Wingfield, votre plan n'est pas mauvais, mais je crois qu'il n'y aura pas lieu de l'appliquer.

— Pour quelle raison ? s'enquit Olympia, surprise.

— J'avais l'intention de rendre une petite visite à lord Pettigrew. Après les menaces de sa femme, je ne puis la remettre plus longtemps. J'irai demain.

Olympia lui jeta un regard interrogateur.

— Je ne comprends pas, Mr. Chillhurst. Pourquoi voulez-vous lui parler à tout prix, et de quoi ?

— Je vais lui expliquer que ni lui ni sa femme n'ont le droit de vous menacer ou de mettre leur nez dans vos affaires.

— Jared ! oh ! pardon, Mr. Chillhurst, ne faites rien qui puisse vous causer des ennuis, protesta la jeune femme en venant à sa rencontre. Vous devez prendre soin de votre réputation.

Jared ne put s'empêcher de sourire.

— Ma réputation ?

— Bien sûr. Un précepteur se doit d'être prudent. Je serais heureuse de vous donner de bonnes références lorsque vous nous quitterez, mais lord Pettigrew pourrait clamer que vous avez une influence détestable sur la jeunesse et vous auriez du mal à retrouver une autre place.

Jared prit sa main.

— Ne vous inquiétez pas de cela, Miss, je peux vous avouer que je n'aurais aucune difficulté à trouver un nouveau poste.

Elle scruta son visage avec insistance.

— En êtes-vous certain ?

— Absolument certain.

— Malgré tout, je persiste à croire que nous devrions quitter Upper Tudway pour un temps.

— Si vous le désirez... (Jared hésita.) Je suppose que je dois vous suivre ?

Olympia parut surprise.

— C'est évident ! Vous faites partie de mon personnel. Je ne sais ce que je deviendrais sans vous.

— Merci, Miss Wingfield, répondit Jared en s'inclinant. Je donne le meilleur de moi-même pour vous satisfaire.

— Mais je suis satisfaite, Mr. Chillhurst.

La lettre de Félix arriva le matin suivant. Mrs. Bird l'apporta alors qu'ils prenaient leur petit déjeuner et la tendit à Jared.

— Merci.

— On n'a pas trop de courrier ici à Meadow Stream Cottage, expliqua la gouvernante en restant plantée là, la cafetière à la main.

Jared comprit qu'elle attendait qu'il lui lise la missive, les visages autour de la table reflétaient la même curiosité et même Minotaure le regardait avec un certain intérêt. Apparemment les nouvelles du monde extérieur étaient chose rare à Upper Tudway.

— Est-ce là une lettre de votre ami londonien ? s'enquit Olympia.

— Oui, c'est certain, répliqua Jared en brisant le cachet et en dépliant la simple feuille de papier ministre.

— Mr. Hartwell aurait-il fini de vendre nos marchandises, Mr. Chillhurst ? demanda Ethan.

— Je suis persuadé qu'il en a obtenu plus que lord Pettigrew la dernière fois, déclara Robert.

— A mon avis, bien plus, décréta Hugh.
Jared lui lança un regard incisif.
— Tu as tout à fait raison, Hugh.
— Vraiment ? dit Olympia radieuse. Assez pour que nous partions une quinzaine de jours au bord de la mer ?
— Bien plus.
Jared reprit la lettre et la lut à haute voix.

« Chillhurst,
« J'ai suivi vos instructions et vendu les diverses denrées que vous m'avez fait parvenir. Assez inhabituel de votre part, si je puis me permettre... Enfin, c'est fait et j'ai déposé la somme de trois mille livres sterling sur le compte de Miss Olympia Wingfield. Faites-moi savoir si je puis vous être de quelque autre utilité... »
Robert se leva vivement, bousculant sa chaise.
— *Trois mille livres !*
— Trois mille livres sterling, répéta Hugh.
Olympia restait muette de saisissement, la bouche ouverte. Jared, profitant du chaos qui régnait dans la salle à manger, lut en silence le reste de la lettre.
« ... Quant à vos autres instructions, j'ai le regret de vous informer que je n'ai fait que peu de progrès. Je pense que les sommes ont été détournées par un des capitaines de vos vaisseaux. Mais comment le prouver ? A mon avis il ne reste plus qu'à le renvoyer purement et simplement. Dites-moi ce que je dois faire et j'agirai en conséquence.

Votre,
Félix. »

Jared fronça les sourcils d'un air soucieux tandis qu'il repliait la lettre. Il prit note de dire à Félix de ne rien entreprendre contre ce capitaine pour l'instant.

Il posa la missive près de son assiette et, regardant autour de lui, vit que chacun était encore sous le choc de la bonne nouvelle.

Hugh et Ethan se balançaient joyeusement sur leurs chaises, Robert expliquait à sa tante ce qu'elle devait faire de cet argent et Minotaure en profitait pour engloutir une saucisse volée on ne sait où.

— Une sacrée fortune, j'vous le dis ! décrétait Mrs. Bird, toutes les deux minutes. Une sacrée fortune, que c'est !

Olympia était partagée entre le ravissement et la peur de rêver.

— Mr. Chillhurst, êtes-vous certain de ne pas vous être trompé ?

— Il n'y a pas d'erreur, la rassura Jared en entamant ses œufs sur le plat. Félix Hartwell ne fait jamais d'erreur lorsqu'il s'agit d'argent.

En avait-il fait en accusant ce capitaine d'avoir détourné ces fabuleuses sommes ? Jared se prit à douter. Il aurait voulu des preuves tangibles.

— Il est possible, reprenait Olympia, qu'il ait voulu écrire trois cents livres, ce qui serait déjà pas mal et plus proche de ce que j'ai reçu la dernière fois.

— Apparemment le marché des denrées rares a plus que décuplé ces temps-ci, répliqua sèchement Jared. Maintenant, je vous prierai de bien vouloir m'excuser. Les leçons sont reportées d'une heure ou deux, ce matin.

— Pourquoi ? s'inquiéta Hugh. Nous devions étudier les propriétés des nuages et du vent...

— Oh oui ! répliqua Ethan. Vous deviez nous expliquer comment capitaine Jack avait pu distancer un vaisseau espagnol grâce à ses connaissances météorologiques...

— Chose promise, chose due, dit Jared en consultant sa montre de gousset en or. Mais j'ai un rendez-vous qui ne saurait attendre.

Olympia se leva pour le suivre dans le vestibule. Lorsqu'ils furent hors de portée des oreilles enfantines, elle posa sa main sur le bras de Jared.

— Mr. Chillhurst, êtes-vous certain de ne prendre aucun risque en allant rendre visite à lord Pettigrew ?

— Absolument.

Jared décrocha sa houppelande de la patère en cuivre. Il sentait le poids de sa dague bien à l'abri dans son fourreau, le long de ses culottes.

— Sans doute devrais-je venir avec vous...

— Cela ne sera pas nécessaire, murmura Jared touché par tant d'intérêt. Je vous assure que j'ai appris, depuis quelque temps déjà, à prendre soin de moi.

— Je m'en doute, mais vous faites partie de la maison et à ce titre je dois veiller sur vous, veiller à ce qu'il ne vous arrive aucun mal.

— Merci infiniment, Miss, chuchota Jared en lui levant gentiment le menton pour lui déposer un baiser sur les lèvres. Je vous promets que je ne cours aucun danger avec ce Pettigrew. Si danger il y a, ce n'est pas avec lui...
— Mon Dieu ! Mais avec qui ? s'écria Olympia alarmée.
— Avec vous. Je crains de mourir de désir insatisfait...
— Mr. Chillhurst ! le rabroua Olympia rougissante, les yeux pleins d'un désir partagé.
— A bientôt, douce sirène.
Et par cette belle matinée de printemps, Jared partit en sifflotant.
— Attendez ! Mr. Chillhurst ! cria Olympia en descendant le perron en courant.
— Oui, Miss Wingfield ? s'enquit Jared souriant.
— Vous serez prudent, n'est-ce pas ?
— Promis.
Minotaure surgit du coin de la maison, la langue pendante, battant de la queue, les yeux pleins d'espoir.
— Je crains que tu ne puisses venir te promener avec moi ce matin, dit Jared. Reste ici et garde la maison. Je reviens.
Minotaure s'assit sur le perron sagement, s'appuyant de tout son poids sur sa maîtresse. Il paraissait déçu, mais résigné.

Pour se rendre à la ferme de Pettigrew, on pouvait couper à travers champs et flâner le long du sentier ombreux qui longeait la rivière. Jared se mit à penser à l'étrange tournure qu'avait prise sa vie ces derniers temps.

La scène qui s'était déroulée la veille dans la bibliothèque lui avait donné à réfléchir. Évidemment, les remarques de Mrs. Pettigrew au sujet de la mauvaise réputation d'Olympia l'avaient profondément choqué, mais il était forcé d'admettre qu'elles contenaient un fond de vérité. Et même si Olympia n'y voyait aucun mal, Jared savait qu'ils jouaient avec le feu.

« La passion est une drôle d'émotion » pensa-t-il. Maintenant qu'il en avait fait l'expérience, il était à même de respecter la force de ce sentiment. Mais il était avant tout un gentleman et il ne pouvait ruiner la réputation de la jeune femme. Surtout, si cette jeune femme ne semblait pas y attacher une grande importance.

Des aboiements de chiens de chasse enfermés au chenil accueillirent Jared tandis qu'il traversait la pelouse des Pettigrew. Il examina la propriété avec la plus grande attention. Les bâtiments de ferme paraissaient prospères et Jared se demanda si tout ceci avait été payé en partie avec l'argent volé à Olympia et à son oncle.

Il gravit les marches et frappa énergiquement à la porte d'entrée. Quelques instants plus tard, une domestique entre deux âges, en robe grise et tablier blanc, vint lui ouvrir. Elle parut étonnée par le bandeau de Jared.

— Eh bé ! V'là le nouveau précepteur des Wingfield dont tout l'monde cause, on dirait !

— Mon nom est Chillhurst. Auriez-vous l'amabilité de prévenir Pettigrew que je souhaiterais lui parler.

— L'est point là, répliqua vivement la domestique. J'veux dire, l'est point dans la maison.

— Alors où est-il ?

— Pt'être ben dans les écuries, marmonna la femme en continuant de fixer avec fascination le morceau de velours noir. J'vais le quérir si vous voulez ?

— Merci, mais je le trouverai tout seul.

Jared redescendit les marches et tourna le coin de la maison en direction des écuries fraîchement repeintes. Des éclats de voix l'arrêtèrent au moment où il passait devant la porte de la cuisine grande ouverte.

— C'est lui, j'te dis. Le nouveau précepteur. On dit que c'est qu'un pirate qui abuse chaque nuit de la pauvre Miss Wingfield.

— J'croyais qu'il dormait dans la maison du garde-chasse.

— Qu'est-ce qu'on en sait, j'te demande un peu ? rétorqua la domestique. On tient pas la chandelle ! pauvre Miss Wingfield.

— Je crois point qu'il faut la plaindre...

— Comment que tu peux dire ça ! C'est une lady, ça pour sûr ! Même si elle a de drôles de façons. C'est point sa faute si elle a été élevée par ces deux folles de tantes !

— J'ai jamais dit qu'elle était pas une lady. Mais elle a vingt-cinq ans sonnés et point d'amoureux, point de mari. Et pis, c'est mal parti avec les zigotos qu'elle élève mainte-

nant. Pt'être ben qu'elle a du bon temps avec ce pirate...
Quel destin !

— J'te crois pas, rétorqua la domestique choquée. Y a jamais eu le moindre scandale à son sujet, c'te pirate la force, c'est sûr.

— J'espère qu'elle y prend son plaisir alors...

Jared serra les poings de rage contenue et se dirigea vers les écuries. L'odeur de la paille et du fumier le prit à la gorge tandis qu'il pénétrait dans ces lieux mal éclairés. Un superbe hongre alezan hennissait doucement en frottant sa tête contre la porte de son box. Jared admira cet animal de prix.

Il entendit Pettigrew parler du fond de l'écurie baignée de pénombre.

— Je me suis arrangé pour que la jument soit couverte par le nouvel étalon d'Henninger. C'est un pur-sang de premier choix. Cela m'a coûté un paquet, mais cela vaut le coup.

— Z'avez raison, Sir.

— Avez-vous referré l'antérieur gauche du bai ? demandait Pettigrew en sortant du box la cravache à la main.

Il était suivi par un petit mais vigoureux garçon d'écurie qui lui répondit :

— J'l'ai amené chez le maréchal-ferrant pas plus tard qu'hier. Sûr qu'il filera comme le vent, Sir.

— Parfait. Je compte le monter la semaine prochaine en chasse à courre, dit Pettigrew en agitant sa cravache. Allons jeter un coup d'œil à la meute.

Il s'arrêta, surpris par la silhouette de Jared qui se découpait en contre-jour dans l'embrasure de la porte.

— Qu'est-ce ? Mais qui êtes-vous ?

— Chillhurst, pour vous servir.

— Chillhurst ? Par tous les diables ! Que venez-vous faire dans mes écuries ?

— J'ai deux mots à vous dire, Pettigrew.

— Écoutez-moi bien, je n'ai nullement l'intention de converser avec vous. Vous allez me ficher le camp !

— Je ne partirai pas avant de vous avoir dit ce que j'ai à vous dire, répliqua sèchement Jared en regardant d'un œil torve le petit lad. Je suggère que nous ayons cette conversation en privé.

101

— Satané prétentieux ! hurla Pettigrew tout en chassant son garçon d'écurie d'un coup de cravache.

Jared attendit que ce dernier ait disparu.

— Je n'abuserai pas de votre temps, Pettigrew. Mais il y a deux choses que je voudrais éclaircir. La première concerne les menaces proférées à l'encontre de Miss Wingfield.

— Des menaces ? Vous plaisantez, j'espère, explosa Pettigrew furieux. Je n'ai jamais menacé Olympia.

— Non, en effet. Vous avez laissé faire votre épouse. C'est pire. Rappelez-vous bien qu'il ne saurait être question que vous les mettiez à exécution !

— Damnation ! Vous dépassez les bornes, espèce de sale bâtard. Que diable si je sais de quoi vous parlez !

— Ne faites pas l'ignorant. Miss Wingfield a été prévenue qu'elle devait me mettre à la porte sinon ses neveux lui seraient retirés.

— Elle devrait vous chasser, immédiatement, en effet ! explosa Pettigrew. Vous ne pouvez prétendre avoir une bonne influence sur ces enfants ou sur cette jeune femme totalement naïve.

— Désolé, mais je resterai et si vous touchez à un des cheveux de ces garçons, vous le regretterez !

Pettigrew le contempla les yeux mi-clos.

— Je connais Miss Wingfield depuis des années maintenant. J'étais un ami de ses tantes et je me sens responsable de ce qui peut arriver à cette jeune personne. De plus, je ne vous laisserai pas me menacer, Chillhurst...

— Pourtant je vous menace, le coupa Jared, le sourire aux lèvres. Un seul geste pour prendre ces enfants et je rends public vos malversations.

Pettigrew manqua de s'étrangler, son visage vira au violet.

— Vous m'accusez de malversations ?

— Je n'aurai aucun mal à le prouver, je peux vous l'assurer.

— Satané mensonge !

— Non. L'unique vérité. Je suis au courant du montant obtenu pour les derniers chargements Wingfield. Étant en tout point semblables à celui dont je me suis occupé, ils

auraient dû atteindre les mêmes sommes ; quelque chose comme trois mille livres sterling, n'est-ce pas ?
— Impossible ! croassa Pettigrew.
— Vous avez volé cet argent, Pettigrew.
— Vous ne pouvez rien prouver !
— Oh si, je le peux ! Je connais quelqu'un à Londres qui se fera un plaisir de réunir les preuves. Et si vous ne rendez pas à Miss Wingfield ce que vous lui devez, j'obtiendrai ces preuves.

Le visage de Pettigrew était déformé par la rage.
— Je vais vous apprendre à me menacer, espèce de sale bâtard !

Il leva sa cravache sur Jared, mais ce dernier para le coup, et, s'en emparant, la jeta au loin avec dégoût. Puis brusquement, il sortit sa dague de dessous sa cape, projeta Pettigrew contre une stalle et posa la pointe acérée sur sa gorge.

— Vous m'avez offensé, Pettigrew.

L'homme ne pouvait détacher son regard de l'arme pointée sur lui. Il se mordit les lèvres.

— Vous ne pouvez pas faire ça. Je vous ferai arrêter par les magistrats, je vous ferai pendre, Chillhurst !

— J'en doute. Mais prévenez les magistrats, c'est une bonne idée. Auparavant, vous allez me signer un billet à ordre, en faveur de Miss Wingfield, du montant des sommes volées sur les deux derniers chargements.

Pettigrew frissonna. Il eut un regard où se lisait le désespoir le plus intense.

— Je ne puis... J'ai tout dépensé.
— Comment ?
— Dans tout ceci, siffla Pettigrew. Vous ne comprenez pas. J'avais besoin de cet argent pour liquider des dettes d'honneur...
— Vous aviez des dettes de jeu ?
— J'ai perdu ma ferme au jeu, expliqua péniblement Pettigrew, le front couvert de sueur. Je pensais que j'étais fini, ruiné. Et Olympia est arrivée pour me demander conseil, pour me demander comment vendre une cargaison que son oncle venait de lui envoyer. C'était la réponse à tous mes problèmes.

— Les vôtres certainement, les siens sûrement pas.

— Je pensais la rembourser lorsque tout serait rentré dans l'ordre, dit Pettigrew, le regard implorant. Et puis, le second chargement est arrivé et j'ai vu les embellissements que je pouvais apporter à cette propriété.

— Et vous n'avez pu résister... Et vous avez le culot de me comparer à un pirate !

— La propriété devait rapporter plus et me permettre de rembourser Miss Wingfield, très vite.

Jared hocha la tête, contemplant un instant le splendide hongre.

— Est-ce que cet alezan était bien nécessaire ?

Pettigrew était courroucé.

— Un homme se doit de posséder un bon cheval de chasse.

— Et qu'en est-il du nouveau landau de votre femme ?

— Elle a un rang à tenir ! Écoutez, Chillhurst, je serai capable de rembourser Miss Wingfield dans un an ou deux. Je le jure !

— Vous allez commencer maintenant.

— Par tous les saints ! jeune homme, vous y allez un peu fort...

— Vous allez commencer par vendre votre hongre alezan. Vous en tirerez bien quatre cents livres sterling.

— Vendre l'alazan ? Êtes-vous fou ? Je viens juste de l'acheter.

— Vous trouverez un acquéreur sans mal, ainsi que pour le landau. J'ai calculé que vous deviez six mille livres à Miss Wingfield.

— Six mille livres ? souffla Pettigrew complètement anéanti.

— Je vous donne deux mois pour réunir cette somme.

Jared lâcha enfin Pettigrew. Il remit sa dague dans le fourreau, tourna les talons et s'en fut. En longeant les chenils, il vit le garçon d'écurie qui l'observait.

Brusquement, Jared eut une idée et se dirigea vers le lad.

— Tu as laissé tes sales empreintes boueuses, hier soir, sur le tapis de Miss Wingfield et tu as renversé sa carafe de cognac. Je vais sans doute te demander de payer les bris de la porte-fenêtre, comme je viens de demander à ton patron de rendre l'argent volé.

Le garçon d'écurie ouvrit des yeux ronds. Il s'approcha de Jared et le supplia.

— Eh ! J'vois pas de quoi vous causez. J'étais pas dans la bibliothèque la nuit dernière, ni aucune autre nuit. Je jure, j'y étais point. J'me fiche de ce que dit lord Pettigrew.

— Comment sais-tu que c'était dans la bibliothèque ? je n'ai nullement parlé de la bibliothèque, rétorqua poliment Jared.

Les yeux du lad se remplirent d'horreur lorsqu'il comprit qu'il était tombé dans le piège.

— C'est pas ma faute. J'ai fait qu'obéir à mon maître ! J'ai fait de mal à personne... J'aurais pas voulu. J'cherchais quelque chose que mon maître voulait. C'est tout, sinon il me fichait dehors, qu'il a dit.

— Et que cherchait-il ? Une lettre ?

— Des papiers, grommela le garçon. J'devais rapporter tous les papiers qu'avaient à faire avec les finances et qu'étaient sur le bureau. Mais j'ai pas pu, ce foutu chien a aboyé et j'ai entendu quelqu'un descendre. J'me suis enfui.

— Reste en dehors de cette histoire, le prévint Jared. La prochaine fois tu risquerais de tomber sur moi au lieu de la carafe de cognac !

— Oui, Sir. J'rôderai plus autour de votre maison. Juré !

« Il y avait certains avantages à posséder les traits d'un pirate », pensa Jared tandis qu'il rentrait à Meadow Stream Cottage. « Les gens avaient tendance à vous prendre au sérieux. »

Lorsque Jared revint à la maison, force lui fut de constater que le chaos et la confusion avaient repris droit de cité. Il ne s'était absenté qu'une heure et il avait l'impression qu'une tempête venait de sévir. Le travail de précepteur n'était apparemment jamais terminé.

Minotaure aboyait au comble de l'excitation. Ethan et Hugh s'invectivaient tandis qu'ils essayaient de monter une énorme caisse dans l'escalier. Robert hurlait ses ordres du palier, mais lorsqu'il vit Jared son cri s'étouffa dans sa gorge.

— Mr. Chillhurst, vous êtes déjà de retour ? Tante Olympia nous avait dit que nous n'aurions pas de leçons aujourd'hui. Nous préparons nos malles pour le voyage...

— Je vois que votre tante a décidé de partir au bord de la mer sans plus attendre, dit-il, amusé par la détermination d'Olympia à mettre ses proches en sécurité.

— Non, pas du tout, expliqua Ethan aux prises avec la malle. Nous n'allons plus au bord de la mer. Nous partons pour Londres.

— Londres ? répéta Jared étonné.

— N'est-ce pas excitant ? dit Hugh avec un sourire jusqu'aux oreilles. Tante Olympia a décidé que puisque nous avons beaucoup d'argent, nous pourrions l'utiliser pour nous rendre dans la capitale. Aucun d'entre nous n'y est jamais allé.

— Tante Olympia affirme que ce voyage sera très instructif, expliqua Robert. Nous visiterons des musées, nous irons à Vauxhall Gardens et nous ferons toutes sortes de choses incroyables.

— Tante Olympia espère qu'il y aura une foire dans le parc et qu'ainsi nous assisterons à un feu d'artifice, nous admirerons des ballons ascensionnels et nous mangerons des glaces, ajouta Ethan.

— Et que nous irons sans doute au *Ashley Theatre* regarder les acrobates, les magiciens et les poneys dressés, dit Hugh. Ils sont, paraît-il, annoncés dans les journaux de Londres.

— Je vois, dit Jared en fronçant les sourcils au spectacle de Mrs. Bird ployant sous une pile de chemises. Où est Miss Wingfield ?

— Dans la bibliothèque, répondit la gouvernante d'un air renfrogné. Ça n'a aucun sens. J'vois pas pourquoi on pourrait pas rester ici tranquille. Londres ! J'vous demande...

Jared ignora la remarque et pénétra dans la bibliothèque. Olympia était assise à son bureau, lisant un des journaux éparpillés autour d'elle. Elle se retourna en l'entendant entrer.

— Jared, je veux dire Mr. Chillhurst, vous êtes de retour. Comment cela s'est-il passé ? demanda-t-elle anxieusement.

— Lord Pettigrew a abandonné toute velléité de vous importuner vous ou les garçons. Je vous expliquerai plus tard. Qu'est-ce que c'est que cette histoire de Londres ?

— Une bonne idée, n'est-ce pas ? s'exclama Olympia radieuse. Je me suis dit qu'avec une somme pareille nous pouvions nous offrir cela. Ce sera une merveilleuse expérience pour mes neveux et j'en profiterai pour élargir mes recherches.

— Vos recherches ?

— Oui, je pourrai consulter quelques cartes sur les Antilles que possède la *Société des explorateurs*. Le journal Lightbourne fait référence à une île que je n'arrive pas à situer sur mes cartes.

Jared s'inquiéta brusquement des problèmes qui pourraient bien surgir d'un séjour à Londres.

— Avez-vous une idée de l'endroit où vous habiterez ?

— Nous louerons une maison pour un mois. C'est simple.

— Non.

Olympia encaissa le coup.

— Je vous demande pardon ?

Jared comprit qu'il avait oublié la position qu'il occupait. Il était supposé recevoir des ordres d'Olympia et non le contraire. Malheureusement, donner des ordres était comme une seconde nature chez lui.

— Un voyage à Londres dans ces conditions me semble une mauvaise idée, continua-t-il doucement.

— Pourquoi ?

— Je serai obligé de chercher un logement qui risque de se trouver fort loin du vôtre... Et vous savoir ainsi seule avec les garçons, la nuit, dans cette grande ville... Après ce qui s'est passé ici !

— Vous parlez de l'intrusion dans ma bibliothèque ?

Olympia eut l'air de prendre ce fait en considération.

— Absolument. Nous ne devons prendre aucun risque, Miss Wingfield. Ici, la maison du garde-chasse est à quelques enjambées. Je peux vous entendre si vous criez à l'aide.

Il lui dirait toujours assez tôt qu'il avait découvert l'identité du rôdeur. Pour l'instant, il avait besoin de lui ôter de la tête cette idée de voyage à Londres.

Olympia réfléchissait, puis, soudain, une lueur de satisfaction apparut dans ses magnifiques yeux.

— Il n'y a qu'une solution, vous resterez avec nous.

— Avec vous ? Dans la même maison ?

Jared chancela à cette pensée.

— Bien sûr. Il n'y a aucune raison de faire des dépenses inutiles à vous loger à l'extérieur. De surcroît, si nous devons nous défendre contre le « Cerbère », quel qu'il soit, vous devez être à portée de main.

— A portée de main... balbutia Jared.

— Sous le même toit, expliqua patiemment Olympia.

— Je vois. Le même toit.

L'idée de devoir passer ses nuits sous le même toit que sa charmante sirène le laissa sans mot. Sans doute dormirait-il dans la chambre voisine de celle d'Olympia. Il pourrait l'entendre s'habiller le matin, se déshabiller le soir.

L'esprit de Jared battit la campagne en une myriade de visions fascinantes : Olympia passant dans le couloir pour gagner la salle de bains, ou le croisant dans l'escalier en descendant prendre son petit déjeuner. Il serait près d'elle du matin au soir.

Il ne manquerait pas de devenir fou. Sa passion le consumerait tout entier à chaque occasion qu'il aurait de s'abandonner au chant de sa sirène.

Ce serait le paradis.

Ce serait l'enfer.

— Trouvez-vous quelque chose à redire, Mr. Chillhurst ?

— Je le crains, murmura Jared qui, pour la première fois de sa vie, avait du mal à rassembler ses idées. Oui, en effet. Il y a un problème.

Olympia parut étonnée.

— Lequel ?

Jared respira un grand coup.

— Miss Wingfield, dois-je vous rappeler que votre réputation est menacée, ici ? Si je vous accompagne à Londres et si je réside sous le même toit que vous, vous n'aurez bientôt plus de réputation du tout.

— Il ne s'agit pas de ma réputation, Mr. Chillhurst, mais de notre réputation. Après tout, comme je vous le faisais remarquer l'autre jour, vous ne pouvez permettre que d'immondes ragots viennent entacher votre charge de précepteur.

Jared se saisit de l'argument puisque, apparemment, c'était le seul qu'elle ait retenu.

— Vous avez tout à fait raison, je ne peux me permettre cela.

— N'ayez crainte, monsieur, je ne vous compromettrai pas ! assura Olympia en riant. Mais trêve de plaisanteries, comme personne à Upper Tudway ne saura que nous habitons ensemble à Londres, il ne saurait y avoir de ragots.

— Euh... Oui, bien sûr. Cependant...

— Et comme personne, à part votre ami, ne vous connaît à Londres... Votre ami est un homme discret, n'est-ce pas ?

— Oui... parfaitement.

— Nous ne fréquenterons pas la haute société. Nous ne serons que d'anonymes individus perdus dans la masse. Qui pourrait nous reconnaître et bavarder sur nous ?

Jared se força à trouver d'autres objections.

— Le propriétaire de notre maison, par exemple, les honorables membres de la *Société des explorateurs*... tout le monde peut s'inquiéter de nous.

— Hum...

Jared ne tint pas compte de l'expression de son visage.

— Miss Wingfield, permettez-moi de vous dire qu'une jeune femme dans votre position ne peut...

— J'ai trouvé ! s'exclama-t-elle brusquement.

— Trouvé quoi ?

— La solution ! Si nous sommes découverts et que votre réputation semble en souffrir, nous pourrions toujours prétendre être mariés.

Jared resta sans voix, l'œil fixe.

— Alors, Mr. Chillhurst, qu'en pensez-vous ? le pressat-elle. N'est-ce pas là une idée fantastique ?

— Euh... Oui.

— Allons, Mr. Chillhurst. C'est la seule chose à faire, non seulement pour les économies que cela permettra de réaliser, mais aussi pour couper court aux éventuels ragots.

Jared aurait bien voulu lui opposer d'autres solutions, mais curieusement il ne pouvait trouver ses mots. A la pensée de vivre sous le même toit qu'elle et de prétendre être son mari, il frôlait la démence.

Le chant de la sirène l'avait véritablement rendu fou.

— Comment expliquerez-vous cela à vos neveux? arriva-t-il à dire, enfin.

Olympia sembla réfléchir au problème quelques instants, puis un sourire radieux illumina sa face.

— Ils n'ont aucun besoin de le savoir. Il est fort peu probable qu'ils soient en contact avec de grandes personnes qui les questionnent à notre sujet. Vous êtes leur précepteur, un point c'est tout. Personne ne cherchera plus loin, n'est-ce pas?

— Je le suppose, accepta Jared à contrecœur. Il est vrai que les adultes parlent peu aux enfants.

— Nous n'inviterons personne, ainsi le problème ne se posera pas, continua Olympia tout excitée.

— Nous allons droit à la catastrophe, marmonna Jared.

— Que dites-vous?

— Rien, Miss, absolument rien, répliqua Jared consterné de voir une vie entière vouée à la rigueur et à la logique s'effondrer ainsi.

L'homme qu'il avait été n'existait plus : cet homme d'affaires, sans imagination, qui avait cherché un journal intime, sous le prétexte fallacieux d'aider sa famille. Il n'était plus qu'un être consumé de passion, voguant sur les ailes du désir. Un poète, un rêveur, un romantique.

Un idiot en somme.

Rien de tout ceci ne serait arrivé s'il n'avait abandonné l'idée de s'emparer du journal intime pour tomber dans les pièges de l'amour.

Jared contempla le merveilleux visage d'Olympia, si plein de candide espoir, et il se prit à penser que tel devait être son destin.

— Votre plan semble être parfait, Miss Wingfield, logique en tous points et cela permettra à vos neveux de continuer à bénéficier d'une solide éducation.

— Je savais que vous vous rangeriez à mes raisons.

— Il est vrai! Mais je vous défends de vous inquiéter

d'une maison à louer, je m'en chargerai. Je me fais fort de vous trouver une résidence agréable.

— Merci à vous, Mr. Chillhurst. Je ne sais ce que je ferais sans vous.

7

La salle de lecture de l'Institut Musgrave résonnait des récits de voyages de Mr. Blanchard.

— Il n'y a pas autant de monde qu'à la conférence de Mr. Elkin sur les mers du Sud, confia à Olympia une grosse dame qui venait de s'asseoir à ses côtés. Mais Mr. Blanchard, j'en ai peur, n'est pas aussi intéressant.

Olympia ne trouva rien à redire. Ce Mr. Blanchard paraissait être un grand voyageur devant l'Éternel mais malheureusement inapte à s'exprimer en public, à éveiller son intérêt.

La jeune femme avait beaucoup espéré de cette conférence, pensant qu'elle y glanerait de précieux renseignements sur les Antilles. Plus elle avançait dans la lecture du journal de Claire Lightbourne, plus il devenait évident que la clé du mystère se trouvait sur une île minuscule située au nord des Indes occidentales.

Elle avait tenté d'expliquer cela à Jared, la veille au soir, tandis qu'ils sirotaient leur cognac, mais comme à son habitude, il avait changé de sujet.

Olympia, Jared et le reste de la maisonnée, sans oublier Minotaure, s'étaient installés à Londres quelques jours auparavant, et pour la première fois de sa vie, la jeune femme avait pu mettre les pieds dans cette *Société des explorateurs* si réputée.

Malheureusement, l'ennuyeux récit de Mr. Blanchard n'avait pas réussi à capter son attention. Elle jeta un coup d'œil à la jolie montre attachée à son corsage et se rendit compte qu'il lui faudrait attendre encore une demi-heure avant que Jared et les enfants ne viennent la chercher.

Jared. Lorsqu'elle pensait à lui, elle ne pouvait s'empêcher de l'appeler par son prénom. Ils avaient atteint un tel degré d'intimité qu'elle ne pouvait plus employer « Mr. Chillhurst » que lorsqu'elle s'adressait à lui, à haute et intelligible voix.

Comme il était difficile de maintenir entre eux cette politesse glacée ! A chaque rencontre, dans le vestibule, dans les escaliers, elle manquait de se jeter dans ses bras. Les soirées passées dans le petit bureau étaient devenues proprement intolérables. Olympia se demanda combien de temps encore elle pourrait continuer. Elle pressentait qu'il en était de même pour Jared.

Ce matin-là, il y avait eu, justement, une de leurs si embarrassantes rencontres. Olympia s'était élancée vers l'escalier à toute vitesse, la vision obscurcie par le globe et les revues qu'elle portait, lorsque Jared avait surgi de sa chambre. La collision avait été inévitable... et voulue.

Olympia savait pertinemment à quelle heure Jared sortait de sa chambre et allait déjeuner. Avec un homme d'habitude comme lui, il suffisait de trois matinées pour connaître ses horaires.

— Mon Dieu ! Je vous prie de m'excuser, s'était-elle exclamée alors qu'il tentait de se dégager et de récupérer le globe vacillant.

— Non, je suis désolé, Miss Wingfield. Avez-vous bien dormi ?

Olympia avait été si troublée de le sentir si près d'elle à cette heure matinale qu'elle n'avait pu lui répondre, espérant de toutes ses forces qu'il lui volerait un baiser.

— J'ai... J'ai fort bien dormi, Mr. Chillhurst, avait-elle enfin répondu, déçue. Et vous ?

Elle s'était alors demandé si elle pourrait continuer ainsi, matin après matin, tout un long mois.

— Je n'ai pu trouver le sommeil, avait répondu Jared en fixant ses lèvres pulpeuses. Mes pensées voguaient vers vous, ma douce sirène.

— Oh ! Jared, avait soufflé la jeune femme. Je veux dire, Mr. Chillhurst. J'ai pensé à vous une bonne partie de la nuit, moi aussi.

Jared avait eu un lent sourire, un tantinet ironique.

— Il faudrait remédier à ce problème très rapidement sinon nos insomnies vont persister.

Les yeux d'Olympia s'étaient arrondis de stupeur.

— Oui, certainement. Prenons rendez-vous, mais je ne voudrais pas déranger l'ordonnance de votre vie, Mr. Chillhurst. Je connais l'importance que vous y attachez, il y va de votre santé, un bon sommeil est nécessaire.

— Je peux survivre, Miss Wingfield.

Sur ce, il l'avait embrassée, là sur le palier, après s'être assuré d'un rapide regard qu'ils étaient seuls, qu'aucun de ces diablotins de garçons ne surgirait inopportunément.

Puis il lui avait porté gentiment son globe.

Olympia sentait encore le goût de son baiser tandis qu'elle se tenait dans la salle de lecture de l'Institut Musgrave.

Blanchard continuait de pérorer parmi les membres de l'assistance dont plusieurs s'étaient assoupis.

— En plus du sucre, ces îles exportent du tabac, du café, des coquillages et du bois d'œuvre. Malheureusement, elles doivent importer presque tout ce qui est nécessaire à leur subsistance.

Olympia repartit dans sa rêverie. Elle était venue là pour écouter de vieilles légendes sur ces îles perdues et non recevoir un cours d'économie. Elle se mit à observer les gens qui l'entouraient. La plupart étaient membres de la *Société des explorateurs*, il ne faisait aucun doute qu'elle avait dû correspondre avec certains d'entre eux. Elle se demanda comment elle pourrait se présenter après la conférence.

— Avez-vous suivi les autres conférences ? murmura la grosse dame derrière sa main gantée.

— Non, admit Olympia sur le même ton. Je suis membre de cette société, mais je viens seulement d'arriver à Londres.

— Quel dommage que vous ayez dû commencer par celle-là. La conférence de Mr. Duncan sur l'Empire ottoman était absolument fascinante.

— Je suis venue à celle-ci car je porte un grand intérêt aux Antilles.

La femme l'observa attentivement.

— Vraiment ? Comme Mr. Torbert et lord Aldridge... Vous devriez les rencontrer.

Olympia était aux anges.

— J'adorerais faire leur connaissance. J'ai lu leurs articles dans la revue trimestrielle.

— Ils sont là tous les deux assis chacun d'un côté de la pièce, bien entendu, chuchota la grosse dame. Je suppose que vous n'ignorez pas qu'ils sont rivaux... depuis des années.

— Oh, vraiment !

— Je serais heureuse de vous les présenter. Mais permettez-moi d'abord de me nommer : Mrs. Dalton, pour vous servir.

— Je suis Miss Wingfield, d'Upper Tudway dans le Dorset, riposta Olympia. Ravie de vous connaître, Mrs. Dalton.

Les yeux de la grosse dame s'arrondirent de surprise.

— Pas la Miss Wingfield qui écrit de si merveilleux articles sur les trésors de légende et les us et coutumes des îles lointaines ?

Olympia rougit. C'était le premier compliment qu'elle ait jamais reçu de sa vie. Personne à Upper Tudway ne s'était jamais donné le mal de lire le périodique de la *Société des explorateurs*.

— Si. Je me suis risquée, en effet, à écrire un ou deux de ces articles, dit Olympia d'un ton qu'elle voulait modeste.

— Ma chère, tout ceci est fort excitant ! Dès que Blanchard a fini, je vous présente à l'assistance.

— C'est très aimable de votre part.

— Ne dites pas de sottises. Vous êtes une légende pour nous, ma chère. Sachez que Torbert et Aldridge ont dit l'autre jour qu'ils ne sauraient partir sans emporter avec eux vos articles pour les guider dans leurs voyages !

— Se faire passer pour un précepteur ? Quelle idée ! A quoi jouez-vous, par tous les diables, Chillhurst ? dit Félix Hartwell en lui jetant un regard inquisiteur.

— Je ne suis pas certain de le savoir, avoua Jared en faisant la grimace.

Il continua de surveiller Ethan, Hugh et Robert qui s'amusaient à quelque distance de là, avec un cerf-volant.

Ce cerf-volant avait été acheté après qu'ils eurent déposé Olympia à l'Institut Musgrave. Alors, Jared avait emmené les garçons au parc le plus proche et envoyé un message à Félix.

Félix était venu promptement. C'était une de ses qualités que Jared appréciait. Ils avaient le même sens de la ponctualité. Ils travaillaient ensemble depuis des années maintenant et Jared le considérait comme un ami, le seul en qui il eût toute confiance.

Vraiment les deux hommes se ressemblaient sur beaucoup de points. Ils étaient calmes, à l'abri des émotions, certains diraient même ennuyeux. Tous deux partageaient la même logique pragmatique des affaires, comme de vulgaires commerçants, aurait dit son père.

Mais les choses avaient bien changé ces derniers temps et Jared se demandait comment Félix réagirait lorsqu'il apprendrait que son ami était devenu une pauvre victime de l'amour.

Félix renifla.

— Je vous connais trop bien pour croire que vous ne savez pas ce que vous faites, Chillhurst. Vous avez toujours une idée derrière la tête. Il n'est pas dans votre nature d'agir inconsidérément, Chillhurst.

— Je ne suis plus l'homme que j'étais, marmonna Jared avec une petite moue.

Félix le regardait d'un œil amusé, ce qui ne surprit guère Jared, lui-même s'étonnant encore de ce changement de personnalité.

Cela faisait plusieurs mois que les deux hommes ne s'étaient pas vus. La dernière fois remontait à ce séjour que Félix avait fait sur l'île de Flame, au large des côtes du Devon, pour discuter de la stratégie commerciale de Flamecrest.

Jared n'allait que très rarement à Londres. Il préférait le paysage sauvage de son île, aux lumières scintillantes de la cité.

Félix, pour sa part, ne changeait pas. C'était un homme de la ville comme le montraient ses mains blanches et fines

et la coupe de sa redingote. Il paraissait chaleureux et intelligent.
— Changé ? Vous ? s'esclaffa Félix. Ah ! vraiment, voilà bien la plus belle stratégie jamais vue. Travailler avec vous revient à jouer une formidable partie d'échecs, je ne sais à l'avance quelle pièce vous bougerez mais je sais par contre que vous serez toujours le gagnant...
— Il n'est plus question d'échecs, aujourd'hui, dit Jared en contemplant le cerf-volant s'élancer dans les airs et les garçons courir après. Le destin se joue de moi et je suis comme ce cerf-volant, flottant au gré des vents.
— Pardon ?
— Je préfère vous le dire, Félix, j'ai découvert l'amour !
— L'amour ? Vous ? Chillhurst, vous oubliez à qui vous parlez. C'est moi, Félix Hartwell ! votre représentant à Londres depuis dix ans. Je vous connais, vous et vos affaires, mieux que quiconque au monde, nous nous ressemblons tant.
— Il est vrai.
— C'est vrai. Et s'il y a bien une chose que je sais de vous, c'est qu'aucune passion ne vous guide. Vous êtes un parangon de « maîtrise de soi », Chillhurst.
— Plus maintenant.
Jared repensa au baiser qu'il avait donné à Olympia ce matin, sur le palier. Un désir soudain le gagna. Vivre sous le même toit que sa sirène s'était bien révélé être la torture qu'il imaginait. Sa seule consolation était de penser qu'il en était de même pour Olympia.
— J'ai entendu le chant de la sirène et cela m'a perdu, continua-t-il.
— Sirène ?
— Aussi connue sous le nom de Miss Olympia Wingfield.
— Chillhurst, êtes-vous en train de me mystifier ? demanda Félix soudain contrarié. Je préférerais que ce ne soit qu'une plaisanterie...
— Hélas ! non, dit Jared qui ne voulait pas entrer dans les détails, le journal de Claire Lightbourne ayant cessé d'être important. Vous savez Félix, pour la première fois de ma vie je comprends mieux les bouffonneries de ma famille.

— Laissez-moi vous dire, Chillhurst, que vous êtes bien le seul, et cela m'étonne, vous si rationnel !

— Leur sang coule dans mes veines malgré tout, répondit Jared en souriant. Qui peut rester rationnel lorsque les flammes de la passion le dévorent ?

Félix eut un mouvement d'humeur.

— Je n'y comprends goutte. L'idée que vous vous faites passer pour un précepteur dans l'espoir de séduire cette curieuse Miss Wingfield me dépasse. Vous, si pondéré !

Jared perdit tout à coup son sens de l'humour.

— Je vais être clair, Félix. Je ne veux pas que cette histoire se sache, la réputation de Miss Wingfield est en jeu.

Félix lui lança un bref regard incisif.

— Après toutes ces années, Chillhurst, j'espérais que votre confiance en moi ne faillirait point.

— Mais j'ai confiance en vous, si tel n'était pas le cas cette conversation n'aurait pas eu lieu. Je vous demande seulement de ne point dire que je joue les précepteurs et de taire ma présence à Londres.

Le visage de Félix s'éclaira comme sous le coup d'une révélation.

— Je savais qu'il s'agissait là d'une de vos redoutables machinations ! Je le savais !

Jared comprit qu'il n'était pas nécessaire de s'expliquer davantage. Une histoire d'amour était avant tout une histoire personnelle.

— Vous m'obligerez en taisant ma présence ici.

— Bien entendu, accepta Félix, l'œil complice. Comme vous ne venez que rarement à Londres et que vous ne fréquentez guère la haute société, personne ne s'inquiétera de vous.

— C'est bien ainsi. En fait, il y a peu de personnes qui soient capables de me reconnaître.

— Surtout caché comme vous l'êtes dans cette petite maison d'Iberton Street.

— Cette maison est juste ce qu'il me faut, parfaite pour une famille de hobereaux aux moyens modestes. Tant que j'éviterai les clubs et les lieux à la mode, je pourrai circuler dans Londres de façon parfaitement anonyme.

— Vous pouvez vous promener dans Hyde Park en toute

impunité avec ces trois garçons, dit Félix en riant. Les gens ne voient que ce qu'ils veulent bien voir. Ils ne s'attendent pas à tomber sur le vicomte Chillhurst jouant au précepteur.

— Absolument, répondit Jared, soulagé que Félix comprenne enfin la situation. Ainsi, nous sommes à l'abri.

Félix eut l'air intrigué.

— A l'abri de quoi, Chillhurst ?

— D'un désastre.

— Quel genre de désastre ?

— Celui d'être découvert. C'est une menace que je ne peux ignorer.

Félix parut dépassé.

— Que vous ne pouvez ignorer, milord ?

— Oui. Faire sa cour à une sirène n'est pas chose aisée et je ne voudrais pas que mon projet tombe à l'eau.

Félix hocha lentement la tête, d'un air perplexe.

— Si je ne vous connaissais pas aussi bien, Chillhurst, je dirais que vous êtes devenu aussi toqué que le reste de votre famille.

Jared éclata de rire et lui donna une tape amicale sur l'épaule.

— Voilà de quoi me refroidir.

— Vraiment, je ne voulais pas vous offenser, milord.

— N'ayez crainte, je ne suis guère susceptible. Tout le monde sait que ma famille a une fâcheuse tendance à ne produire que de flamboyants originaux.

— En effet, dit Félix avant de marquer une pause... Puis-je vous demander de garder quelque chose à l'esprit ?

— Oui, quoi ?

— Demetria Seaton est à Londres. Elle est devenue lady Beaumont, je ne sais si vous l'aviez appris.

— Je le savais, répliqua Jared d'une voix qu'il voulait neutre.

— J'ai entendu dire que lord Beaumont est à Londres aussi, dans l'espoir de se faire soigner pour ce léger problème qui l'affecte...

— L'absence d'héritier, n'est-ce pas ?

— Je suis amusé que vous soyez toujours au courant des derniers ragots... Les médisants vont jusqu'à préciser que lord Beaumont n'aurait pu consommer son mariage.

— Vraiment ? s'étonna Jared qui pensa aussitôt que cela ne devait guère déranger Demetria.

— Apparemment, même la présence dans son lit de la belle et charmante lady Beaumont ne peut venir à bout de son infirmité, murmura Félix.

— Quel dommage ! Mais cela n'est pas pour déplaire à lady Beaumont...

— Si l'on en croit la rumeur, non en effet, précisa Félix qui observait la trajectoire du cerf-volant au-dessus de lui. Si Beaumont ne peut avoir d'enfant, son épouse héritera de la totalité de sa fortune.

Jared pensa qu'elle ne manquerait pas d'en donner une grande partie à son imbécile de frère, Gifford, qui, une fois en possession de cette abondante manne, serait encore plus insupportable.

Gifford était le seul parent de Demetria. Elle en avait fait un jeune homme pourri, gâté. Une tête folle qui finirait mal.

Jared se souvint de ce soir, trois ans plus tôt, où Gifford l'avait provoqué en duel, une heure à peine après qu'il eut rompu avec sa sœur. La rencontre devait avoir lieu à l'aube et l'arme choisie avait été le pistolet.

Jared avait refusé net, en homme posé qu'il était alors. Un duel n'aurait rien résolu, s'était-il dit. Mais ce refus de le rencontrer sur le champ d'honneur avait rendu Gifford fou de rage et ce dernier l'avait traité de poltron.

— Comme Beaumont approche des soixante-dix ans et que sa santé est inquiétante, reprit Félix, on dit que son épouse fera très bientôt une fort séduisante veuve.

— Surtout si son mari se tue à vouloir lui donner un héritier.

Félix ricana.

— Enfin, je lui souhaite bonne chance, dit Jared.

— Vraiment ? s'étonna Félix. Je croyais que vous aimeriez savoir que lady Beaumont serait bientôt libre.

— Non. Qu'elle soit libre ou non ne m'intéresse pas.

— Mais... elle est plus belle qu'auparavant, m'a-t-on dit. Et on ne parle plus de son éventuel amant depuis qu'elle a épousé lord Beaumont.

— Ah, bon...

L'éventuel amant de Demetria était un sujet qu'il n'avait jamais abordé avec Félix, ni avec personne d'autre d'ailleurs. Cette rumeur avait commencé après leur séparation, mais il avait refusé d'alimenter ces ragots.

— Si lady Beaumont a un amoureux en ce moment, elle le cache bien, continua Félix.

— Elle a intérêt. Son époux n'aimerait pas savoir qu'elle a un amant alors que lui-même n'est pas capable de lui faire un enfant.

— Exact. (Félix marqua un temps.) Parlons d'autre chose si vous le voulez bien.

— Rien de neuf, je présume ?

— Non. Je n'ai rien trouvé. Je crois vraiment que c'est ce capitaine qui a fraudé. C'est le seul à pouvoir faire cela.

— Je veux des preuves avant de le renvoyer.

— Je comprends, milord, mais dans ce genre d'affaire il n'y en a pas.

— Je verrai, marmonna Jared en regardant le cerf-volant reprendre de la hauteur et les jumeaux crier des encouragements. Attendons encore un peu, Félix. Je prendrai ma décision plus tard.

— Comme vous voulez, Chillhurst.

— Par tous les saints, j'ai horreur que l'on me prenne pour un idiot !

— Je sais, monsieur.

Les deux hommes se turent et regardèrent de concert les garçons et leur cerf-volant, puis Jared consulta sa montre de gousset.

— Vous m'excuserez, Félix, mais j'ai rendez-vous et je dois rassembler la jeune troupe.

— Bien sûr. Je suis toujours à votre service, ne l'oubliez pas.

— Je ne sais ce que je ferais sans vous, Félix.

Jared prit congé et s'en fut rejoindre les garçons. Il était déjà quatre heures et il devait aller chercher Olympia à l'Institut Musgrave. Cela lui prit bien une demi-heure avant qu'ils ne montent tous dans un fiacre qui se faufila alors dans les rues encombrées de Londres.

Robert détacha un moment son regard du spectacle animé qui défilait sous ses yeux par la vitre du fiacre et vit que Jared consultait sa montre pour la troisième fois.

— Serions-nous en retard, Mr. Chillhurst ?
— J'espère que non. Avec un peu de chance, la conférence aura duré plus longtemps que prévu.

Ethan tapait nerveusement de ses talons le bas de la banquette.

— Pourrons-nous avoir une autre glace après ?
— Vous en avez déjà eu une cet après-midi, répondit Jared.
— Mais c'était il y a des heures ! Et j'ai chaud.
— Je suis certain que tante Olympia adorerait avoir une glace, dit Hugh avec un altruisme qui ne trompa guère Jared.
— Crois-tu ? lui répondit ce dernier.
— Oh ! oui, monsieur, répliqua Hugh l'œil innocent. J'en suis sûr.
— Nous verrons ce qu'elle en dira, fit Jared tout en regardant par la vitre. Nous sommes arrivés, voyez-vous votre tante ?
— Elle est là ! s'exclama Ethan. Il y a plein de monde autour d'elle... Je vais lui faire signe.
— Il n'en est pas question, intima Jared. On ne hèle pas ainsi une dame. Robert va aller la chercher et l'escorter jusqu'ici.
— Je suis d'accord, monsieur, répondit Robert en sautant à terre, je reviens tout de suite.
— N'oublie pas de la tenir par le bras ! rappela Jared.
— Oui, monsieur.

Jared referma la portière et s'appuya contre les coussins. Il pouvait observer la progression de son élève à travers l'attroupement qui s'était formé devant l'entrée de l'Institut Musgrave.

« Félix avait raison », songea-t-il. « Les gens ne voient que ce qu'ils ont envie de voir. » Pas un des membres de la *Société des explorateurs* ne reconnaissait le vicomte Chillhurst.

— Je ne savais pas que tante Olympia avait autant d'amis à Londres, dit Ethan étonné.
— Moi non plus, marmonna Jared.

Il se mit à observer les deux hommes qui se tenaient près d'Olympia. L'un était imposant, l'autre ridiculement maigre, mais tous deux buvaient littéralement ses paroles.

— Quelque chose ne va pas, monsieur ? s'enquit Hugh.
— Non, absolument rien, répondit Jared avec un calme voulu.

Il était conscient que le garçon s'effrayait toujours du moindre fait, tout à sa peur de l'avenir.

Or, apparemment, Olympia semblait goûter les joies de sa conversation avec ses nouveaux amis.

Lorsqu'elle se dirigea vers le fiacre au bras de Robert, elle paraissait heureuse et excitée à la fois, et Jared en conçut une certaine jalousie.

« De la jalousie », pensa-t-il surpris. « Voilà bien une sensation déplaisante. »

Puis il se dit philosophiquement que s'il devait continuer de voguer sur cette mer de passion, il ne pourrait en éviter les écueils.

— La voici ! s'exclama Ethan en se tortillant sur son siège. Croyez-vous qu'elle voudra une glace ?
— Je n'en sais rien, demande-le-lui, répondit Jared en ouvrant la portière à Olympia guidée de main de maître par Robert.

La jeune femme remercia ce dernier de sa galanterie et s'assit à côté de Jared. Sous sa capeline de paille, ses yeux brillaient d'une excitation contenue.

— J'espère que vous avez passé un bon après-midi ? s'enquit-elle.
— Nous avons joué au cerf-volant, expliqua Ethan, et nous nous sommes bien amusés.
— Que diriez-vous d'une délicieuse et rafraîchissante glace, tante Olympia ? demanda Hugh d'un ton ingénu. Ne serait-ce pas une excellente idée, cela vous désaltérerait, il fait si chaud.
— Une glace ? répéta Olympia. C'est en effet une excellente idée. La chaleur était étouffante dans la salle de conférences.

Les garçons regardèrent Jared.

— Je vois que vous avez voté à l'unanimité...

Jared ouvrit le panneau qui le séparait du cocher et donna à ce dernier l'instruction de les conduire vers le plus proche et meilleur glacier de la ville.

— Je suis si excitée par ce que j'ai appris, lui dit Olympia tandis qu'il se rasseyait, que j'ai hâte de me remettre au journal de Claire Lightbourne.

— Vraiment ? laissa tomber Jared d'un ton d'intérêt poli. Il n'avait rien à faire de ce satané journal, ce qu'il aurait aimé savoir c'est ce qu'elle pensait de ses nouveaux amis.

Jared ne sut toute l'histoire que tard dans la soirée, principalement à cause des garçons qui ne tarissaient pas d'éloges sur le merveilleux après-midi qu'ils venaient de passer.

Jared attendit patiemment que l'heure du coucher sonna pour Mrs. Bird et les enfants. Il revivait les tourments qui étaient les siens, les soirées passées au côté d'Olympia et il se demanda s'ils allaient pouvoir encore résister longtemps à l'appel de leur passion.

Lorsque tous furent couchés, il mit Minotaure dans la cuisine et partit à la recherche de la jeune femme, ce qui n'était guère difficile dans cette petite maison.

Elle était plongée dans le journal de Claire Lightbourne lorsqu'il franchit le seuil du bureau. Son sourire, ses yeux brillants lui firent battre le cœur. Mais la pensée que durant la moitié de sa vie il n'avait pu connaître ce genre de sentiment lui fit froid dans le dos.

— Ah ! vous voici, Mr. Chillhurst, dit Olympia en mettant son marque-page dans le journal. Le calme est enfin revenu. Je ne sais ce que je ferais sans vous...

— Le problème était que votre maisonnée avait besoin d'être prise en main, concéda Jared en s'emparant du carafon de cognac pour leur servir deux verres. Maintenant qu'une certaine routine a été instaurée, tout ira pour le mieux.

— Vous êtes trop modeste, monsieur, répondit-elle en prenant le verre qu'il lui tendait. Vous avez fait plus qu'instaurer une simple routine.

— J'essaye de mériter mon salaire, répliqua Jared émerveillé par le vert de ses yeux semblable à celui des lagons. Qu'avez-vous appris aujourd'hui de si excitant ?

Olympia parut légèrement déconcertée par cette question.

— Je croyais que mes recherches ne vous intéressaient pas ?

— Hum !

— Je vous avais dit que j'avais besoin de consulter certaines cartes géographiques.

— En effet.

— Je les ai trouvées, expliqua-t-elle radieuse. Non seulement cette société possède une superbe bibliothèque, dotée de nombreuses cartes, mais quelques-uns de ses membres m'ont proposé de venir chez eux voir les leurs.

Tout ce qu'il redoutait ! Jared se souvint avec précision des deux hommes qui encadraient la jeune femme à la sortie de l'Institut Musgrave.

— Quels membres ?

— Mr. Torbert et lord Aldridge. Apparemment, ils possèdent tous deux un vaste choix de cartes anciennes sur les Indes occidentales.

— Leur avez-vous parlé de vos recherches ? demanda-t-il sèchement.

— Non, bien sûr que non. Je leur ai simplement dit que les Antilles m'intéressaient.

Jared ne put s'empêcher de froncer les sourcils.

— Je suppose qu'ils savent que vous êtes une spécialiste des légendes indigènes.

— C'est exact, mais ils ne peuvent deviner que je recherche le trésor mentionné dans le journal de Claire Lightbourne, l'assura Olympia. Je n'en ai jamais fait mention à quiconque.

— Je vois.

— Mr. Chillhurst, je sais que tout ceci vous ennuie au plus haut point et je crois préférable d'aborder d'autres sujets ce soir.

— Ah ! Lesquels ?

— C'est difficile à dire, bredouilla Olympia en faisant le tour de son bureau et en s'arrêtant près du globe terrestre. Je sais que vous allez me trouver bien effrontée et vous aurez raison.

Jared se prit à espérer qu'elle allait enfin en venir au but.

— Je ne saurais vous trouver effrontée, Miss Wingfield, quoi que vous fassiez...

Olympia posa ses doigts sur le globe et doucement le fit tourner sur lui-même.

— D'abord, je tiens à vous remercier de me permettre de poursuivre mes recherches dans le calme.
— Ce n'est rien.
— Je ne suis pas d'accord. Grâce à l'argent que vous avez tiré du dernier chargement de mon oncle, j'ai pu venir à Londres. Grâce à votre intervention auprès de lord Pettigrew, j'ai pu continuer d'étudier au lieu de perdre mon temps à mettre mes neveux hors de sa portée.
— Je suis certain que vous trouverez ce que vous cherchez à Londres.
Le globe se mit à tourner plus vite.
— Même si je ne retrouve pas ce trésor, monsieur, je ne saurais être déçue. J'ai découvert plus que je n'avais escompté et ceci grâce à vous.
— Vraiment ? demanda Jared plein d'espoir.
— Oui, murmura-t-elle, les yeux baissés sur le globe tournoyant. Monsieur, en tant que Citoyen du Monde, vous avez eu l'occasion de voyager, de voir de vos propres yeux les coutumes de ces indigènes.
— En effet.
Olympia toussota pour s'éclaircir la voix.
— Comme je vous l'ai souvent dit, je me considère aussi comme une Citoyenne du Monde.
Jared posa lentement son verre de cognac.
— Miss Wingfield, qu'essayez-vous de me dire ?
Elle leva enfin les yeux. Ils étaient brillants, pleins d'un désir contenu.
— J'aimerais vous poser une question d'égal à égal.
— Je tâcherai de vous répondre d'égal à égal.
— Mr. Chillhurst... (Sa voix défaillit.) Vous m'avez laissé supposer que vous étiez amoureux de moi et cela dès le premier jour... Ai-je tort ?
Jared sentit son légendaire sang-froid se consumer dans les flammes de sa passion. Ses mains tremblèrent tandis qu'il les posait sur le bureau.
— Non, Olympia. Vous avez tout à fait raison. Et pour ma part, je ne croirai à la réciprocité de cet amour que lorsque vous cesserez de m'appeler « Mr. Chillhurst » !
— *Jared !*
Elle s'élança dans ses bras tandis que le globe tournoyait sans fin derrière eux.

8

— J'avais si peur que vous ne me trouviez effrontée, confia Olympia à Jared.

Elle ressentait un grand soulagement, doublé d'une joie indescriptible, comme à chaque fois qu'elle se trouvait dans ses bras.

— Je sais que vous êtes un vrai gentleman, continua-t-elle. Mais je craignais que ma question ne vous offusque.

Jared l'embrassa sur le front.

— Ma douce sirène, je n'ai rien d'un gentleman.

— Oh si ! vous l'êtes, assura-t-elle en relevant la tête et en lui adressant un merveilleux sourire. Vous faites de terribles efforts. Ce n'est pas votre faute, mais vous irradiez un tel désir... J'admets volontiers que je ne fais rien pour le calmer... Ce n'est pas bien, je le sais.

Jared lui prit le visage entre ses mains et la contempla avec une certitude absolue.

— Non, Olympia, je suis sûr qu'il n'y a rien de mal à éprouver la passion qui nous lie et même s'il y en avait, je n'en ai cure.

— Je suis si heureuse que vous le preniez ainsi. Je l'espérais au plus profond de mon cœur, murmura Olympia troublée par le contact de leurs corps. Nous nous ressemblons tant, n'est-ce pas ? Notre expérience des terres et des peuplades lointaines nous a donné une grande expérience de la nature humaine.

— Le croyez-vous vraiment ?

— Absolument. Des êtres tels que nous ne peuvent se laisser brider par de stupides conventions sociales.

Jared essaya de lire dans le fond de son regard.

— Vous ne pouvez savoir l'émotion que je ressens...

— J'espère qu'elle est en tout point semblable à celle que j'éprouve.

— Je crains qu'elle ne soit encore plus intense, murmura Jared, ses lèvres frôlant les siennes. Si vous ressentez ce que j'éprouve en ce moment, vous devez être consumée, brûlée par les flammes de la passion.

— Je vis un enfer.

Jared grommela quelque chose d'indistinct. Olympia, à court de mots, se taisait. Sa bouche fut soudain sur la sienne et elle sut combien il la désirait, combien son désir était identique au sien.

Au comble du bonheur, Olympia lui rendit son baiser. Elle se pressait contre lui, cherchant la chaleur de son corps. Elle avait conscience qu'il avait pris appui contre le bord du bureau et qu'il la tenait serrée entre ses larges cuisses musclées.

— Ils sont si beaux, murmura Jared en passant ses doigts dans les longs cheveux auburn d'Olympia. Si beaux...

Olympia se rendit compte que son bonnet de dentelle avait chu sur le tapis et elle sentit une grande langueur l'envahir.

— Oh ! Jared, voilà plus que je ne puis en supporter, s'exclama-t-elle, submergée par ce flot d'émotions.

— Oui, ma douce sirène, répondit-il d'une voix rauque.

Il déposa des dizaines de petits baisers le long de son cou, pestant contre ses vêtements qui, seuls encore, opposaient une résistance.

— Je ne peux endurer cette torture plus longtemps, fit Jared en malmenant sa robe. Si je ne vous ai pas à moi très vite, ma chérie, je vais finir à l'asile de Benham. Je serai un homme brisé !

— Je comprends, répondit Olympia en déboutonnant la chemise de Jared. Moi-même, je deviens folle...

Jared eut un étrange sourire en s'attaquant au corsage de la jeune femme.

— Nous n'avons plus guère le choix, alors...

Olympia était venue à bout de sa chemise et contemplait son torse puissant. Elle hocha doucement la tête.

— Je crains que rien ne puisse plus nous sauver. Nous sommes perdus, Jared.

— Alors, qu'il en soit ainsi.

Jared, après avoir eu raison du corsage, s'attaqua aux nœuds de la chemisette de batiste qu'il défit un à un. Le tout alla rejoindre le bonnet de dentelle sur le tapis. Il se calma enfin à la vue de la gorge dénudée de la jeune femme.

Olympia rougit sous le regard brûlant de Jared, mais elle ne fit pas mine de se rhabiller. Le fait de se savoir si désirée lui donna même du courage. Elle posa ses mains sur son torse et se mit à le caresser lentement.

Jared inspira fortement et ne put contenir un grognement de plaisir. Il lui rendit ses caresses, passant doucement son doigt sur les aréoles de ses seins.

— C'est bon, murmura-t-il avant de la presser contre lui.

— Oui, n'est-ce pas merveilleux ?

— Mon Dieu ! Olympia...

Comme mû par une force invisible, Jared attrapa la jeune femme par la taille et la fit tourner. Il l'installa à son tour sur le bord du bureau, les jupes en bataille.

Olympia avait l'air surprise.

— Chante pour moi, douce sirène, intima Jared en retroussant ses jupes pour lui écarter doucement les jambes. Je ne puis résister plus longtemps. Tel est mon destin !

— *Jared.*

Olympia le sentait peser de tout son poids entre ses jambes, elle percevait la douce caresse de ses mains sur ses cuisses. Affolée, elle le regarda puis se blottit contre lui.

— N'ayez pas peur, ma douce, murmura Jared dans le creux de son épaule. Dites-moi quand vous serez prête...

Avant que la jeune femme ne puisse lui demander ce qu'il entendait par là, Jared glissa ses doigts dans la chaude intimité de son corps.

Olympia retint son souffle à ce contact. Il lui semblait que tout se précipitait.

— Vous êtes prête, il me semble, dit Jared. Douce et chaude comme les mers du Sud.

— Vraiment ? bredouilla Olympia qui se demandait ce qu'il attendait d'elle.

— Oui, et très excitante. Incroyablement excitante.

— Jared, je ne sais quoi répondre...

— Ne dites rien, chérie, tant que vous n'êtes pas prête à chanter pour moi.

Elle n'avait aucune idée de ce qu'il voulait dire par là. Et elle n'eut pas la présence d'esprit de le lui demander. La sensation de sa caresse intime était si forte, si étrange qu'elle se mit à trembler. Ses jambes se resserrèrent autour de lui.

— Venez, ma chérie, ma douce sirène, insista Jared, tandis que la jeune femme gémissait doucement. Oui, comme cela. Encore ma chérie... Comme j'aime vous entendre gémir.

Olympia rouvrit les yeux lorsque la caresse cessa. Elle se sentit brusquement perdue, abandonnée.

— Jared ?

Jared déboutonnait ses culottes.

— Rien ne pourra m'arrêter, chérie.

A la vue de Jared nu, Olympia ressentit un grand choc.

— *Mr. Chillhurst !*

Jared fit la moue.

— Rappelez-vous cette étrange coutume des habitants des mers du Sud dont vous m'avez parlé, Miss Wingfield...

Surprise, la jeune femme se souvint avec quelle naïveté elle avait conté cette histoire. Elle fut partagée entre la mortification et le rire.

— Ne vous moquez pas de moi.

— Je ne fais rien de tel.

— Si.

Jared entoura ses belles cuisses et entreprit de forcer le doux passage. La jeune femme, bien qu'effrayée, ne put que consentir.

— Ma chérie.

Jared souleva délicatement Olympia pour pouvoir se frayer un passage vers le centre intime de sa féminité. La jeune femme, les paupières closes, semblait se concentrer sur cette sensation étrange.

C'était excitant et délicieux à la fois. Leurs corps paraissaient faits l'un pour l'autre. Pourtant, malgré les ondes de plaisir qu'elle ressentait, quelque chose n'allait pas.

— Damnation !

Jared s'était brutalement arrêté.

— Qu'y a-t-il ? murmura Olympia en entrouvrant les yeux.

Jared s'était changé en statue de sel, tous ses muscles tendus. Et lorsque la jeune femme lui demanda s'il allait bien, il la regarda d'une façon quasi désespérée.

— Olympia, vous m'aviez dit que vous étiez une Citoyenne du Monde !
Elle sourit rêveusement.
— Bien sûr.
— Je pensais que cela signifiait que vous aviez l'expérience de ce genre de... chose.
— En tout cas, pas d'expérience personnelle, répondit-elle en lui caressant la joue. J'espérais que vous alliez m'apprendre. Après tout, n'êtes-vous pas un précepteur ?
— Je suis surtout un fou... Olympia, êtes-vous certaine de me vouloir ?
— Plus que tout !
— Alors serrez-moi fort, ma chérie.
Olympia ne sut que répondre, aussi s'exécuta-t-elle. Ses bras se refermèrent sur l'homme qu'elle aimait, en un élan de passion.
Alors Jared doucement la ramena vers lui et lorsque Olympia voulut crier, ses lèvres étouffèrent ses gémissements. Il l'embrassa longuement jusqu'à ce que la jeune femme, remise de ses émotions, recommence à avoir du plaisir.
— Comment vous sentez-vous, chérie ?
— Très bien, je crois.
— Montrez-le-moi, mon amour... Chante, ma sirène. Chante pour moi.
Et Jared la conduisit vers des sommets jamais atteints, de vagues de plaisir en vagues de plaisir.
Il fallut un bon moment à Jared pour retrouver ses esprits et pouvoir contempler Olympia étendue sur les coussins du canapé sur lequel il l'avait portée après avoir fait l'amour. Elle s'étirait languide, un sourire de pure satisfaction sur les lèvres.
Le sourire d'une sirène qui vient de comprendre le pouvoir qu'elle avait sur les hommes.
Et il était celui qui venait de le lui faire découvrir.
— Vous êtes un être passionné, Mr. Chillhurst, dit soudain Olympia.
Jared émit un vague grognement. Il était épuisé et comblé.
— Sans doute, Miss Wingfield, mais votre passion n'a d'égale que la mienne...

Elle vint se pelotonner contre lui et lui passa les bras autour du cou.

— Je dois admettre qu'elle est terriblement enivrante. Je n'avais jamais rien vécu de tel.

— J'en suis certain, Olympia, dit-il tout en déposant un léger baiser sur ses seins.

Il la voulait tout à lui. Ses autres conquêtes avaient toujours été conduites avec le sens de la méticulosité qui le caractérisait et, de surcroît, il n'avait jamais eu affaire à une vierge.

Cela le troublait infiniment.

Peut-être aurait-il dû ressentir quelque honte, mais il n'éprouvait qu'un grand bonheur. Après tout, Olympia n'était plus une jeune oie blanche au sortir du couvent. Elle avait vingt-cinq ans... et c'était une femme avertie.

Enfin, c'est ce qu'elle se plaisait à dire, car elle n'était en fait qu'une innocente jeune femme élevée au fin fond de la campagne anglaise... Et il avait abusé d'elle.

Mais il ne pouvait nier que c'était là sa plus belle expérience amoureuse.

Il eut une pensée pour cet abruti de Draycott et pour tous les hommes d'Upper Tudway qui avaient dû essayer de la séduire.

En vain. Olympia s'était gardée pour lui.

— Olympia, sachez combien j'apprécie le trésor dont vous m'avez fait don. Je prendrai toujours soin de vous.

De son doigt, elle suivit la courbe de sa mâchoire.

— Mais vous prenez déjà soin de moi. J'espère seulement que vous continuerez longtemps à diriger cette maison.

— Précepteur et amant, n'est-ce pas ?

Elle rougit.

— Oui, bien sûr. De quoi d'autre peut-il être question ?

— En effet, de rien d'autre, laissa tomber Jared.

Il passa sa main sur ses yeux et réfléchit. C'était le moment rêvé pour tout lui dévoiler, mais comment le prendrait-elle ? Elle serait sans aucun doute déçue et furieuse de son mensonge, comme il l'avait été avec Demetria.

Il se souvint de ce qu'il avait dit à Félix cet après-midi-là.

« J'ai horreur que l'on me prenne pour un idiot. »

Évidemment, Olympia pourrait penser qu'il l'avait prise pour une sotte, qu'il s'était amusé à ses dépens.

Cette pensée le fit frémir. Car si Olympia réagissait aussi violemment que lui, trois ans plus tôt, avec Demetria, elle ne manquerait pas de le jeter dehors.

A cette idée, il devint blême. Aucune solution logique ne lui venait à l'esprit ; il était trop amoureux pour risquer quoi que ce soit avec cette femme qui venait de s'offrir à lui.

Il ne voulait pas la perdre.

Pourquoi tout était-il si compliqué ?

Il comprit alors qu'il avait, avant tout, besoin de temps. *Juste un peu de temps pour qu'elle apprenne à ne plus pouvoir se passer de lui, pour qu'elle puisse supporter la vérité.*

Voilà la solution. Juste un peu de temps...

Des aboiements assourdis lui parvinrent de la cuisine.

— Par tous les diables ! s'exclama-t-il en se relevant.

— C'est Minotaure, constata Olympia avec surprise.

— Ce satané chien va réveiller toute la maison, répliqua-t-il en rajustant ses vêtements.

La vision de Mrs. Bird et des trois garçons surgissant et trouvant Olympia dans cet état l'alarma sérieusement.

— Habillez-vous, ordonna-t-il. Je m'occupe du chien.

Il s'empara d'un chandelier et se dirigea vers la porte.

— Il aboie de la même façon que l'autre nuit, murmura Olympia intriguée. Peut-être y a-t-il un cambrioleur ?

Elle se débattait avec les lacets de sa chemisette.

— J'en doute fort. Il a certainement entendu quelqu'un passer dans la rue. Il n'est pas encore habitué aux bruits de la ville, répondit Jared en la regardant remettre son corsage.

C'était un bien agréable spectacle.

Lorsqu'elle fut prête, Olympia lui sourit et vint le rejoindre. Il dut prendre sur lui pour ne rien laisser paraître de son trouble.

— Je préfère que vous restiez là. Je vais aller voir pourquoi Minotaure a aboyé.

Il sortit, sans un regard de plus à sa mise défaite, à sa coiffure désordonnée et à ses joues rosies.

Mais Olympia courut après lui.

— Attendez, Mr. Chillhurst ! Je vous accompagne.

Jared, surpris, leva un sourcil.
— Mr. Chillhurst ?
— Nous ne devons pas changer nos habitudes, dit-elle avec sérieux. Nous devons sauver les apparences devant Mrs. Bird et mes neveux.
— Si cela peut vous faire plaisir, Miss Wingfield, murmura Jared. Mais je me réserve le droit de vous appeler Olympia lorsque j'aurai les mains sous vos jupes...
— *Mr. Chillhurst* !
— C'est la coutume entre Citoyens du Monde, l'informa Jared avec assurance.
Il se sentait divinement bien. Tel Icare volant vers le soleil... avant sa chute, bien sûr. La passion lui seyait, il était un autre homme.
— Vous vous moquez de manière fort peu galante, monsieur, l'accusa Olympia soudain interrompue par un nouvel aboiement. Minotaure veut vraiment nous prévenir, il me semble.
— Quelqu'un vide, sans doute, la fosse d'aisance des voisins.
— Peut-être.
Jared ouvrit la porte de la cuisine et le chien se précipita vers Olympia.
— Qu'y a-t-il, Minotaure ? lui demanda la jeune femme en lui tapotant la tête. Il n'y a personne dans la maison, à part nous.
Minotaure gémit et fila vers la porte du jardin.
— Je vais le laisser sortir quelques instants, proposa Olympia.
— Je l'accompagne, fit Jared après s'être assuré que rien dans la cuisine n'avait été dérangé.
Jared se dirigea, toujours suivi d'Olympia, vers la porte de derrière que Minotaure grattait frénétiquement en les attendant.
— Quelque chose ne va pas, insista Olympia. Il n'est pas dans les habitudes de ce chien de se conduire ainsi.
— Vous avez sans doute raison, admit Jared en déverrouillant la porte.
Minotaure bondit aussitôt, se ruant dans le jardinet clos de murs.

— Les voisins vont se plaindre s'il aboie de nouveau, protesta Olympia.

— Alors que nous ne les connaissons pas encore, dit Jared en tenant la bougie haut. Restez à la maison, je vais voir ce qui préoccupe ce chien.

Jared s'évanouit dans l'obscurité, assuré que son ordre serait respecté, étant donné le ton sec avec lequel il avait été formulé.

Minotaure ne s'arrêta qu'une fois arrivé au mur du fond sur lequel il se mit à bondir, en reniflant bruyamment.

Jared, quant à lui, se fraya un chemin dans les buissons laissés à l'abandon. La lune éclairait suffisamment pour qu'il puisse se rendre compte que le jardinet était désert.

Il jeta un coup d'œil par-dessus le mur, sur les jardins voisins. Ils étaient sombres et silencieux. Personne n'y travaillait à vider les fosses comme c'était l'habitude à Londres, les gens ne voulant pas être indisposés le jour par le bruit et les odeurs nauséabondes.

— Il n'y a pas âme qui vive, murmura Jared au chien qui continuait de renifler après lui avoir lancé un regard.

— Vous ne voyez rien ? s'enquit Olympia.

Jared sursauta. Apparemment, elle n'avait pas craint de désobéir à ses ordres, laissant la bougie à l'intérieur pour le suivre dans le noir. Un rayon de lune la nimbait d'une clarté irréelle, dessinant son corps d'une façon très suggestive. Jared fut partagé entre la colère et le désir.

— Non, absolument rien. Peut-être quelqu'un est-il passé il y a quelque temps et cela aura alerté Minotaure.

— Cela fait plusieurs jours que nous sommes ici et jamais personne n'est passé la nuit.

— Je sais, dit Jared en lui prenant le bras. Retournons à la maison. Cela ne sert à rien de rester là.

Elle le regarda, surprise par l'inflexion de sa voix.

— Quelque chose vous ennuie ?

Jared, en fait, se demandait comment un simple précepteur pouvait obtenir de son employeur qu'il respecte ses ordres à la lettre. Mais avant qu'il ait pu résoudre cette question, sans avoir à révéler son identité, la jeune femme s'exclama :

— Grand Dieu ! Voyez ce que j'ai trouvé ! Avez-vous perdu votre mouchoir, Mr. Chillhurst ?

— Non, répondit Jared en se saisissant de l'objet qui dégageait une forte odeur d'eau de Cologne.

Olympia fronça le nez devant ces effluves et déclara d'un ton solennel :

— Il y avait quelqu'un dans le jardin cette nuit.

Minotaure, à son tour, humait le mouchoir.

— Cela ne fait plus aucun doute, dit Jared avec calme.

— C'est bien ce que je redoutais, Mr. Chillhurst. Nous voici de nouveau dans une situation de crise.

— De crise ?

Olympia le fixa entre ses paupières mi-closes.

— L'avertissement contenu dans le journal intime doit être pris au sérieux. Quelqu'un est déterminé à s'en emparer. Mais comment cet individu nous a-t-il retrouvés ?

— Par tous les saints, Olympia ! laissa échapper Jared torturé par de sombres pensées. Avez-vous commis des indiscrétions sur notre séjour londonien ?

— Non, absolument pas. J'ai été très prudente. Votre réputation m'importe beaucoup.

— Alors je suppose qu'un de vos nouveaux amis de la *Société des explorateurs* vous aura suivie ou vous aura fait suivre...

— Il ne reste que cette solution, admit Olympia. Sans doute l'un d'eux est-il lié d'une façon ou d'une autre au Cerbère.

« Ou sans doute n'est-il que préoccupé par le gain, comme la plupart des gens », pensa Jared avec humeur. Même sa famille n'échappait pas à ce vice.

Or, les membres de la *Société des explorateurs* savaient pertinemment que Miss Olympia Wingfield était la spécialiste des trésors perdus.

9

La première chose qui vint à l'esprit de Jared, le lendemain matin, fut le souvenir du bonnet de dentelle abandonné sur le plancher du bureau d'Olympia.

— Par tous les saints ! dit-il en s'asseyant pour remettre son cache-œil de velours noir.

Cette liaison secrète allait s'avérer plus difficile à mener qu'il ne l'avait cru au premier abord.

Il se demanda comment faisaient les libertins de la haute société pour passer de boudoir en boudoir avec une telle aisance, alors que, pour lui, une simple histoire d'amour comportait tant de risques.

« Je n'ai apparemment rien d'un libertin », pensa-t-il en quittant son lit. La nuit qu'il venait de passer avait été l'événement le plus incroyable, le plus important de toute sa vie, à n'en pas douter.

Mais avec l'aube naissante, les petits détails quotidiens reprenaient toute leur importance. « Une chose après l'autre », se dit-il. Le bonnet de dentelle devait être enlevé avant que Mrs. Bird ne fasse son apparition.

Il s'empara d'une chemise de coton blanc et d'une paire de culottes dans sa garde-robe, dédaignant ses bottes trop longues à enfiler.

Tout en finissant de s'habiller, il entrouvrit la porte et inspecta le palier. A sa montre, il était cinq heures trente.

Avec un peu de chance, Mrs. Bird, si elle était éveillée, devait être encore dans sa chambre ou en train de fourrager dans la cuisine.

Jared descendit les escaliers avec précaution et se prit à penser au mouchoir qu'ils avaient découvert la nuit dernière.

La possibilité d'une tentative d'intrusion ne faisait plus aucun doute. Un voleur guettait une opportunité. Évidemment, Olympia n'accepterait jamais cette version.

Jared jura intérieurement, conscient de l'intérêt grandissant qu'Olympia portait à ce Cerbère et aux difficultés qu'il en résulterait dans leur vie privée.

En pénétrant dans le bureau, il fut soulagé de voir que le bonnet se trouvait toujours là, sur le sol. Il avait chu lors de leurs étreintes passionnées. Jared, à ce souvenir, sentit une fusion de plaisir lui parcourir le corps. Cette nuit resterait gravée à jamais dans sa mémoire.

Il sourit en ramassant le bonnet et en retrouvant les trois épingles qui tenaient la coiffure d'Olympia.

— Z'avez oublié quelque chose ? l'interpella Mrs. Bird sur le seuil de la porte.
— Damnation ! jura Jared, pris en flagrant délit. Vous vous êtes levée aux aurores, Mrs. Bird !
Cette dernière ne se laissa pas intimider. Elle le regardait, l'œil vindicatif, les poings sur les hanches.
— Y a des hommes qui se sauvent quand y z'ont eu ce qui voulaient. Est-ce vot'genre ?
— Il n'est nullement question que je parte, Mrs. Bird, si cela peut vous rassurer.
La gouvernante parut soupeser sa réponse.
— Pt'être bien que ça serait mieux, tout compte fait. Faudrait pas que Miss Olympia ait le temps de s'attacher.
— Vraiment ?
De colère, la gouvernante vira au rouge.
— Écoutez-moi bien, sale pirate ! J'vous laisserai pas briser le cœur de cette pauvre Miss Olympia, si pure. Z'avez aucun droit d'abuser d'une innocente...
Jared se dit qu'il y avait peut-être une autre solution à la présence d'un mouchoir dans le jardin.
— Vous m'avez l'air bien au courant de ce qui a pu se passer ici hier soir. Étiez-vous en train de nous épier par la fenêtre ?
— Épier ? *Épier*, s'étrangla Mrs. Bird. C'est trop fort. J'épie jamais.
Jared se souvint alors de la forte odeur d'eau de Cologne qui imprégnait le morceau de batiste. Il ne pouvait être à la gouvernante qui sentait plutôt les produits d'entretien ou, à l'occasion, le gin.
— Je suis désolé, dit-il rapidement.
Mais cela ne suffit pas à la gouvernante.
— J'ai des yeux et des oreilles. J'ai entendu le raffut dans le jardin la nuit dernière. Alors j'ai ouvert la croisée et j'vous ai vu tous les deux débraillés dans l'allée et j'vous ai vu embrasser Miss Olympia !
— Oh ! vraiment ?
— J'me suis dit que vous lui aviez fait quelqu'chose pour qu'elle soit mal mise comme ça...
— Vous êtes très observatrice, Mrs. Bird.
— J'suis point sotte, après ce que j'ai vu cette nuit. J'ai

eu comme dans l'idée de venir voir ici c'matin. J'ai tout compris au désordre qui régnait...

— Vous êtes remarquablement intelligente.

Elle releva le menton d'un geste de défi.

— J'allais ramasser, quand j'vous ai entendu descendre. J'voulais voir vot'tête de coupable !

— Je vous félicite pour vos brillantes investigations et vos si logiques déductions, Mrs. Bird. (Jared marqua un temps d'arrêt.) Avec ces qualités, vous n'aurez aucun mal à retrouver une place...

La gouvernante parut inquiète.

— Faites pas peur, monsieur ! Miss Olympia est bien incapable de m'renvoyer et vous le savez.

— Croyez-vous ? Votre patronne m'écoute aveuglément en ce qui concerne la marche de cette maison.

— Le fera pas... Elle a trop bon cœur. Elle préférera vous flanquer dehors si elle apprend que vous me menacez !

— Je ne miserais pas là-dessus si j'étais vous, Mrs. Bird. Surtout lorsqu'elle apprendra que vous nous épiez.

— Allez au diable ! J'vous épiais pas.

— C'est pourtant ce qu'elle déduira de votre histoire. Croyez-moi, gardez votre langue dans votre poche. C'est votre intérêt.

La gouvernante en fut outragée.

— D'où ce que vous sortez ? Espèce de sorcier... vous avez tourneboulé cette maison, ces pauvres garçons. Vous claquez des doigts et l'argent tombe, et Miss Olympia vous cède...

— Pour cela, vous êtes dans l'erreur, dit Jared en se dirigeant vers la porte.

— Z'avez point ravi Miss Olympia ? demanda la gouvernante, l'œil soupçonneux en s'écartant du chemin de Jared. J'sais bien que vous l'avez fait.

— Vous n'avez rien compris à la situation, laissa tomber Jared en commençant de gravir les marches de l'escalier.

— Expliquez-vous ! glapit-elle.

— C'est elle qui a ravi mon cœur...

Jared n'eut pas besoin de se retourner pour sentir le silence lourd de désapprobation de Mrs. Bird.

Cette vieille mégère posait un sérieux, mais pas insurmontable, problème. Il devrait pactiser avec elle dans le futur.

Jared s'arrêta devant la porte de la chambre d'Olympia et frappa doucement. Il y eut un bruit de pas précipités et la jeune femme ouvrit.

— Bonjour, Miss Wingfield, dit-il en souriant à la vue de sa légère tenue matinale.

La somptueuse chevelure auburn d'Olympia créait un halo autour de son visage. Une délicate rougeur envahissait ses joues. Dans la lueur pâle de l'aube, elle paraissait encore plus ravissante, irrésistible. Jared jeta un regard vers le lit défait derrière elle... Quelle invite !

— Mr. Chillhurst, que faites-vous là à cette heure ? demanda-t-elle après avoir jeté un regard inquiet sur le palier désert. Quelqu'un pourrait vous voir.

— Je vous rapportais quelques pièces à conviction, abandonnées sur les lieux du crime...

— C'est en effet une bonne raison, balbutia-t-elle, surprise, avant de s'en saisir promptement. Je suis heureuse que vous y ayez pensé.

— Malheureusement, je ne fus pas le premier. Mrs. Bird était déjà passée par là.

— Oh ! Monsieur... est-elle affreusement choquée ? Elle n'appréciait que modérément votre présence et maintenant elle va imaginer le pire.

— Elle imagine le pire, en effet, confirma Jared. Mais elle a assez de bon sens pour se taire.

Il se pencha vers Olympia et déposa un baiser sur ses lèvres.

— J'ai hâte de vous revoir à l'heure du petit déjeuner, Miss Wingfield.

Jared recula et referma doucement la porte sur les formes tentatrices de la jeune femme. Il sifflota joyeusement tout en regagnant sa propre chambre.

— Bonjour, tante Olympia.
— Vous avez l'air très bien aujourd'hui, tante Olympia.
— Bonjour, tante Olympia. Merveilleuse journée, n'est-ce pas ?

La jeune femme sourit à Hugh, Ethan et Robert qui s'étaient promptement levés à son arrivée dans la salle à manger.

— Bonjour à tous, dit-elle, surprise encore par les bonnes manières dont Ethan faisait preuve en lui avançant son siège. Merci beaucoup Ethan.

Ce dernier jeta un coup d'œil à Jared, guettant son approbation. Chillhurst hocha la tête et Ethan s'assit à son tour avec une petite grimace de contentement.

Olympia chercha le regard de Jared, le visage illuminé du bonheur qui avait été le sien la nuit dernière. Ses mains tremblèrent tandis qu'elle se saisissait de sa petite cuillère.

Voilà ce que l'on ressent lorsqu'on est amoureuse. Cette vérité lui était apparue la veille au soir. Elle aimait Jared d'un amour passionné.

L'Amour... Un sentiment qu'elle avait pensé ne jamais connaître. Après tout, une Citoyenne du Monde de vingt-cinq ans se devait d'être lucide.

L'Amour...

C'était bien plus excitant que toutes les légendes, que tous les trésors cachés de la terre.

L'Amour...

Qui avait envahi sa vie. La solitude qui avait été sienne depuis la mort de ses tantes s'était enfuie. Elle avait trouvé un homme dont l'esprit fusionnait parfaitement avec le sien.

« Ils ne passeraient pas leur vie ensemble, malheureusement », pensa-t-elle. C'était une question de semaines, de mois, peut-être d'années, au mieux. Et un jour, Jared prendrait ses fonctions dans une autre famille, prenant soin d'autres enfants. Ainsi vont les précepteurs...

En attendant, Olympia était bien décidée à vivre cette passion qui venait de naître entre elle et ce pirate.

— Bien. Quels sont vos projets aujourd'hui ? demanda-t-elle d'une voix qui se voulait détachée.

Le bonheur était un sentiment bien difficile à cacher, se dit-elle. Apparemment Jared avait la même difficulté, à voir son œil pétiller.

— Nous irons visiter le musée de la Mécanique de Mr. Winslow, répondit Robert.

— Il paraît qu'il y a une horloge géante, semblable à une araignée. Les dames en sont très effrayées. Mais pas nous, bien sûr, expliqua Hugh tout excité.
— Il y a aussi un ours et des oiseaux automates, ajouta Ethan.
Olympia parut intriguée.
— Cela semble très intéressant.
— Je crois, oui, dit Jared en étalant de la confiture sur son toast.
Olympia hésita un instant entre ce qu'elle avait projeté de faire et cette visite au musée.
— J'aimerais bien y aller avec vous.
— Vous êtes la bienvenue, déclara aussitôt Jared, avant d'entamer son toast.
— Oh! oui, tante Olympia, venez avec nous! supplia Robert. Cela sera tellement amusant.
— Et très instructif, ajouta Ethan avec circonspection.
— Absolument, approuva Olympia qui voyait là le moyen de passer l'après-midi avec Jared. Bien, je vais me préparer. A quelle heure partez-vous?
— Trois heures, répondit Jared.
— Parfait. Cela me laisse le temps d'aller voir, avant, quelques cartes à l'Institut Musgrave.

— Je doute que vous trouviez grand-chose dans les archives de notre société, Miss Wingfield, prévint Roland Torbert en tournant autour d'Olympia, les mains croisées dans le dos. Il n'y a qu'un piètre échantillon de cartes sur les Antilles ici. Je ne saurais trop vous conseiller de venir chez moi, j'en possède une fort belle collection.
— J'en serais ravie, Mr. Torbert, répondit Olympia en s'efforçant de lui échapper. Mais je veux procéder d'une façon méthodique.
— Naturellement... Cela vous ennuierait-il de me dire ce que vous recherchez?
Torbert se rapprocha et regarda par-dessus l'épaule de la jeune femme les cartes disposées sur le bureau. Il dégageait une forte odeur d'eau de Cologne mélangée à celle sur ses vêtements.

— J'essaie d'établir une cartographie exacte des lieux, éluda Olympia qui n'avait confiance en personne. Il y a désaccord entre ces cartes.

— Je vois, mais il y a trop de petites îles pour qu'elles soient toutes portées là-dessus.

— Sans doute, marmonna Olympia en se penchant en avant pour étudier de plus près les détails.

Il n'y avait aucun signe d'une mystérieuse île inconnue au nord de la Jamaïque. La carte la plus récente portait bien quelques indications assez vagues d'une terre, indications qui n'apparaissaient pas sur la plus ancienne.

— Je serais enchanté de vous revoir cet après-midi, Miss Wingfield, proposa Torbert. Mes cartes seront prêtes, je vous le promets.

Il la regardait rouler celles qui se trouvaient sur la table.

— Je vous remercie mais je suis occupée cet après-midi. Remettons cela à un autre jour, si cela vous convient ?

— Bien sûr, bien sûr, bafouilla Torbert en faisant craquer ses doigts. Miss Wingfield, j'ai cru comprendre que vous aimeriez aussi voir celles de lord Aldridge...

— Il me l'a gentiment offert, répondit Olympia, les sourcils froncés par ce qu'elle venait de découvrir sur une nouvelle carte.

— Il est de mon devoir de vous prévenir, de vous donner un conseil.

— Ah oui ?

Torbert s'éclaircit la gorge discrètement.

— Vous ne devriez rien dire de vos recherches à lord Aldridge.

— Mais pourquoi ? s'exclama Olympia surprise.

Torbert jeta un coup d'œil circulaire sur les lieux, pour s'assurer que le vieux bibliothécaire ne pouvait entendre, et en profita pour se rapprocher de la jeune femme.

— Aldridge n'aurait aucun scrupule à abuser de vous...

— Abuser ? s'écria Olympia le nez retroussé par la forte odeur d'eau de Cologne. De moi ?

Torbert rougit, embarrassé.

— Pas de vous, Miss, mais de vos travaux.

— Je vois, répondit Olympia, intriguée par cette odeur qui ne lui était pas inconnue.

— Ma chère, tout le monde sait que vous êtes la spécialiste des légendes et des trésors perdus, ajouta-t-il d'un air de conspirateur.

— Exact, dit Olympia en se courbant de nouveau sur un détail intéressant. Et alors ?...

— Vous êtes peut-être uniquement intéressée par la cartographie de cet endroit, mais d'autres ressentent, à n'en pas douter, l'appel de l'or, de joyaux enfouis.

— Vous avez certainement raison, Mr. Torbert, mais je doute que la *Société des explorateurs* ait ce genre de personnages parmi ses membres.

— Vous êtes dans l'erreur, ma chère, riposta Torbert avec un sourire torve. L'être humain est ce qu'il est. Et j'ai le regret de vous informer que lord Aldridge n'échappe pas à la règle.

— Je saurai m'en souvenir, marmonna Olympia de nouveau assaillie par l'odeur d'eau de Cologne.

Elle était certaine de la reconnaître. Elle l'avait sentie récemment. Très récemment.

La nuit dernière, en fait.

— Il fait vraiment très chaud ici, n'est-ce pas ? dit Torbert en essuyant les gouttes de sueur qui perlaient sur son front avec un large mouchoir.

Olympia resta saisie. Ce mouchoir était l'exacte réplique de celui qu'elle avait trouvé dans son jardin.

L'horloge-araignée se déplaçait lentement dans la vitrine, à la poursuite d'une souris mécanique.

Olympia et ses neveux s'approchèrent, fascinés, tandis que Jared contemplait le spectacle, un sourire indulgent aux lèvres.

— N'est-ce pas terriblement impressionnant ? s'enquit Ethan. Tante Olympia, vous devez avoir peur ?

— Non, pas du tout, répondit Olympia qui vit aussitôt le désappointement dans le regard du garçon. Pourquoi aurais-je peur alors que vous trois me protégez ?

Ethan eut une mimique de satisfaction.

— Et n'oubliez pas Mr. Chillhurst. Il vous protège aussi, n'est-ce pas ?

— Je fais de mon mieux, répliqua Jared.

— Et ce n'est qu'une araignée mécanique, jeta Robert avec tout le dédain d'un garçon de dix ans. Elle ne peut faire de mal à personne, n'est-ce pas, Mr. Chillhurst ?

— Ah ! Qui sait...

— C'est exact, dit Ethan soulagé. Personne ne peut le dire. Si on la mettait en liberté, elle causerait toutes sortes de dégâts !

Robert observa un instant les autres visiteurs plantés devant l'ours automate.

— Imagine ce que cette femme ferait si elle sentait l'araignée sur son bras.

— Je suppose qu'elle crierait, laissa tomber Hugh avec un regard spéculatif sur la vitrine.

Jared leva le sourcil.

— Inutile d'y penser, jeune homme.

Olympia vint se placer aux côtés de Jared. C'était la première opportunité qu'elle avait de lui parler en privé. Elle avait hâte de lui raconter l'histoire du mouchoir de Torbert.

— Mr. Chillhurst, je dois vous entretenir de quelque chose.

— A votre service, Miss Wingfield, répondit-il en souriant.

— Discrètement.

Olympia se dirigea vers une autre pièce remplie de curiosités diverses et variées.

Jared la suivit jusqu'à une vitrine contenant un soldat automate qui se mit en marche tout seul.

— De quoi vouliez-vous me parler ?

Elle lui lança un regard triomphant.

— J'ai découvert l'identité de notre intrus. Peut-être est-ce même le Cerbère !

— Vraiment ? répondit Jared avec tout le calme dont il était capable.

— Oui. Vous n'allez pas me croire mais il s'agit de Mr. Torbert.

— Torbert ! s'écria Jared. Mais par tous les saints, de quoi parlez-vous ?

— Je pense que le mouchoir découvert hier soir dans le

jardin appartient à Mr. Torbert, dit-elle précipitamment alors que l'automate levait son arme. Ce matin, à la bibliothèque, il a utilisé le même.

— Tous les mouchoirs se ressemblent plus ou moins...

— Oui, mais celui-là était inondé de la même eau de Cologne que celle que nous avons sentie.

Jared eut l'air troublé.

— En êtes-vous certaine ?

— Absolument. Mais il y a une autre possibilité...

— Laquelle ?

— Torbert et Aldridge sont rivaux. Torbert n'a pas mâché ses mots pour me parler de lord Aldridge. Ce dernier a peut-être mis le mouchoir délibérément dans mon jardin.

— Mais dans quel but ?

Olympia lui jeta un regard impatient.

— Pour que j'accuse Torbert, bien sûr !

— Il lui fallait être certain que vous puissiez reconnaître le mouchoir, rétorqua Jared.

— Oui et c'est précisément ce que j'ai fait.

— Aldridge ne pouvait supputer que cela serait si facile pour vous. Je pense que lord Aldridge n'a rien à voir dans cette histoire, ajouta-t-il d'un air préoccupé. Olympia, vous prenez tout ceci trop à cœur.

— Mais, Mr. Chillhurst...

— Laissez-moi faire.

— Je ne le peux, déclara Olympia en relevant le menton. Cela trouble par trop mon travail. Je dois protéger ce journal intime des attaques du Cerbère ou de ceux qui convoitent ce trésor !

Elle se mordit la lèvre.

— Bien sûr, je dois admettre qu'il est difficilement concevable que Torbert soit de mèche avec le Cerbère...

— Par tous les saints, jeune femme ! jura Jared entre ses dents. Je saurai vous protéger de tous les Torbert et Cerbère du monde !... Enfin, si vous le désirez.

Olympia paraissait sidérée.

— Qu'êtes-vous en train de m'expliquer, monsieur ? Il est évident que certaines précautions doivent être prises.

— Miss Wingfield, laissez-moi régler cette affaire de

mouchoir. Torbert sera averti qu'il ne saurait y avoir d'autres incidents dans le genre de celui d'hier soir.
— Vous allez lui parler ?
— Soyez assurée que cela sera fait.
Olympia parut satisfaite.
— Fort bien, monsieur. Je vous laisse donc.
— Merci, Miss Wingfield. Maintenant...
Mais avant qu'il ait pu finir sa phrase, une voix haut perchée de femme retentit, couvrant le brouhaha des visiteurs.
— *Chillhurst !* Par Dieu ! Que faites-vous là ?
Le regard de Jared se posa, au-delà d'Olympia, sur la personne qui s'approchait.
— Diable !
Olympia enregistra l'expression énigmatique de Jared.
— Chillhurst, est-ce bien vous ?
Olympia se retourna pour découvrir une magnifique jeune femme se glissant, à travers la foule, jusqu'à eux. Elle souriait froidement à Jared, mais ses yeux, d'un joli bleu, pétillaient d'une joie maligne.
Sur l'instant, Olympia ne put détacher son regard de la belle intruse dont les superbes cheveux blonds étaient ramenés en un savant chignon surmonté d'un élégant et très coûteux petit chapeau bleu. Elle portait un spencer, bleu lui aussi, sur une robe d'après-midi de la même couleur. Ses longs gants de chevreau avaient dû coûter plus, se dit Olympia, que sa propre robe, ses chaussures, son bonnet et son réticule réunis.
L'inconnue n'était pas seule, une amie tout aussi élégante l'accompagnait. Cette dernière, vêtue de jaune, n'était pas aussi jolie mais elle avait un petit air exotique qui ne manquait pas de charme. Sa chevelure brune était coiffée d'un chapeau de plumes et elle paraissait plus ronde que sa compagne.
— Je n'arrivais pas à le croire, Chillhurst ! J'avais entendu dire que vous étiez en ville, mais comme vous n'êtes que rarement à Londres, j'en doutais un peu...
— Bonjour, Demetria. Ou devrais-je dire lady Beaumont ? fit Jared en s'inclinant avec une courtoisie glacée.
— Demetria suffira, précisa-t-elle en jetant un coup

d'œil à son amie. Vous vous souvenez de Constance, n'est-ce pas ?

— Il me serait difficile de l'oublier... laissa tomber Jared. lady Kirkdale...

— Chillhurst, répondit poliment cette dernière en ne quittant pas des yeux Olympia.

Demetria fit bientôt de même.

— Serait-ce votre petite amie, mon cher ? On dit que vous vivez ensemble dans une de ces maisonnettes d'Ibberton Street... Bien entendu, je refuse de porter crédit à ces ragots. Vous, avoir une vulgaire liaison !

— Lady Beaumont, lady Kirkdale, laissez-moi vous présenter ma femme, dit Jared d'un ton qui n'admettait point de réplique.

Ma femme.

Olympia se rendit brusquement compte que sa bouche s'arrondissait de stupeur. Elle se ressaisit aussitôt. Cette idée venait d'elle après tout. La réputation de Jared était en cause.

Le pauvre homme ne faisait que suivre ses instructions. Elle se devait de le soutenir.

— Comment allez-vous ? demanda-t-elle courtoisement.

— Comme tout ceci est fascinant... murmura Demetria en contemplant la jeune femme comme si cette dernière sortait tout droit d'un zoo. Quelle étonnante surprise ! Ainsi, Chillhurst, vous vous êtes décidé à assurer la relève de votre titre... Et vous avez enfin trouvé une vicomtesse à votre mesure...

10

— Vicomte ? insista Olympia une demi-heure plus tard alors qu'elle arpentait son bureau.

Elle agitait sa capeline, qu'elle venait d'ôter, et fit brusquement face à Jared. Ils étaient enfin seuls et elle se laissa aller à la colère.

— Vous êtes vicomte ?

— Je regrette que vous ayez dû apprendre la vérité de cette façon, Olympia, dit Jared en prenant soin de fermer la porte à clé.

Il s'appuya contre le chambranle et la contempla de ce regard énigmatique qui était le sien depuis qu'il l'avait présentée comme son épouse.

— Vous avez droit à une explication...

— Je vous écoute. N'oubliez pas que je suis votre employeur, Mr. Chillhurst ! Je veux dire, milord... Et puis, zut ! Enfer et damnation. J'aurais dû insister pour avoir vos références, après tout... Et je suppose que mon oncle ne vous a nullement engagé, n'est-ce pas ?

— Euh... Pas en ces termes, marmonna Jared. J'en ai peur.

— Il vous a engagé comme précepteur sans vous demander vos antécédents ? s'enquit Olympia, incrédule.

— Il ne m'a pas vraiment engagé comme précepteur, balbutia Jared.

— Nous tombons de Charybde en Scylla... Et pourquoi vous a-t-il engagé alors, milord ?

— Pour rien de précis, à vrai dire. Il m'a simplement demandé de lui faire la faveur d'escorter son chargement jusqu'à Upper Tudway, dit précipitamment Jared en la regardant. Une tâche dont je me suis acquitté à merveille, d'ailleurs.

— Foutaise !

Olympia, de fureur, jeta sa capeline sur le sofa et se dirigea vers son bureau. Elle s'assit tout en fixant Jared d'un air peu amène.

— Pourrais-je avoir la suite de l'histoire, si ce n'est point trop vous demander, milord ? Je suis fatiguée de jouer l'idiote de service.

Le regard de Jared vacilla sous la peine ou la colère, elle ne sut le dire et cela la fit frissonner.

Jared s'assit lentement, étirant ses longues jambes bottées, posant ses bras sur les accoudoirs du fauteuil d'acajou, les doigts joints, l'œil vague.

— C'est assez compliqué...

— N'ayez crainte, susurra Olympia, un froid sourire aux

lèvres. Je suis assez intelligente pour comprendre l'essentiel.

Jared grimaça.

— Sans aucun doute. Très bien, par quoi vais-je commencer ?

— Par le commencement... Qu'en dites-vous ? Expliquez-moi comment vous est venue l'idée de vous faire passer pour un précepteur ?

Jared semblait hésiter, cherchant ses mots.

— Ma rencontre avec votre oncle a bien eu lieu, Olympia. Tout ce que je vous ai raconté est l'exacte vérité.

— Pourquoi avoir accepté d'escorter ce chargement si vous n'étiez pas à la recherche d'un emploi ?

— Pour le journal de Claire Lightbourne...

Olympia parut s'être changée en statue de sel.

— Le journal ? Vous connaissiez son existence ?

— Oui. J'étais aussi à sa recherche.

— Mon Dieu ! souffla Olympia stupéfaite. Bien sûr, cela explique bien des choses.

— Pas tout, hélas !

— Vous poursuiviez ce journal et lorsque vous avez su qu'oncle Artémis l'avait en sa possession, vous avez tout fait pour le rencontrer. J'ai raison, n'est-ce pas ?

— Oui, fit Jared en tapotant ses doigts les uns contre les autres. Pourtant...

— Vous avez alors compris que le journal se trouvait bien à l'abri quelque part dans la cargaison et vous avez décidé de l'accompagner.

Jared acquiesça d'un mouvement de tête.

— Votre clairvoyance ne cessera jamais de m'étonner, Olympia.

Elle ignora délibérément le compliment. L'heure n'était pas à se délecter des mots doux de son amant. Cet homme l'avait sciemment trompée.

— Et lorsque vous êtes arrivé chez moi, vous avez trouvé un moyen de rester. Il était évident que l'absence de précepteur se faisait sentir...

— Votre oncle m'en avait soufflé l'idée, admit Jared. Il m'avait raconté que vous aviez pris en charge depuis six mois les trois enfants.

— Aussi avez-vous saisi cette opportunité pour vous rapprocher du journal de Claire Lightbourne !

— Je comprends que cela vous déçoive.

— Je suppose que, n'étant pas à même de le décrypter, vous attendiez que je trouve les clés de l'énigme !

— Je sais que tout vous porte à croire cela.

Olympia réfléchit, les sourcils froncés.

— Pourquoi vouliez-vous ce journal, Mr. Chillhurst ? Je veux dire... votre seigneurie...

— Jared, s'il vous plaît. La raison est que ce journal appartient à ma famille... Ainsi que le trésor, si trésor il y a.

— Qu'entendez-vous par « ce journal appartient à ma famille » ?

— Claire Lightbourne était mon arrière-grand-mère.

— Incroyable ! s'exclama Olympia en manquant de tomber de son siège. Votre arrière-grand-mère ? une comtesse ? Mais il n'est fait aucune référence à quelque titre que ce soit dans le journal.

— Elle a épousé Jack Ryder alors qu'il n'était encore que capitaine Jack. Il ne devint comte de Flamecrest que plusieurs années plus tard, à son retour des Antilles. Et, bien que la famille ne l'admette pas, on pense qu'il a acheté son titre.

— Seigneur Dieu !

— C'était chose aisée à l'époque que d'acheter un titre de noblesse. Il fallait seulement avoir de l'argent et beaucoup d'influence, et Ryder avait les deux.

— Oui, bien sûr !

Olympia se souvint de ce qu'elle avait lu dans le journal. Jack Ryder avait amassé aux Indes occidentales une belle fortune qui n'avait fait que croître à son retour à Londres.

— Après avoir obtenu le titre de Flamecrest, mon arrière-grand-père acquit celui de vicomte Chillhurst, que l'aîné des enfants porte à chaque génération. Comme moi, en l'occurrence.

Olympia se remettait lentement de tous ces chocs.

— Vous êtes héritier d'un comté. Votre arrière-grand-père était le Mr. Ryder de Claire Lightbourne... *L'amour de Claire Lightbourne !*

— Certes.

« *Mon bien-aimé Mr. Chillhurst* », pensa-t-elle.

A chaque révélation, Olympia sombrait un peu plus dans le désespoir. Elle se souvint que, dès le début, elle avait pressenti qu'elle ne pourrait garder Jared indéfiniment pour elle. Mais elle avait espéré pouvoir le garder plus que quelques malheureuses semaines.

Son rêve prenait fin beaucoup trop vite. Elle devait se battre pour le garder encore un peu.

Elle pensa à Jared avec tristesse. Est-ce que leur passion ne signifiait rien pour lui ? Lui qui avait abusé d'elle, tout en la serrant dans ses bras... Sans doute ne l'aimait-il pas, sans doute n'avait-il fait que la désirer. De cela, elle en était certaine au moins.

Elle s'efforça d'être logique.

— Bien. Je ne peux vous garder rancune d'avoir voulu obtenir ce journal intime, vous en aviez le droit. Vous deviez le chercher depuis bien des années et peut-être avez-vous été déçu de savoir que je l'avais trouvé la première, Mr. Chillhurst...

— Acceptons le Chillhurst si vous ne pouvez vous contraindre à prononcer Jared.

— Cependant, coupa Olympia avec un sourire qui se voulait chaleureux, tout ceci ouvre de nouvelles voies pour nous deux.

Jared eut l'air ahuri.

— Vraiment ?

— Certainement, décida Olympia en sautant sur ses pieds pour se diriger vers la fenêtre et contempler le petit jardin clos de murs.

Elle allait prendre un énorme risque, calculé certes, et elle devait être prudente.

— Olympia, je ne saisis pas bien...

Cette dernière prit une grande inspiration.

— Votre connaissance de l'histoire de votre famille peut m'être d'un énorme secours ; vous pourrez peut-être m'aider à trouver certaines clés, et je n'en déchiffrerai que mieux.

— J'en doute. Je n'ai eu vent que de contes à dormir debout sur capitaine Jack et ses exploits ridicules.

Olympia serra les poings. Elle voulait convaincre Jared

de la laisser continuer son travail sur le journal Lightbourne. C'était le seul moyen de garder un contact avec lui.

— On ne sait jamais, Sir. Certains de ces vieux contes recèlent peut-être une information qui permettrait de résoudre les curieuses phrases sur lesquelles je bute.

— Croyez-vous ? demanda Jared sceptique.

— Oui. J'en suis certaine, affirma Olympia en lui faisant face. Je désire tellement poursuivre mon travail, Sir. Et je serais ravie de partager mes trouvailles avec vous. Ce trésor vous appartient, après tout.

Les traits du visage de Jared se durcirent brusquement.

— Olympia, je me moque totalement de ce fichu journal et de son secret ! J'ai pourtant essayé de vous le faire comprendre...

— Voyons, vous ne pouvez en avoir cure ! insista-t-elle. Vous êtes allé au-devant de maints problèmes pour l'avoir. Vous vous êtes même introduit dans ma maison pour en connaître le secret. Je comprends maintenant le pourquoi de votre trahison.

— Vous comprenez ?

— Oui, bien sûr. Et je trouve votre plan particulièrement intelligent. Cela aurait été parfait si vous n'aviez pas rencontré lady Beaumont cet après-midi.

— Si seulement vous pouviez excuser mon comportement !

— Vous êtes pardonné. Maintenant que je connais vos motivations, tout ceci me paraît clair.

— Même le fait que je ne sois pas resté à ma place en tant que précepteur, que j'aie voulu vous séduire ?

Olympia releva fièrement le menton.

— Mr. Chillhurst, je ne me suis même pas posé la question.

— Pourquoi ? demanda Jared en quittant son siège. Beaucoup de femmes dans votre position se la seraient posée.

— Je connaissais la réponse.

— Vraiment ? Et quelle est-elle ? Comment expliquez-vous ma conduite, chère Olympia ? Pourquoi ne suis-je pas resté un gentleman ?

— Vous êtes un gentleman. Je crains que la séduction n'ait joué des deux côtés...

— Oh !
— Nous sommes égaux, Sir. Nous savions ce que nous faisions et, si quelqu'un est à blâmer, c'est moi.
— Vous, souffla Jared, complètement abasourdi.
Olympia rougit mais soutint son regard.
— Vous êtes un être passionné et j'ai joué là-dessus.
— Moi, passionné ? balbutia Jared.
— Il s'agit sans aucun doute d'un trait de famille, expliqua Olympia gentiment. Vous descendez de Ryder, cet homme plein d'émotions excessives.
— Vous êtes bien la seule personne au monde à me trouver passionné, marmonna Jared, malgré tout amusé. Les gens sont plutôt décidés à me juger follement ennuyeux.
— Balivernes. Ceux-là ne vous connaissent pas vraiment.
— Ma famille pense de même. Lady Beaumont aussi.
— Au fait, qui est lady Beaumont ? Une de vos amies ?
— Lady Beaumont s'appelle de son nom de jeune fille Demetria Seaton, laissa-t-il tomber. Il y a trois ans, nous avons été fiancés un court moment.
— *Fiancés ?* s'écria Olympia complètement atterrée par cette dernière révélation. Je vois...
— Vraiment ?
— Elle est si belle... murmura Olympia au bord de la panique.
Le fait que Jared ait été épris de la superbe Demetria était dur à admettre. Olympia, jusqu'à présent, n'avait jamais pensé qu'il ait eu d'autres femmes.
Elle savait qu'il n'était pas sans expérience, mais quant à penser qu'il ait pu être amoureux... *Il l'avait aimée assez pour vouloir se marier.*
— Pour des raisons qui seraient trop longues à vous expliquer aujourd'hui, Demetria et moi avons très vite décidé de nous séparer, expliqua Jared.
— Oh !
— Il y eut quelques ragots, bien sûr, mais très peu, l'événement ayant eu lieu à l'île de Flame et non pas à Londres. Puis, il y a un an, Demetria a épousé Beaumont. Voilà toute l'histoire.

— Oh ! répéta Olympia qui ne trouvait toujours rien d'autre à dire.

Elle subodorait que l'histoire ne s'arrêtait pas là, mais elle n'avait aucun droit d'en savoir plus.

— Bien, passons aux choses sérieuses. Votre rencontre avec lady Beaumont a contrecarré nos plans.

— Contrecarré, peut-être pas, répliqua Jared.

— Enfin, il nous faut les changer...

— J'ai une suggestion à vous faire.

— Moi aussi ! s'écria Olympia. Bien sûr, c'est évident !

— Ah ! vraiment...

— Absolument. Nous retournons à Upper Tudway.

— Si tel est votre désir... Mais cela ne résoudra pas nos problèmes.

— Mais si. Nous ne tomberons plus sur vos amis et une fois là-bas vous pourrez continuer à passer pour un précepteur.

— Je ne crois pas...

— Et je pourrai poursuivre mes recherches ! s'exclama-t-elle joyeusement. Tout redeviendra comme avant.

— Puis-je vous rappeler que l'idée de nous faire passer pour un couple marié était la vôtre ?

— Je sais. Mais je croyais que vous étiez un homme de revenus modestes. Maintenant, en tant que vicomte, cela complique tout !

— Je sais, s'excusa Jared.

— Personne ne se souciait de nous auparavant, mais maintenant, en raison de votre rang, nous allons être le point de mire de la bonne société.

— J'en suis conscient. Je suis seul responsable de cet état de fait.

— Vous n'êtes nullement à blâmer, Sir. Votre côté passionné vous entraîne inévitablement dans ce genre de situation, mais je crois que dès que nous aurons regagné Upper Tudway, les ragots cesseront.

— Le mal est fait, s'excusa Jared. Je vous ai présentée comme lady Chillhurst et cela ne pourra être effacé par l'opération du Saint-Esprit.

— Mais si. Il suffira, à votre prochain voyage à Londres, de le démentir, d'expliquer qu'il s'agissait d'une plaisanterie.

Jared la regarda, étonné.
— Une plaisanterie ?
— Bien sûr. Faites-moi passer pour une amie, ou pour votre maîtresse, si vous le désirez. Beaucoup d'hommes logent leur maîtresse en ville.
— Par tous les saints ! tonna Jared, furieux. Pensez-vous à votre réputation, Olympia ?
— Personne ne me connaît à Londres... Et cela ne se saura pas dans mon village, dit-elle, en cessant son va-et-vient. Et puis, peu m'importe !
— Et ma réputation ? demanda Jared, très calme. Qu'en faites-vous ?
Olympia parut troublée.
— Cela ne devrait pas l'atteindre...
— Pourquoi ?
— Ce n'est pas comme si vous étiez un vrai précepteur à la recherche d'emplois pour subsister, peu importe vos maîtresses. De plus, je n'ai aucune position sociale. Restez hors de Londres un certain temps et tout s'arrangera.
— J'ai une autre solution.
— Ah ? Laquelle ?
— Je suggère que nous nous marions vraiment et vite, grâce à une de ces licences spéciales. Personne n'ira vérifier la date.
— Se marier, balbutia Olympia, la bouche sèche. Avec vous ?
— Oui. C'est la seule solution à cette fâcheuse situation dans laquelle nous nous sommes mis.
— Impossible, laissa tomber Olympia en recouvrant ses esprits et en s'asseyant. Absolument impossible, Mr. Chillhurst... Je veux dire, milord.
— Pourquoi ? fit Jared entre ses dents.
Olympia soutint son regard sans se laisser intimider.
— Vous êtes noble.
— Et alors ?
Olympia parut déconcertée par cette réponse.
— Je ferais une très mauvaise femme de vicomte.
— Il n'y a que moi qui puisse en juger...
— Vous ne me demandez en mariage qu'à cause de la fâcheuse situation dans laquelle nous nous sommes mis.

— Je vous l'aurais demandé malgré tout, Olympia.
— C'est très gentil à vous, milord. Mais j'ai peine à le croire...
— Me traitez-vous de menteur, Miss Wingfield ?
— Absolument pas, protesta-t-elle en croisant les bras. Vous agissez seulement comme le gentilhomme que vous êtes.
— Par tous les saints ! En voilà assez.
— Je ne vous laisserai pas contracter un mariage que vous ne désirez pas. Il n'est nul besoin d'un tel sacrifice !
— Écoutez-moi bien, Miss Wingfield. Je veux ce satané mariage, et vous avoir officiellement dans mon lit compensera ce sacrifice, si sacrifice il y a !

Olympia rougit à cette évocation.

— Sir, votre passion vous emporte ! On ne construit pas un mariage sur une attirance sexuelle.
— Je ne suis pas d'accord, Miss, dit-il en prenant son visage entre ses mains sans avertissement et en l'embrassant fougueusement.

Olympia, sidérée, n'opposa aucune résistance. Ses lèvres s'entrouvrirent et elle frissonna de plaisir. Une douce chaleur l'envahit et elle gémit doucement.

Jared la relâcha et, s'écartant d'un pas, la contempla avec une satisfaction triomphante.

— Avec deux êtres aussi passionnés que nous, ce mariage ne peut qu'être réussi.

Puis il se dirigea vers la porte.

Olympia déglutit avant de retrouver la parole.

— Attendez un instant. Où allez-vous de ce pas ?
— Obtenir la licence et tout décider pour le mariage. Vous devriez vous préparer à votre nuit de noces, Miss Wingfield !
— Écoutez-moi bien, Mr. Chillhurst, pardon, lord Chillhurst. Vous êtes toujours mon employé, à ce que je sache, et vous ne devez prendre ce genre d'ordre que de moi !

Jared tourna la clé dans la serrure pour déverrouiller la porte. Il lui jeta un regard en coulisse.

— Je ne sais si vous avez remarqué, Miss Wingfield, que j'ai toujours tenu parfaitement cette maison, seul, et cela depuis mon arrivée...

— Oui.
— Il n'y a aucune raison que vous vous fassiez du souci pour ces ennuyeux détails quotidiens. Laissez-moi faire.

Jared, sur ces mots, sortit en claquant la porte.

Olympia jaillit de son fauteuil puis s'y laissa retomber, anéantie. Elle n'avait jamais remis en place Jared pour son invraisemblable arrogance, et maintenant il était trop tard. Néanmoins, elle ne pouvait le laisser envisager ce mariage dicté par la passion et non par un véritable amour.

Toute sa vie il regretterait cette décision impulsive, en concevrait de l'amertume, et elle en aurait le cœur brisé.

Elle seule pouvait éviter ce désastre. Son amour pour lui était assez fort pour empêcher ce mariage idiot.

A bien y réfléchir, tout était sa faute.

Jared venait juste de s'asseoir après le dîner à son écritoire pour avertir son père, lorsqu'on frappa à la porte.

— Entrez.

La porte s'ouvrit sur Ethan, Hugh, Robert et Minotaure qui fermait la marche.

Jared, à la vue de leurs expressions déterminées, posa sa plume. Il se tourna sur sa chaise et mit négligemment son coude sur le coin de la table.

— Bonsoir, monsieur, dit Robert.
— Bonsoir... Quelque chose à me dire ?
— Oui, monsieur, répondit Robert en prenant une large inspiration. Nous sommes venus pour savoir si Mrs. Bird disait la vérité.
— Puis-je savoir ce qu'elle raconte ?

Les yeux d'Ethan se mirent à briller d'excitation.

— Elle dit que vous n'êtes pas un précepteur, mais un vicomte !
— Elle n'a pas tout à fait tort. Je suis vicomte, certes, mais j'aime le travail que j'ai fait avec vous jusqu'à présent.

Ethan, confus, regarda ses frères.

— Oui, bien sûr, Sir. Vous êtes un excellent précepteur.
— Merci, fit Jared en inclinant la tête.

Hugh, anxieux, fronça les sourcils.

— L'ennui, Sir, est de savoir si vous continuerez d'être notre précepteur, ou si vous redeviendrez vicomte ?

— J'entends bien continuer à surveiller vos études.
— Parfait, Sir, fit Hugh soulagé.
— C'est une bonne nouvelle, Sir, grimaça Ethan, nous aurions détesté devoir changer de précepteur.

Robert lança un regard d'avertissement à ses jeunes frères.
— Nous ne sommes pas venus ici pour parler de cela !
— Pourquoi êtes-vous venus alors ? s'enquit Jared doucement.

Robert se lança aussitôt dans une longue tirade prononcée d'une traite.
— Mrs. Bird a dit que vous aviez eu ce que vous vouliez avec tante Olympia, que tout le monde en ville le sait, et que vous allez disparaître maintenant pour éviter le scandale qui éclatera lorsqu'on saura que vous n'êtes pas marié à tante Olympia...
— Pardon, interrompit Ethan. Qu'est-ce que cela veut dire « avoir eu ce que vous vouliez avec tante Olympia » ?
— Tais-toi, espèce d'imbécile ! intima Robert.
— Je demandais, c'est tout, marmonna Ethan.
— Mrs. Bird dit que vous l'avez ruinée, dit Hugh. Mais lorsque j'ai demandé à tante Olympia si elle était ruinée, elle m'a répondu que non, qu'elle allait très bien.
— Je suis heureux d'entendre cela, répondit Jared.
— J'ai l'impression qu'il y a autre chose, essaya de dire Robert. Mrs. Bird affirme qu'il ne vous reste plus qu'à épouser tante Olympia, et que vous ne vous y résoudrez pas...
— J'ai peur que Mrs. Bird ne se trompe... J'ai déjà demandé à votre tante de m'épouser.
— Vraiment ? hoqueta Robert qui passa du saisissement à l'espoir. Vous savez, Sir, nous ne sommes pas à même de comprendre ce qui se passe, mais tout ce que nous voulons c'est le bonheur de tante Olympia. Elle a été si bonne avec nous...
— Elle a été très bonne avec moi aussi, sourit Jared. Et je veillerai à ce que rien de mauvais ne lui arrive.
— Donc, tout va bien, constata Robert soulagé.
— Eh bien... Il y a encore une petite difficulté mais je pense en venir à bout rapidement.

Le petit visage de Robert se contracta.

— Si vous nous disiez de quoi il s'agit, nous pourrions peut-être vous aider.

— Oui, bien sûr, renchérit Hugh.

— Dites-nous ce que nous devons faire, ajouta aussitôt Ethan.

Jared s'étira avant de se caler plus confortablement sur son siège, les doigts croisés.

— J'ai, en effet, demandé votre tante en mariage mais elle n'a toujours pas dit oui et, tant qu'elle n'aura pas consenti, les choses resteront un peu incertaines, j'en ai peur.

Ethan, Hugh et Robert échangèrent des regards inquiets.

— Pourtant la situation est critique, poursuivit Jared et votre tante ferait bien de se décider très vite.

— Nous allons lui parler, dit Hugh précipitamment.

— Absolument, approuva Ethan. Je suis certain que nous pouvons la convaincre de vous épouser. Mrs. Bird dit que seule une femme sans cervelle refuserait de se marier dans ces conditions-là.

— Tante Olympia n'a rien d'une femme écervelée, assura Robert. Peut-être un peu dans les nuages parfois, mais dotée d'une belle intelligence, j'en suis sûr. Nous allons la convaincre de se marier.

— Excellent ! s'exclama Jared en reprenant sa plume. Alors, au travail, les garçons ! Je vous verrai au dîner.

— Bien, Sir, répondit Robert en s'inclinant avant de quitter la pièce.

— Nous nous occupons de tout, crut bon de préciser Ethan avec une rapide courbette.

— Ne vous inquiétez pas, Sir, prononça Hugh sur le ton de la confidence. Tante Olympia est une femme raisonnable, je suis certain qu'elle acceptera de vous épouser.

— Merci Hugh, j'apprécie ton aide, répliqua gravement Jared.

Minotaure daigna enfin se lever et, tout joyeux, suivit les enfants.

Jared attendit que la porte se referme sur sa petite troupe de supporters pour revenir à sa lettre.

« Sir,

« Au moment où vous recevrez ceci, je serai marié à Miss Olympia Wingfield d'Upper Tudway. La seule description que je puisse vous donner d'elle est l'assurance qu'elle fera une parfaite épouse.

« Je regrette infiniment que ce mariage ne puisse être repoussé jusqu'à votre arrivée. J'ai grande hâte de vous la présenter.

Votre toujours dévoué,
Jared. »

Jared scellait sa missive lorsqu'on frappa de nouveau à sa porte.

— Entrez.

Mrs. Bird fit son apparition, l'air querelleur.

— J'viens voir qu'est-ce qui se passe ici !

— Vraiment, Mrs. Bird ?

— Est-ce ben vrai c'que racontent les garçons ? Z'avez demandé Miss Olympia en mariage ?

— En effet. Bien que cela ne soit pas votre affaire.

La gouvernante parut, sous l'effet de la nouvelle, complètement assommée. Puis son visage prit l'expression de la plus totale suspicion.

— Si cela est, pourquoi que Miss Olympia agit point comme une future mariée ?

— Sans doute parce qu'elle a décliné mon offre...

La gouvernante en resta clouée sur place.

— Elle a décliné ?

— J'en ai peur.

— C'est ce qu'on va voir ! tonna Mrs. Bird. Cette jeune femme n'a point de sens commun, n'a jamais été proprement élevée par ses tantes. Mais elle va m'entendre...

— Je vous en saurais gré, Mrs. Bird, dit Jared en lui tendant sa lettre. Par la même occasion, seriez-vous assez gentille pour me poster ceci ?

La gouvernante prit précautionneusement la missive.

— Est-ce vrai que vous seriez vicomte ?

— Absolument, Mrs. Bird.

— Dans c'cas, faut qu'elle accepte avant que vous changiez d'idée. Trouvera point mieux qu'un vicomte, m'est avis !

— Content que vous le preniez ainsi, Mrs. Bird.

11

Olympia posa sa plume et se mit à rêver à la phrase mystérieuse qu'elle venait de décrypter.
Chercher le secret derrière la Syrène surgissant des flots.
Cela n'avait guère de sens. En tout point semblable à la mise en garde contre le Cerbère, se dit Olympia, certaine qu'elle venait de découvrir une autre pièce du puzzle.

Mais avant qu'elle puisse réfléchir davantage, on frappa à la porte.

— Entrez, marmonna-t-elle, perdue dans ses pensées.

Mrs. Bird, Robert, Ethan et Hugh firent leur apparition et, sans un mot, vinrent se planter devant son bureau. Minotaure prenant position en bout de ligne.

Olympia leva les yeux du journal intime pour tomber sur une rangée de visages à l'expression farouchement déterminée. Une lueur d'amusement traversa son regard.

— Bonjour. Un problème ?

— Ouais ! clama Mrs. Bird. On a un problème.

Les trois garçons hochaient la tête de concert.

— Sans doute devriez-vous voir Mr. Chillhurst à ce sujet ? proposa Olympia en se rapportant à la phrase mystérieuse. Il arrange toujours tout.

— Z'avez l'air d'oublier qu'vous parlez du vicomte Chillhurst, protesta Mrs. Bird avec aigreur.

— Oui, tante Olympia, reprit Ethan gentiment. Vous devez l'appeler votre seigneurie maintenant.

— Mais oui, bien sûr ! Où avais-je la tête ? Alors portez votre problème à sa seigneurie, approuva Olympia d'un air détaché. Il vous arrangera cela. Comme toujours.

Robert intervint de son ton de voix hautain.

— Sauf votre respect, tante Olympia, le problème vient de vous.

— De moi ? s'étonna Olympia en cherchant une explication vers Mrs. Bird. Que me dis-tu-là ?

La gouvernante avait mis les poings sur ses hanches et pinçait les lèvres en signe de désapprobation totale.

— Ce satané pirate jure qu'y vous a demandée en mariage !

Olympia devint brusquement circonspecte.

— Et alors ?

— Y dit aussi que vous auriez refusé !

Olympia lui sourit d'un air angélique.

— Je peux difficilement épouser un vicomte, ne croyez-vous pas ?

— Et pourquoi ? demanda Robert.

— Oui, pourquoi ? lui fit écho Ethan.

Olympia fronça les sourcils, semblant réfléchir.

— D'abord parce qu'il est *vicomte* et qu'un jour il sera comte. Il a besoin d'une femme de son milieu et non de quelqu'un comme moi.

— Qu'est-ce qui ne va pas avec vous ? s'enquit Hugh. J'aime beaucoup votre façon d'être.

— Oui. Vous êtes une femme tout à fait charmante, approuva Robert.

— De plus, vous z'êtes ruinée de réputation, marmonna la gouvernante. Z'avez de la chance qu'il vous épouse...

— J'ai expliqué à Mr. Chillhurst, pardon, à lord Chillhurst, raconta Ethan, que vous n'aviez pas l'air ruinée du tout, mais il insiste pour vous épouser !

— En effet, ajouta Hugh. Et nous sommes tous de son avis. Si vous vous obstinez à refuser, il partira et nous aurons un autre précepteur qui ne connaîtra rien aux histoires du capitaine Jack, qui ne saura pas mesurer la largeur d'un ruisseau sans le traverser et qui n'aimera pas les cerfs-volants.

— C'est une question d'honneur, laissa tomber sobrement Robert.

Un frisson glacé parcourut le dos d'Olympia.

Bien qu'en tant que Citoyenne du Monde elle n'ait cure de sa propre réputation, elle ne pouvait dénier que Jared était un homme d'honneur. Et s'il devait l'épouser pour sauver son honneur sacro-saint, que pouvait-elle faire ?

— Qui a parlé d'honneur ? s'enquit-elle. Est-ce Chillhurst ?

— C'est moi qui ai raconté ça à Mr. Robert, expliqua la gouvernante. C'est un fait et vous le savez, Miss Olympia !

Olympia vit l'expression avide de ses neveux.

— Je pense que nous devrions continuer cette conversation en privé, Mrs. Bird.

— Non, coupa Robert. Nous avons promis à sa seigneurie que nous vous en parlerions.

Olympia le regarda au travers de ses paupières mi-closes.

— Vous avez fait cela ? Vraiment...

— Oui et il a paru heureux de notre aide, assura Robert.

— Je vois, fit Olympia en se redressant sur sa chaise.

Si Jared avait recours à de telles tactiques, c'est qu'il devait être fermement déterminé à l'épouser.

La gouvernante parut comprendre que les choses prenaient une nouvelle tournure. Après avoir jeté un rapide coup d'œil à sa maîtresse, elle poussa les garçons vers la porte.

— Allez, allez. Z'avez assez parlé. Courez là-haut. Faut que je finisse de discuter avec Miss Olympia.

Robert parut sceptique.

— Appelez-nous, Mrs. Bird, en cas de besoin.

— J'y manquerai pas. Sauvez-vous, à présent.

Les trois garçons quittèrent la pièce après avoir salué leur tante, suivis du fidèle Minotaure. Un bruit de cavalcade retentit dès la porte refermée. Olympia en fut étonnée.

— Est-ce que sa seigneurie est à la maison ? demanda-t-elle.

— Non, Miss Olympia. L'est sorti pour l'après-midi. L'a dit qu'il avait des choses importantes à faire. Serais point surprise qu'il dégotte une licence spéciale !

— Oh ! mon Dieu... gémit Olympia en refermant le journal intime. Que vais-je devenir, Mrs. Bird ?

— Son épouse, pour sûr !

— Je ne peux accepter.

— Croyez-vous que vous ferez point une vicomtesse convenable ?

— Non. Je pense que j'apprendrai vite. Cela ne doit pas être si difficile...

— Alors pourquoi que vous refusez ?

Olympia contempla le jardin, un instant, à travers la croisée.

— Il ne m'aime pas.

— Je m'doutais que c'était quelque chose dans l'genre. Écoutez-moi bien, Miss Olympia. L'amour est pas une raison pour se marier.

— Je proteste ! Je ne peux pas me marier sans amour...

— Ça vous gêne point d'avoir une liaison, par contre !

Olympia parut touchée par cette vérité.

— Vous ne comprenez rien, marmonna-t-elle.

— Certainement que je comprends ! Quand est-ce que vous aurez une once de sens commun ? Vous voulez savoir votre problème ? clama Mrs. Bird agressive. Z'avez passé trop de temps avec vos bouquins, vos stupides légendes, vos pays étrangers, que vous savez plus raisonner et voir ce qui est important !

Olympia se passa une main sur le front. Une affreuse migraine ne l'avait pas quittée de l'après-midi.

— Il m'a demandé de l'épouser parce que sa fiancée nous a surpris au Winslow Museum.

— *Fiancée !* s'exclama la gouvernante scandalisée. Le fichu pirate a déjà une fiancée ? L'a vécu sous votre toit, vous a séduite, avec une fiancée qui l'attendait quelque part !

— Non, non ! Il s'agit de lady Beaumont, son ex-fiancée. Cette histoire remonte à trois ans, je crois.

— Pourquoi l'ont rompu ?

— Ils ne s'entendaient pas.

— Oh ! Y a quelque chose d'autre là-dessous, je parie... supputa la gouvernante. Ferait pas de mal d'en savoir plus !

— Ce n'est pas mon affaire.

— C'est pas certain. Sa seigneurie est un drôle d'homme, j'vous le dis. Le plus bizarre de tous ceux que j'ai connus...

— Votre connaissance des hommes vous perdra, Mrs. Bird.

— J'en connais point qui s'font passer pour précepteur, en tout cas, rétorqua la gouvernante.

— Chillhurst avait ses raisons.

— Ben voyons ! Z'avez mal à la tête ? demanda Mrs. Bird en voyant Olympia porter ses mains à son front.
— En effet. Sans doute devrais-je prendre un peu de repos.
— Vais vous apporter un mélange de camphre et d'ammoniaque. Ça fait merveille.
— Merci, fit Olympia, soulagée de couper court aux arguments de la gouvernante sur la nécessité de ce mariage. Elle avait déjà assez de mal à résister à sa propre envie. Elle sauta sur ses pieds. Mais le gong de la porte d'entrée résonna avant qu'elle ait pu faire le tour de son bureau. Minotaure aboya.
— J'parie que c'est sa seigneurie. Probable qui sait plus ouvrir la porte lui-même maintenant qu'il est vicomte. Bizarre et arrogant !
Olympia se demanda si elle avait le temps de regagner sa chambre avant que Jared n'arrive. Elle montait sur la pointe des pieds lorsqu'elle entendit des voix dans le vestibule qu'elle reconnut sans peine.
— J'vais voir si sa seigneurie est à la maison, disait la gouvernante d'une voix qui se voulait snobinarde.
Quelques instants plus tard, Mrs. Bird fit son apparition, le visage rosi par l'excitation.
— Deux ladies et un gentleman sont là. Ils demandent la vicomtesse Chillhurst. Y pensent que vous êtes déjà mariée à sa seigneurie !
— Je sais, par Dieu ! Cela devait arriver...
— Les ai mis dans le petit salon.
— Dites-leur que je suis malade, Mrs. Bird.
La gouvernante avait l'air d'un général sur le point de livrer bataille.
— Faut que vous y alliez ou y vont se demander ce qui se passe ici !
— Pas en l'absence de Chillhurst !
— Mais si, affirma Mrs. Bird. Faites comme si, y verront rien que de la fumée.
— Quelle complication ! Je ne me sens pas de force à affronter ce désastre, Mrs. Bird.
— Faut pas vous en faire. J'prends soin de tout. Eh ! voilà les cartes que le gentleman m'a données.

— Laissez-moi regarder... Lady Beaumont, lady Kirkdale et un certain Gifford Seaton.
— Vais chercher le thé. Soyez sans crainte, j'manquerai pas de m'adresser à vous comme à une lady...

Elle partit si vite qu'Olympia ne put l'arrêter. Elle fit alors contre mauvaise fortune bon cœur et se dirigea vers le petit salon, espérant que Jared arrive sur ces entrefaites, lui qui savait si bien démêler les situations les plus embrouillées.

Il lui apparut brusquement que, si elle ne parvenait pas à convaincre Jared de poursuivre leur liaison, ce dernier pourrait la quitter, la laissant seule, face aux innombrables problèmes quotidiens que posait la vie. A la pensée que Jared s'en aille, son cœur se brisa.

Demetria et Constance étaient assises chacune à un bout du canapé. L'une toute vêtue de bleu, l'autre de jaune pâle, elles formaient un élégant tableau qui jurait dans ce modeste intérieur.

Un fort beau jeune homme, un peu plus jeune qu'Olympia apparemment, se tenait près de la fenêtre. Ses cheveux étaient aussi blonds que ceux de Demetria et il était vêtu à la dernière mode, cravate artistiquement nouée, pantalon à plis et veste fort bien coupée, près de la taille.

— Lady Chillhurst ! s'exclama Demetria, le sourire avenant mais le regard scrutateur. Vous avez déjà rencontré lady Kirkdale, je crois. Permettez-moi de vous présenter mon frère, Gifford Seaton.

— Mr. Seaton, dit Olympia en effectuant le petit salut de tête qu'elle avait vu Jared faire si souvent.

— Lady Chillhurst ! lança Gifford en venant à sa rencontre. C'est un grand honneur que de faire votre connaissance... ajouta-t-il en lui baisant la main.

— Gifford a beaucoup insisté pour vous rendre cette visite, expliqua Demetria, mielleuse. Constance et moi avons alors décidé de l'accompagner.

Gifford semblait la déshabiller du regard.

— Vous ne ressemblez aucunement à la description de ma sœur, madame.

— Qu'entendez-vous par là ? demanda Olympia en lui retirant sa main.

Sa migraine la rendait irritable. Elle n'avait qu'une envie, c'est que tout ce beau monde disparaisse de chez elle.

— N'y voyez aucune offense, madame, répliqua aussitôt Gifford, Demetria trouvait que vous aviez l'air d'une provinciale. Or, pour ma part, je vous trouve absolument charmante.

— Merci, répondit Olympia, gênée. Vous devriez prendre un siège, Mr. Seaton. La gouvernante est en train de préparer le thé.

— Nous n'allons pas rester longtemps, fit Constance. Nous ne sommes ici que par simple curiosité, voyez-vous.

Olympia ne parut pas comprendre.

— Curiosité ?

Demetria eut un léger rire de gorge.

— Vous devriez savoir, ma chère, que Chillhurst et moi avons été fiancés, et lorsque nous avons découvert hier qu'il s'était marié, nous n'avons pu résister à l'envie d'en savoir un peu plus sur vous.

Gifford eut un petit sourire cruel.

— Sa seigneurie avait de curieuses exigences pour son épouse. Nous voulions voir à quoi ressemblait celle qui correspondait à ses vœux.

— Je ne comprends pas un traître mot de ce que vous dites, répliqua Olympia.

Gifford finit par s'asseoir près de la fenêtre, fasciné semblait-il par Olympia.

— Il y a une chose que vous devriez savoir, madame, avant d'affronter la haute société. Chillhurst a rompu ses fiançailles en découvrant l'état exact des finances de ma sœur. Il croyait qu'elle était une riche héritière.

— Je ne comprends toujours pas, protesta Olympia qui se sentait prise au piège, telle une souris poursuivie par trois chats.

— Chillhurst ne s'est pas caché, il y a trois ans, de n'aimer que les femmes riches...

— Gifford, s'il te plaît ! intima Demetria. Chillhurst a beau porter un titre de noblesse, même sa famille reconnaît qu'il se conduit comme un vulgaire marchand.

— Avec lui, tout devient mercantile, laissa tomber Gifford d'un ton maussade.

— Maintenant, Gifford, je suis certaine que lady Chillhurst y voit plus clair, ajouta Constance d'un air pincé. Elle paraît être tout aussi matérialiste.

— De quel droit dites-vous cela ? protesta Olympia sidérée. Personne ne m'a jamais traitée ainsi !

Gifford fronça les sourcils.

— Mais, très chère, c'est évident. Vous devez être fortunée pour vous être fait épouser par Chillhurst... Ajouté à son satané magot... Et dire qu'il vous loge dans ce drôle d'endroit, marmonna-t-il en contemplant sa robe de mousseline. Évidemment, ce n'est pas la toilette qui vous ruine ! Vous êtes une femme très économe, madame.

— Chillhurst ne peut qu'apprécier, railla Demetria. Lui qui avait si peur que je lui croque sa fortune. Il faut avouer que j'aime les jolies choses...

Constance eut un curieux petit sourire.

— Certes, Demetria. Et les jolies choses coûtent cher.

— Chillhurst est riche comme Crésus, continua Gifford. Il n'avait nul besoin d'une femme fortunée !

Olympia allait protester avec colère lorsqu'elle surprit le regard gêné qu'échangeaient les deux amies. En un éclair, Olympia comprit la raison de la tension qui régnait : Demetria et Constance avaient tenu à accompagner Gifford uniquement pour le contrôler. Cet homme n'était que frustration et haine, et cette violence était dirigée vers Jared.

La jeune femme devint pensive.

Demetria, quant à elle, essayait de détourner l'attention.

— Vous devez pardonner à Gifford. Mais il n'a jamais pu oublier que Chillhurst a refusé de se battre en duel avec lui.

Olympia sentit l'air lui manquer. Elle se tourna vers Gifford.

— Ne me dites pas que vous l'avez provoqué en duel ?

— Sans vouloir vous offenser, madame, je n'avais pas d'autre choix. Il a traité ma pauvre sœur d'une façon si... J'y ai été forcé.

— Voyons, Gifford, tempéra Demetria. C'est de l'histoire ancienne. Je suis heureusement mariée maintenant.

Olympia nota l'air guindé du jeune homme.

— Je suis certaine, Mr. Seaton, que vous me cachez certaines choses.

— Absolument pas ! Je lui ai dit que je ne tolérerais pas qu'il insulte ainsi ma sœur...

— Et qu'a-t-il répondu ?

— Il a présenté ses excuses, dit Demetria doucement. N'est-ce pas, Gifford ?

— Oui. Le diable l'emporte ! Présenter des excuses. Refuser de me rencontrer. Quel couard !

— Gifford, surveille ton langage devant lady Chillhurst, murmura Demetria, désespérée.

— Écoutez votre sœur, conseilla Constance.

— Je ne fais qu'énumérer les faits ! tonna le jeune homme. Elle est en droit de savoir quel genre d'homme elle a épousé...

— Êtes-vous fou ? Mon mari ne saurait être un couard, protesta Olympia choquée.

— Bah ! C'est pourtant la triste vérité.

— Je vous avais avertie qu'il n'était point sage d'accompagner votre frère dans sa visite, marmonna Constance.

— Que pouvais-je faire d'autre ? Il était si déterminé, répondit Demetria en soupirant.

La migraine d'Olympia allait de mal en pis.

— Je crois avoir eu assez de visites pour cet après-midi. Je vous demanderai de bien vouloir prendre congé.

— Pardonnez à mon frère, supplia Demetria. Il a le sang chaud et se considère comme mon protecteur... Gifford, tu m'avais promis de ne pas causer de drame. Je t'en prie, excuse-toi auprès de lady Chillhurst.

— M'excuser d'avoir dit la vérité ?

— Faites-le au moins par égard pour votre sœur, dit Constance d'un ton sans réplique. Personne ici ne veut déterrer ces vieux ragots... Beaumont n'apprécierait pas.

Olympia vit que cette dernière phrase semblait avoir quelque effet. Gifford, frustré, regarda les deux femmes, puis il se tourna vers Olympia avec affectation et s'inclina.

— Toutes mes excuses, madame.

— Je ne saurais les accepter, répliqua Olympia à bout de nerfs. Veuillez me laisser maintenant, j'ai fort à faire.

— Ne nous jugez pas mal, demanda Demetria en ajustant ses gants. J'ai pourtant tenté d'expliquer à mon frère que ce qui s'était passé il y a trois ans avait été un mal pour un bien. N'est-ce pas, Constance ?

— Absolument. Vous n'auriez pas connu Beaumont et cela aurait été regrettable.

— C'est, en effet, un mari charmant. Chillhurst est oublié, soyez-en assurée, madame.

Gifford pesta dans son coin.

Olympia, aux prises avec son mal de tête, se demandait comment une vicomtesse s'y prenait pour éconduire d'indésirables visiteurs. Elle souhaitait le retour de Chillhurst de tout son cœur.

— Le thé, madame, annonça Mrs. Bird avec cet accent mondain qu'elle avait adopté. Puis-je verser ?

Olympia apprécia la diversion.

— Merci, Mrs. Bird.

La gouvernante ployait sous l'énorme plateau d'argent rempli de l'ancien service à thé de la maison. Elle le posa sur une petite table et entreprit de faire le service avec un grand déploiement d'énergie. La porcelaine s'entrechoquait, les petites cuillères d'argent tremblaient.

Demetria et Constance semblaient nerveuses et Gifford arborait un sourire de dérision.

Olympia tenta une dernière échappatoire.

— Je ne me sens pas très bien. Prenez votre thé tranquillement. Je me vois dans l'obligation de vous abandonner...

Les invités parurent atterrés.

— Ben, je viens d'apporter le thé, se plaignit Mrs. Bird, la théière à la main. Personne ne file avant d'en avoir eu une tasse !

— Je crains que nous n'ayons le temps d'en prendre, dit rapidement Demetria en jaillissant du canapé.

— Certes, approuva Constance. Nous devrions déjà être partis.

— J'me dépêche, répliqua la gouvernante en tendant une tasse pleine à Demetria. V'là pour vous...

Donnée aussi brusquement, la tasse se renversa sur Demetria qui poussa de petits cris.

— Oh ! mon Dieu, soupira Olympia avec résignation.

— Cette robe m'a été livrée hier, glapit Demetria. Elle coûte une fortune !

Constance, avec un joli mouchoir de dentelle, tenta d'essuyer les traces de thé sur la robe de son amie.

— Tout va bien, ma chérie, Beaumont vous en offrira d'autres. Des douzaines d'autres.

— Là n'est pas la question ! s'écria Demetria en regardant la gouvernante avec dégoût. Cette femme est d'une incompétence sans nom, lady Chillhurst ! Comment pouvez-vous la tolérer dans votre domesticité ?

— Mrs. Bird est une bonne gouvernante, précisa Olympia.

— Pour sûr ! assura la domestique en faisant tanguer la théière de fort dangereuse manière. J'travaille pour un vicomte, pardi !

Du thé brûlant inonda le tapis.

— Mon Dieu, ricana Constance, amusée. C'est absolument extraordinaire... Nos amis, ce soir, au tournoi de whist chez les Newbury, n'en croiront pas leurs oreilles !

— Je vous interdis de colporter de tels ragots ! intima Olympia.

Des aboiements se firent entendre et Minotaure jaillit dans le petit salon. En un instant, sa queue renversa les tasses qui se brisèrent au sol.

— Nom de Dieu ! tonna Mrs. Bird. Faut que j'en refasse.

— Cela ne sera pas nécessaire, railla Demetria.

Constance paraissait alarmée par ce monstre canin.

— Enlevez-moi ça ! Enlevez-moi ça ! glapit-elle.

Minotaure, intrigué par ces cris, se précipita sur elle, la langue pendante.

— Suffit ! s'écria Gifford, atterré par la tournure que prenaient les événements.

Il traversa la pièce dans la ferme intention d'attraper le chien par son collier.

Minotaure, croyant que le jeune homme voulait jouer, se mit à aboyer.

La porte d'entrée s'ouvrit et se referma. Olympia se retourna et vit Jared arriver dans le vestibule. Elle se précipita à sa rencontre et l'interpella.

— Enfin, vous voici ! Ce n'est pas trop tôt !

— Quelque chose ne va pas ? s'enquit Jared poliment.

Olympia montra d'un vague geste de la main la scène incroyable qui se déroulait derrière elle.

— J'aurais aimé que vous puissiez faire quelque chose de toutes ces personnes qui ont envahi le petit salon.

Jared s'avança et regarda la pièce avec intérêt.

— Minotaure ?

Le chien laissa brusquement Gifford et vint vers Jared aux pieds duquel il s'assit calmement.

— Bien. Va coucher maintenant.

Minotaure s'en fut à petites foulées.

— Laissez donc ce thé, Mrs. Bird, intima-t-il.

— Mais, sont pas servis ! protesta la gouvernante.

Jared jeta un coup d'œil glacial vers Gifford.

— Je pense que nos hôtes n'ont guère le temps de prendre le thé aujourd'hui. Vous nous quittiez n'est-ce pas ?

Gifford le regarda avec haine tandis qu'il brossait les derniers poils de chien de la manche de sa veste.

— En effet. Nous nous apprêtions à sortir de cet asile de fous !

— Au revoir, lady Chillhurst, dit Demetria en sortant précipitamment, son amie sur les talons.

Jared libéra le passage. Olympia surprit le regard moqueur qu'elle lança à Jared.

— Vous avez toujours été d'une étrangeté rare, Chillhurst, mais votre foyer est absolument remarquable, même pour une famille d'excentriques comme la vôtre !

— Mes arrangements domestiques ne vous concernent pas, madame. Ne vous avisez jamais de revenir sans y avoir été invitée...

— Bâtard ! marmonna Gifford en le frôlant. J'espère seulement que votre pauvre femme sait à quoi elle s'est engagée en vous épousant.

— Dépêche-toi, Gifford, l'admonesta Demetria. Nous avons d'autres visites à rendre.

— Je doute qu'elles s'avèrent aussi amusantes ! murmura Constance à mi-voix.

Une fois les visiteurs partis, Jared claqua la porte derrière eux et se tourna vers Olympia.

— Je vous interdis de revoir aucun d'eux. Est-ce clair ?

Ce fut la goutte d'eau qui fit déborder le vase. Olympia commença de gravir les marches de l'escalier.
— Ne me donnez pas d'ordres, Chillhurst. Vous semblez oublier que vous êtes un de mes domestiques. Soyez gentil d'agir en conséquence à l'avenir.
Jared ignora l'éclat.
— Olympia, j'ai à vous parler !
— Pas maintenant, j'ai eu une journée affreuse. Je regagne ma chambre pour m'y reposer jusqu'au dîner. A propos, Sir, êtes-vous tombé assez bas pour vous assurer que mes neveux et ma gouvernante plaideraient votre cause ?
Jared s'avança jusqu'au bas de l'escalier et se tint à la rampe.
— Oui, Olympia, je l'avoue.
— Vous devriez avoir honte.
— Je suis totalement désespéré, prononça-t-il avec un étrange petit sourire. Je ne reculerai devant aucune compromission, devant aucune difficulté, devant aucune tactique pour obtenir que vous soyez ma femme !
Il le pense vraiment. Malgré sa migraine, un frisson de satisfaction la parcourut tout entière. Ses dernières réticences tombèrent.
— Plus de compromissions ! dit-elle un peu effrayée par le risque qu'elle prenait. J'accepte de vous épouser !
La main de Jared se crispa sur la rampe.
— Vous acceptez ?
— Oui.
— Merci, Olympia. Je ferai tout ce qui est en mon pouvoir pour que vous ne regrettiez jamais cette décision.
— Je la regretterai assurément, mais je ne vois pas ce que je peux faire d'autre... Soyez gentil de me laisser, maintenant.
— Olympia, juste un instant, fit Jared en l'obligeant à le regarder. Puis-je connaître la raison de ce changement, ma chérie ?
— Non.
— Olympia, je veux savoir. Je meurs de curiosité. Est-ce l'intervention des garçons ?
— Non.

— Mrs. Bird alors ? Elle se fait tant de souci pour vous.
— Non.
— Alors pourquoi voulez-vous m'épouser ! cria Jared alors qu'elle atteignait le haut de l'escalier.

Olympia abaissa son regard avec condescendance.

— J'ai compris que je ne trouverais jamais quelqu'un comme vous. Quelqu'un capable de s'occuper aussi bien de la maison.

— Vraiment, dit Jared sèchement.

— Un bon majordome est chose rare à notre époque, Sir.

Jared parut enfin amusé.

— Olympia, vous ne pouvez m'épouser uniquement parce que je m'occupe bien de la maison ?

— Personnellement, je trouve que c'est une excellente raison. Mais il y a autre chose...

Jared plissa des yeux.

— Oui ?

— Est-ce que vous sauriez par hasard ce à quoi le mot *Syrène* fait référence ?

Il encaissa le coup.

— Une sirène est une créature mythologique qui attire les marins par ses chants.

— Je sais. Je voulais vous parler d'une syrène, avec un y.

— Syrène ? C'était le nom du bateau que possédait capitaine Jack, en Indes occidentales. Pourquoi ?

Olympia en oublia sa migraine.

— Vous en êtes sûr ?

— C'est ce que mon père m'a toujours dit.

— Oh ! Le dessin de la page de garde... dit Olympia dans un souffle.

— Que dites-vous ?

— Je pensais à ce croquis d'un vieux vaisseau sur les mers démontées, *surgissant* des flots, une figure de femme à sa proue... Une sirène, à n'en pas douter.

— En effet, j'ai entendu parler de cela.

Olympia se sentit soudain brusquement revivre. Elle se saisit de ses jupes et dévala l'escalier.

— Olympia, attendez. Où allez-vous ?

— Dans mon bureau. Je risque d'être fort occupée, Mr. Chillhurst. Veillez à ce que je ne sois pas dérangée.

Jared hésita.

— Bien entendu, Miss Wingfield. En qualité de membre de votre personnel, je me ferai un plaisir de respecter vos instructions.

Pour toute réponse, la porte du bureau claqua.

Olympia étudia le dessin de la page de garde du journal intime pendant un long moment, puis elle se saisit d'un petit canif. Soigneusement, elle gratta le dessin jusqu'à ce qu'apparaisse en dessous le tracé d'une carte.

La carte d'une île. D'une île des Antilles non répertoriée. Enfin... de la moitié d'une carte pour être juste !

L'autre moitié était manquante, mais une sentence était écrite en haut du dessin.

La syrène et le serpent doivent être réunis. Deux moitiés pour un tout. Un secret verrouillé dans l'attente d'une clé.

Fébrile, Olympia feuilleta le journal jusqu'à la dernière page. Là, se trouvait le croquis d'un vaisseau à la proue en forme de serpent. Impatiemment, elle le gratta.

Il n'y avait pas trace d'une autre carte.

12

Jared reposa son carnet de rendez-vous à gauche de son bol de petit déjeuner. Les carnets de rendez-vous lui étaient toujours apparus comme les seules choses tangibles de son existence. L'impression de garder le contrôle de sa destinée.

— Vos leçons auront lieu de huit heures à dix heures ce matin, comme d'habitude. Nous étudierons la géographie et les mathématiques.

— Aurons-nous droit à quelques aventures du capitaine Jack en géographie ? demanda Hugh la bouche pleine.

— Tu parleras lorsque tu auras avalé, intima Jared.

— Pardonnez-moi, Sir, fit Hugh en avalant. Voilà... Alors, une histoire du capitaine Jack ?

— Oh oui ! Mr. Chillhurst. Pardon, milord, quémanda Robert.

— J'aimerais tout savoir sur ce compas qu'il a inventé pour calculer les longitudes... dit Ethan.

— Nous l'avons déjà entendu ! protesta Robert.

— J'aimerais l'entendre de nouveau !

Jared, pendant ce temps-là, observait Olympia qui mordait distraitement dans son toast couvert de confiture de groseilles. Elle semblait préoccupée. Ce matin-là, il n'y avait pas eu de collisions semi-accidentelles, de regards de connivence, de baisers volés.

Une drôle de façon de commencer cette importante journée.

— Je connais une excellente histoire de calcul de longitude, lors d'un des voyages de capitaine Jack à Boston, proposa Jared tout en jetant un coup d'œil à son carnet de rendez-vous. Après vos leçons, j'accompagnerai votre tante jusqu'à la *Société des explorateurs*.

— Parfait, répondit Olympia, j'ai besoin de vérifier deux ou trois choses sur leurs cartes.

Personne n'aurait pu imaginer qu'il s'agissait du jour de ses noces.

Ses recherches lui semblaient bien plus excitantes que son mariage.

— Tandis que vous consulterez vos cartes, j'en profiterai pour rencontrer Félix Hartwell. Nous devons discuter affaires. Les garçons pourront jouer au cerf-volant dans le parc. Et il sera l'heure de déjeuner.

Ethan frappa des talons contre les barreaux de sa chaise.

— Et cet après-midi, Sir ?

— Cesse de bouger ainsi, répliqua Jared d'un air absent.

— Oui, Sir.

Jared regardait son carnet avec appréhension. *Que se passerait-il si Olympia changeait d'avis ?*

Elle ne pouvait faire cela.

Pas maintenant, alors qu'ils allaient être unis, qu'il allait avoir sa propre sirène. Qu'il allait posséder la seule véritable femme qu'il ait jamais désirée. *Pas maintenant.*

— Après déjeuner, reprit-il d'une voix qu'il voulait câline, votre tante et moi irons nous occuper des formalités de notre mariage. Cela ne devrait pas être trop long. Lorsque nous reviendrons...

Une petite cuillère tomba à l'autre bout de la table.

— Oh, mon Dieu ! murmura Olympia en fixant le pot de confiture qu'elle venait de renverser.

Ethan émit un sifflement. Olympia se précipita, la serviette à la main, pour essuyer le tapis.

— Laissez, ordonna Jared. Mrs. Bird s'en chargera.

La jeune femme parut un instant indécise, puis elle se rassit.

Après tout, son mariage semblait la troubler quand même. Jared en fut soulagé.

— Le dîner sera servi plus tôt aujourd'hui, continua-t-il, car nous irons à Vauxhall Gardens voir le feu d'artifice.

Les garçons poussèrent un hourra d'enthousiasme.

— C'est formidable, dit Robert, le visage illuminé.

— Nous n'avons jamais vu de feu d'artifice, confia Ethan.

— Y aura-t-il de la musique ? demanda Hugh.

— Je l'espère, répondit Jared.

— Aurons-nous droit à une glace ?

— Certainement, fit Jared en observant la réaction d'Olympia à sa proposition.

La jeune femme avait l'air d'apprécier.

— C'est une merveilleuse idée ! J'adorerais voir un feu d'artifice.

— Est-ce que nous pourrons faire un petit tour sur Dark Walk ? s'enquit Robert avec une innocence toute feinte.

— Comment connaissez-vous cet endroit ?

— Nous avons rencontré un garçon dans le jardin, l'autre jour, qui nous en a parlé, expliqua Ethan. Il paraît que c'est un lieu assez dangereux.

— C'est exact, Sir, reprit Robert. On nous a raconté que les gens qui s'étaient risqués sur Dark Walk n'en étaient jamais revenus. Croyez-vous que cela soit possible, Sir ?

— Non, répondit Jared.

— Un autre nous a rapporté qu'une de leurs domestiques qui avait emprunté ce chemin n'était jamais revenue.

— Elle a plutôt disparu avec un compère, répliqua Jared en refermant son carnet.

— J'aimerais assez aller faire un tour là-bas, s'obstina Robert.

Hugh lui adressa une grimace.

— Tu ne veux y aller que parce que ce garçon a parié que tu n'en aurais pas le courage ! Mais y aller tous ensemble, avec lord Chillhurst pour chasser les marauds, cela ne compte pas !

— Absolument ! s'écria Ethan triomphant. Tu ne crains rien avec nous. Tu dois affronter tout seul Dark Walk si tu veux gagner ton pari. Mais tu es trop effrayé pour cela, je parie.

— Certes, laissa tomber Hugh.

— Cela ne m'effraye nullement ! protesta Robert.

— Oh, que si !

Jared lança un regard désapprobateur aux jumeaux.

— Cela suffit ! Un homme digne de ce nom ne parie pas sur des sottises. Il reste pondéré dans ses actes et ses décisions. Maintenant, si vous avez terminé votre petit déjeuner, vous pouvez vous préparer pour vos leçons.

— Oui, Sir, répondit Hugh en lançant un dernier coup d'œil ironique à Robert.

Ce dernier, ignorant ses frères, s'inclina vers Olympia.

Jared attendit qu'ils soient seuls pour parler.

— J'espère que le plan de la journée reçoit votre agrément, ma chérie ?

— Oui, oui, bien sûr, fit-elle en jouant avec sa cuillère d'un geste nonchalant. Vous excellez à tout planifier et je m'en remets totalement à vous.

— Merci, je tâche de faire de mon mieux...

— Vous moquez-vous, milord ?

— Non, ma chère, je ne me moquais que de moi.

Olympia parut déconcertée par cette réponse.

— Pourquoi ? N'êtes-vous pas capable de vous accepter tel que vous êtes ? Comme un être passionné ?

— A en croire mon expérience, les passions ont toujours eu un effet néfaste dans ma vie. Elles conduisent à toutes sortes d'excès.

— Seules les passions incontrôlées sont néfastes. Vous savez parfaitement les contenir... (Elle marqua une pause en rougissant.) Excepté, peut-être, dans certains moments...

— En effet, admit Jared. Excepté quand je vous fais l'amour.

Il soutint son regard. *Vous êtes ma plus grande faiblesse, mon seul point vulnérable, mon talon d'Achille.* Il finit son café et reposa sa tasse avec détermination.

— Je vous prie de bien vouloir m'excuser, Olympia. Mes élèves m'attendent.

— Jared, attendez, je dois vous dire quelque chose, dit Olympia en l'arrêtant de la main. C'est au sujet du journal Lightbourne...

— Ma chère, la dernière chose dont je voudrais parler le jour de mon mariage est bien de ce satané journal. Je n'en ai rien à faire, et ne veux plus entendre un mot à son sujet.

Jared se pencha et déposa un baiser sur les lèvres de la jeune femme.

— Mais...

— Pensez plutôt à la merveilleuse nuit de noces qui nous attend, ma sirène, ordonna-t-il avec gentillesse. Sans doute arriverez-vous à la trouver aussi excitante que ce fichu journal.

Et sur ces mots, il sortit.

— Vous me demandez d'ouvrir votre maison ? répéta Félix en traversant le bureau pour aller se servir un verre de bordeaux. Bien sûr, je m'en chargerai. Dois-je vous trouver des domestiques ?

— Oui, répondit Jared en pianotant des doigts. Mais nous avons déjà une gouvernante.

Félix lui lança un regard sceptique.

— Celle que vous avez amenée d'Upper Tudway ? Je doute qu'elle ait la moindre idée de ce qu'est une maison de gentleman londonien. Elle n'a aucune expérience.

— Nous nous en arrangerons.

— C'est votre affaire... Un peu de bordeaux ?

— Non, merci.

— Alors je porte un toast à votre mariage ! Je dois avouer que vous ne faites rien comme tout le monde. Sans doute avez-vous hérité, après tout, de cette excentricité des Flamecrest.

— Je le crains.

— Évidemment, pas d'encarts dans les journaux pour

annoncer votre mariage, puisque la haute société pense qu'il a déjà été consommé. Comment entendez-vous célébrer l'événement ?

— Nous emmenons les garçons voir un feu d'artifice dans les jardins de Vauxhall, ce soir.

— *Vauxhall !* Grands dieux... Et qu'en pense la mariée ?

— Elle me laisse décider de ce genre de choses. Changeons de sujet, dit Jared en sortant le mouchoir de Torbert. J'aimerais que vous rendiez ceci à Mr. Roland Torbert avec un message.

— Lequel ?

— Que si d'autres incidents de ce genre devaient se renouveler, il trouverait à qui parler.

— Très bien.

— Avez-vous pu contacter les assureurs ?

— Cela n'a rien donné, dit Félix avec une curieuse expression sur le visage. Vous devez accepter le fait qu'il ne peut s'agir que du capitaine Richards. Il n'y a aucune autre explication.

Il marchait de long en large dans la pièce.

— Je connais Richards, il est à mon service depuis presque aussi longtemps que vous, Félix.

— J'en suis conscient, Sir, et je le regrette, sachant combien la loyauté et l'honnêteté sont importantes pour vous. Vous devez être si déçu...

— Je vous ai déjà dit que je n'aimais pas être pris pour un idiot.

Une demi-heure plus tard, un élégant cabriolet de louage s'arrêta devant l'hôtel particulier des Beaumont.

Jared en sortit.

— Attendez-moi, dit-il au cocher. Je ne serai pas long.

— D'accord, milord.

Jared consulta sa superbe montre en or, tandis qu'il gravissait les marches. Il avait laissé les garçons aux bons soins de Mrs. Bird pour rendre cette visite à Demetria. Il ne lui restait guère de temps avant d'aller chercher Olympia à la bibliothèque, mais il n'avait que peu de choses à dire à Demetria.

Le majordome lui ouvrit la porte avec un air de profonde désapprobation à la vue de sa mise démodée et du cabriolet de louage. Les amis de lord Beaumont devaient avoir leur propre équipage.

— Informez lady Beaumont que Chillhurst la demande.

— Votre carte, monsieur, laissa tomber le majordome d'un ton hautain.

— Je n'en ai pas.

— Lady Beaumont ne reçoit qu'à partir de trois heures, monsieur.

— Si vous ne m'annoncez pas, répliqua Jared calmement, je le ferai moi-même.

Le majordome alla sagement porter la nouvelle, non sans avoir refermé la porte sur Jared qui attendit dehors.

— Lady Beaumont vous recevra dans le salon.

Jared jugea inutile de répondre et suivit le vieil homme.

Demetria l'attendait à l'autre bout de la pièce, ses larges jupes de soie bleue et blanche étalées sur un canapé de brocart bleu et or. Elle lui adressa un sourire distant. Ses yeux ne reflétaient qu'une froide indifférence.

Jared se rendit brusquement compte qu'elle ne l'avait jamais regardé autrement. Il avait pris cela pour une marque de sang-froid, un certain quant-à-soi, et avait cru que c'étaient là les qualités qu'il demandait à une épouse. Maintenant, il comprenait que ce n'était que le reflet du peu d'amour qu'elle avait eu pour lui.

— Bonjour, Chillhurst. Quelle surprise...

— Vraiment ? s'enquit Jared en contemplant la luxueuse décoration de la pièce.

Les murs étaient tendus de soie bleue, la cheminée était en marbre de Carrare. Les imposantes fenêtres qui donnaient sur le parc étaient drapées de lourdes tentures de velours. Tout indiquait l'opulence.

— Vous avez bien joué, Demetria.

— M'en avez-vous crue incapable ?

— Non, à vrai dire, avoua-t-il en pensant que personne n'aurait pu deviner que cette femme n'avait pas un penny trois ans plus tôt. Vous avez toujours su ce que vous vouliez.

— Ceux qui n'ont pas eu la chance de naître fortunés

apprennent très vite la détermination. Mais vous n'êtes pas à même de comprendre, Jared, n'est-ce pas ?

— Sans doute pas.

Il jugea inutile de lui dire qu'il avait appris cette leçon des années auparavant. Demetria se moquait assurément de savoir qu'il avait eu une enfance pauvre, à la merci de l'excentricité de sa famille. Elle ne s'occupait que d'elle-même et de son frère.

Demetria semblait alanguie sur son canapé.

— Je suppose que votre visite, à une heure pareille, a ses raisons, bien sûr. Bien sûr, répéta-t-elle d'une voix pointue. Vous faites tout par raison, n'est-ce pas. Votre vie entière est contrôlée par la raison. Vous et votre sempiternelle montre, votre exécrable carnet...

— Pourquoi avez-vous jugé bon de rendre visite à ma femme ?

— Quelle étrange question, Jared. Nous voulions simplement lui souhaiter la bienvenue à Londres.

— Gardez vos mensonges pour votre mari. A son âge, il doit s'en satisfaire aisément.

Demetria pinça les lèvres.

— Vous êtes mal placé pour juger de mon mariage, Chillhurst. Vous ne nous connaissez pas.

— J'imagine que ce mariage a été conduit par la cupidité de votre part et par la volonté d'avoir un héritier pour Beaumont.

— Allons, Chillhurst, la cupidité et le désir de s'assurer une descendance sont les facteurs de réussite de la plupart des mariages dans notre société, répliqua Demetria, l'esprit toujours spéculatif. Ne me faites pas croire que vos épousailles avec cette curieuse femme que vous cachez à Ibberton Street sont basées sur l'amour ?

— Je ne discuterai pas de ceci avec vous.

— Pourquoi êtes-vous venu ?

— Pour vous avertir, vous et votre satané frère, de rester soigneusement à l'écart de ma vie privée. On ne joue plus au chat et à la souris. Est-ce clair ?

— Qui vous fait croire que nous nous jouons d'elle ? Seule la curiosité nous a poussés à la rencontrer.

— Vos journées doivent être singulièrement vides, alors.

— Pour m'amuser d'une femme aussi terne ? demanda innocemment Demetria. Depuis quand aimez-vous les bas-bleus ?

— Cela suffit, Demetria.

— Elle doit se conformer à vos fichus horaires, une épouse obéissante, dépourvue de passion et qui ne s'apercevra pas que vous en manquez aussi ?

— Ne vous mêlez pas de cela, fit Jared en se dirigeant vers la sortie. Vous avez obtenu ce que vous désiriez, Demetria. Soyez heureuse.

— Serait-ce une menace, Jared ?

— En effet.

— Espèce de sale bâtard ! Il vous est facile de menacer, vous qui, par votre naissance, possédez un titre, une fortune. Vous vous croyez au-dessus des autres... Je vais vous avouer quelque chose, Jared, je ne vous envie point.

— J'en suis soulagé, ricana Jared.

— Je ne vous envie pas car, de votre vie entière, vous ne connaîtrez les effets de la passion, ces violentes émotions qui vous entraînent malgré vous.

— Demetria...

— Vous ne connaîtrez pas la douce joie de partager, le bonheur de deux âmes réunies. Avec vos manières de commerçant, vous ne saurez jamais ce qu'aimer veut dire. N'est-ce pas, Jared ?

Jared ne la quittait pas du regard. Il revivait avec elle ce fameux après-midi, trois ans plus tôt, où il l'avait embrassée dans les écuries de l'île de Flame. Un baiser qui n'avait été ni poli ni chaste de sa part, mais qui n'avait pas eu la réponse escomptée. Tous deux avaient alors compris qu'il n'y aurait jamais d'amour entre eux, et Jared en avait souffert.

— Ne vous inquiétez pas pour moi, Demetria. Bonne journée. Et n'oubliez pas... Plus de visite, gardez votre fichu frère hors de ma vue !

— Pourquoi ? s'alarma Demetria. Vous ne pouvez plus le toucher, mon mari est un homme puissant et riche et il le protégera si nécessaire.

— Votre mari est plus occupé à faire soigner son impuissance qu'à protéger son fou de beau-frère. Soyez réaliste avec Seaton, cessez de le materner. Il a vingt-trois ans maintenant. C'est un grand garçon !

— Allez au diable ! C'est un homme !

— Non, un petit garçon sauvage, livré à ses émotions. Un enfant gâté qui doit apprendre à être responsable.

— Je n'ai que faire de vos avis.

— Comme il vous plaira, mais je ne me conduirai pas en parfait gentilhomme une seconde fois.

— Vous ne comprenez rien, persifla Demetria. Vous n'avez jamais rien compris. Fichez le camp d'ici.

— Trop heureux de prendre congé.

Jared sortit, sans un regard. Gifford l'attendait derrière la porte, pâle et furieux.

— Que faites-vous ici, Chillhurst ?

— Je rendais visite à votre charmante sœur.

— Que lui avez-vous raconté, par tous les diables ?

Jared, la main sur la poignée, hésita un instant.

— D'éviter de tourner autour de ma femme.

Le visage de Gifford se déforma sous la colère.

— Vos menaces ne me font pas peur ! Beaumont est trop puissant...

— Je ne compterais pas sur la protection de Beaumont si j'étais vous, répliqua Jared en ouvrant la porte d'entrée. Ni sur celle de votre sœur, d'ailleurs.

Gifford s'avança.

— Que le diable vous emporte ! Vous n'oseriez pas répéter...

— Évitez de tourner autour de ma femme, car cette fois vous le paierez cher.

— Je ne peux y croire, susurra Gifford. Vous êtes bien trop raisonnable, trop sensible, *bien trop couard* pour me menacer d'un duel.

— Vous êtes averti...

Sur ces mots, Jared s'en fut, claquant la lourde porte d'entrée. Le cabriolet attendait toujours.

— A l'Institut Musgrave, lança Jared au cocher. Et vite.

— Oui, milord.

Jared s'installa confortablement sur la banquette. Demetria avait tort de croire sa vie dépourvue d'émotions, se dit-il. Aujourd'hui était le jour de son mariage. Bientôt,

Olympia deviendrait sa femme devant Dieu et devant les hommes. Alors, pourquoi cette angoisse ? N'allait-il pas enfin avoir l'objet de ses désirs ?

Évidemment, il ne pouvait croire qu'elle ait accepté de l'épouser pour ses qualités domestiques. Il devait y avoir autre chose. Il fallait qu'il y ait autre chose...

Elle avait envie de lui, à n'en pas douter. Le souvenir de leur première étreinte le rassura. Puis il se rappela qu'en qualité de Citoyenne du Monde, ces choses-là lui importaient peu.

Alors pourquoi acceptait-elle de devenir sa femme ? Il subodora que Demetria avait dû dire quelque chose, lors de sa visite, qui l'avait décidée. Mais quoi ?

Peut-être Olympia, en jeune provinciale innocente qu'elle était après tout, avait-elle eu brusquement peur. Il y avait un monde entre se proclamer mariés et l'être réellement. Il pouvait le comprendre. Il devait cesser de se poser des questions. Ce soir, il tiendrait la femme qu'il aimait dans ses bras pour une nuit de noces passionnée.

Olympia le désirait autant que lui la désirait. Et rien d'autre au monde ne comptait.

Les premiers feux d'artifice explosèrent dans le ciel au-dessus de Vauxhall Gardens. C'était spectaculaire, et Olympia admit que cela parvenait à la tirer du tumulte de ses pensées.

Elle était mariée.

Elle n'arrivait pas à accepter la réalité de son nouvel état. Mariée à Jared.

La courte cérémonie n'avait fait qu'ajouter à l'irréalité de la situation.

Ils étaient liés à jamais.

Et si elle avait commis l'erreur de sa vie ? Si Jared n'apprenait jamais à l'aimer comme elle l'aimait ?

Il ne faisait aucun doute qu'il la désirait, aussi devait-elle construire quelque chose sur cette passion.

Elle construirait quelque chose sur cette passion.

Mais le désir n'était pas l'amour. Ses tantes lui avaient appris l'importance de l'amour.

Elle l'aimait de toute son âme et elle était certaine que Jared ne parviendrait jamais à aimer de cette manière-là. Il était homme à refréner ses sentiments.

Sauf quand il lui faisait l'amour...

Elle serra son réticule et regarda les fusées exploser dans le ciel.

Sauf quand il lui faisait l'amour...

Ce soir, elle se sentait pareille à un chercheur de trésor. Ce soir, elle partirait à la quête de l'amour de Jared.

— Oh ! regardez ! souffla Ethan, ahuri par la cascade de couleurs qui embrasait la nuit. Avez-vous jamais vu quelque chose de plus beau, Sir ?

— Non, répondit Jared qui contemplait Olympia. Je ne crois pas...

La jeune femme surprit son regard étincelant. Il paraissait plus excitant encore que d'habitude. Elle se sentit devenir vraiment belle, comme une princesse de légende.

— J'adore cette musique, s'esclaffa Hugh. Tout ceci est extraordinaire, n'est-ce pas, tante Olympia ?

— Oui, absolument, murmura Olympia dans un souffle.

Jared comprit qu'en fait elle pensait à leurs futures étreintes plutôt qu'à la musique.

— Comme le chant de la sirène, glissa Jared à l'oreille de la jeune femme.

Jared lui prit le bras tandis que les accents de la musique déferlaient sur les pelouses de Vauxhall Gardens, pour la plus grande joie des spectateurs.

— Il y a des milliers de personnes ici, ce soir, observa Robert.

— Deux ou trois mille au plus, répondit Jared. Suffisamment pour que vous vous perdiez. Promettez-moi de ne pas vous éloigner.

— Certainement, Sir, dit Robert avec empressement tandis que d'autres fusées éclataient dans le ciel.

— Bien sûr, Sir, répondit Ethan, enthousiaste.

Hugh contemplait l'orchestre, fasciné.

— Oui, Sir. Est-ce difficile de jouer d'un instrument ?

Jared et Olympia se regardaient.

— Cela demande beaucoup de temps, dit-il doucement. Comme pour tout. Lorsque l'on désire vraiment réussir, on doit avoir de la constance.

Olympia comprit qu'il s'adressait à elle, qu'il essayait de lui faire comprendre quelque chose. Elle sourit, prenant conscience tout à coup de l'anneau d'or qu'il lui avait passé au doigt cet après-midi-là.

— Et le tambour ? continua Hugh. Peut-être est-ce moins difficile ?

— Le piano est sans conteste l'instrument le plus agréable.

— Vraiment ? demanda Hugh avec sérieux.

— Absolument. Mais si tu as envie d'apprendre à jouer d'un instrument, je veillerai à te trouver un professeur.

— J'adorerais ça ! s'écria Hugh les yeux brillants.

Olympia se serra contre Jared.

— Vous êtes si gentil avec nous, milord.

Jared lui baisa la paume de sa main gantée.

— C'est un plaisir.

— Mais où est Robert ? s'enquit soudain Ethan.

— Il était là il y a une minute. Sans doute voulait-il une glace... J'en aimerais bien une aussi, dit Hugh.

Olympia reprit aussitôt ses esprits, regardant alentour. Mais pas le moindre signe de Robert dans cette foule surexcitée.

— Il a disparu, milord, malgré sa promesse. Je ne le vois pas.

Jared lâcha sa main en jurant doucement.

— Le Dark Walk...

— Je vous demande pardon ? dit Olympia, intriguée.

— Je suppose que Robert n'a pu résister à la tentation d'une balade sur Dark Walk.

— Ah oui ! Ce fameux pari... Est-ce vraiment un endroit dangereux ?

— Non. Mais là n'est pas la question. Robert m'avait donné sa parole.

— Sera-t-il fouetté ? demanda Ethan avec gêne.

Hugh parut contrarié.

— C'est à cause du pari.

— Peu importe la raison, répliqua Jared avec un calme forcé. Il a manqué à sa parole... Je vous confie votre tante pendant que je vais à sa recherche. J'espère bien vous retrouver là à mon retour.

— Bien sûr, Sir, souffla Ethan.
— Nous prendrons soin de tante Olympia, promit Hugh.
— Ne vous affolez pas, ma chère, Robert va bien... Nous serons de retour dans un instant.
Olympia tenait les garçons par la main.
— Je l'espère. Nous ne bougerons pas d'ici.
Jared partit, bientôt englouti par les milliers de spectateurs.
— Je crains que Mr. Chillhurst, je veux dire, sa seigneurie, ne soit très en colère après Robert, dit Hugh.
— Non, il est simplement ennuyé.
— Il va trouver que notre simple présence est difficile à supporter maintenant...
Olympia se pencha gentiment vers lui.
— Calme-toi. Chillhurst ne vous chassera pas parce que Robert a fait une bêtise.
— Il ne peut le faire maintenant qu'il vous a épousée, n'est-ce pas, tante Olympia ? Il nous a sur les bras.
— Absolument, mon chéri. Comme tu dis...
Olympia fut consternée. Il était vrai que Chillhurst ne l'avait épousée que par honneur.
Et maintenant, il l'avait sur les bras...

13

Il aurait dû se douter que Robert chercherait à tenir son pari. Il aurait dû le surveiller plutôt que de penser à sa nuit de noces. La passion, comme toujours, se payait très cher.

Les lanternes qui éclairaient Vauxhall commençaient à se faire rares le long de Dark Walk. Seule la lune dispensait une faible clarté. La musique et le brouhaha de la foule diminuaient tandis qu'il s'enfonçait dans l'obscurité des jardins.

La végétation devenait plus dense. L'allée devenait chemin. Çà et là, des couples s'ébattaient dans la nuit. Près de lui résonna un rire de femme, sensuel et léger.

Mais aucun signe de Robert.

Jared pensa que l'enfant n'était peut-être pas venu là, après tout. Le problème devenait sérieux.

Les visions de sa nuit de noces s'estompèrent. Il devrait s'estimer heureux s'il pouvait ramener son petit monde à la maison avant une heure du matin.

Des feuillages tremblèrent. Un homme toussa.

— Eh ! Z'êtes pas le richard nommé Chillhurst ?

— Si, répondit Jared en essayant de percer l'obscurité.

— C'est bien c'que je pensais. Il a dit que vous aviez un morceau de velours noir sur l'œil, comme un satané pirate.

— Qui, il ?

— Mon patron. Bonsoir, votre seigneurie. Belle nuit pour traiter affaires, n'est-ce pas ?

— Croyez-vous ?

L'homme était petit, mince, vêtu de marron, son sourire était édenté.

— Voyons... Mes amis me nomment Tom le baroudeur. Pouvez m'appeler comme ça, si vous voulez.

— Merci, les présentations étant faites, venons-en au sujet qui nous intéresse. J'ai un rendez-vous important.

Tom le baroudeur hocha la tête.

— Y dit que vous êtes un homme de rendez-vous. Ça me va, je suis un homme d'affaires... Je peux comprendre.

— Très bien.

— Entre hommes d'affaires, on peut discuter. Pas comme avec les autres.

— Quels autres ?

— Les mondains avec un petit pois dans la tête, les excités qui brandissent pistolets et menaces pour un rien !

— Oui, je vois...

— Sont pas rationnels, milord. Nous, on garde la tête froide. On laisse pas la passion prendre le dessus.

— Absolument. Oh ! tant que j'y pense, qu'avez-vous fait du marmot ?

— Il est en sûreté, là-bas. Si vous êtes pressé, faudrait pas traîner à discuter.

— Je suis à votre service, marmonna Jared.

Il essayait de dissimuler le tumulte de ses émotions.

Tom le baroudeur paraissait honnête, si tant est que l'on puisse employer ce mot à son sujet. Cela lui rappelait la transaction qu'il avait engagée quelques mois auparavant pour retrouver ses cousins.

Il était dans son destin de secourir les autres.

« Et qui me secourra ? » pensa-t-il.

Le poids de sa dague le rassurait, même s'il n'entendait pas s'en servir.

— J'suis content de le savoir, répliqua Tom. Alors, c'est simple, milord. Mon client veut quelque chose en échange du petit coquin.

— Que veut-il ?

— J'sais pas. J'espère qu'il s'agit d'une jolie somme. Moi, j'dois juste vous délivrer le message et embarquer le gamin.

— Quel message ?

Tom le baroudeur rajusta son pantalon et prit un air important.

— Vous recevrez une lettre demain pour vous dire de venir à un certain endroit, à une certaine heure et ce que vous devrez apporter.

— C'est tout ?

— J'en ai peur, milord. J'ai qu'un intérêt limité dans l'histoire.

— Puis-je vous demander combien on vous paie pour cela ?

Tom eut l'air vraiment intéressé.

— Très pertinente question, si j'puis me permettre, milord. Très pertinente... Je crois que c'est peu pour le temps et la complication.

— Cela ne me surprend guère. Votre patron a voulu faire une affaire, n'est-ce pas ?

— C'est le genre, en effet, milord.

— Un homme talentueux comme vous doit avoir une haute idée de son salaire...

Jared sortit sa montre, non pour y lire l'heure, la nuit était trop sombre, mais pour révéler qu'elle était en or.

— Ouais, monsieur, en effet. Le temps c'est de l'argent, répliqua Tom, subjugué par ce qu'il voyait.

— Des hommes d'affaires tels que nous doivent être efficaces et mener leurs transactions en quelques minutes.
— Vous êtes très intelligent, milord.
— Merci, fit Jared en continuant d'agiter sa montre. Je pense que nous devrions gagner un temps précieux en traitant maintenant.

Tom suivait le mouvement oscillatoire des yeux.
— Peut-être. Peut-être ben.
— Combien votre client vous a-t-il offert ?
— Quarante livres. Vingt tout de suite, le reste lorsque j'aurai la marchandise.

C'était pur mensonge. Tom le baroudeur n'aurait guère plus de vingt livres, l'affaire conclue. La montre de gousset valait bien plus.
— Très bien. Comme je le disais, je suis pressé. Un rendez-vous important. Alors cette montre contre le gamin. Ainsi, vous êtes assuré d'avoir votre profit sur-le-champ.
— La montre, hein ? fit Tom en réfléchissant. Et j'aurai en plus les vingt livres de mon client ?
— Non. Mais rien n'est moins sûr, vous ne connaissez pas son identité.
— En effet, j'sais pas son nom, y sait pas le mien. C'est plus sûr.
— Très sage, répliqua Jared en cachant son irritation de ne rien apprendre.
— Bon, voyons la montre...
— Elle est en or, très beau travail... Elle vaut bien cent cinquante livres. Vous pourriez la garder en souvenir de cette nuit.
— En souvenir, hein ? Mes copains seraient jaloux, hein ?

Tom se pourléchait les babines par avance.
— Et, en échange, vous récupérez le gamin ? reprit-il.
— Oui. Maintenant. J'ai trop de rendez-vous demain pour perdre mon temps à payer des rançons.
— J'comprends ça, milord. Suivez-moi, votre seigneurie, nous allons régler ça.

Tom le baroudeur disparut dans les feuillages. Jared remit sa montre dans sa poche, s'assura que sa dague était bien là et suivit le filou.

Quelques instants plus tard, ils atteignirent la route. Une voiture de louage attendait, non loin de là, dans l'obscurité. Le cocher buvait une lampée de gin lorsqu'il les vit arriver.

— Eh ! Qu'est-ce qui se passe ? Ce type devait pas venir.

— Il vient pas avec nous, expliqua Tom. On a traité affaires, tous les deux, le môme repart avec lui. C'est un échange.

— Un échange contre quoi ? s'enquit sèchement le cocher.

— Une montre qui vaut trois fois ce qu'on nous a proposé.

— On n'a qu'à prendre les deux. La montre et le gamin.

Jared recula et pointa la dague sur le cou de Tom.

— Je croyais l'affaire traitée, mais si vous faites des complications...

— Calmez-vous, milord ! s'écria Tom. Mon copain est pas comme nous, l'a le sang chaud. Mais y sait m'obéir quand y faut !

— Alors, dis-lui de lâcher ce pistolet.

Tom le baroudeur jeta un regard vers le cocher.

— Fais c'qui dit, Davy. On va s'faire un max cette satanée nuit. Rends pas les choses plus difficiles.

— T'es sûr qu'on peut lui faire confiance ?

— Arrête ça ! Même mon client dit que c'est un homme de parole.

— Alors, si t'es sûr...

— Ouais et j'ai pas envie de trépasser ! Fais sortir le gamin.

Après avoir hésité un instant, le cocher sauta de son siège. Il ouvrit la portière et extirpa Robert, poings liés, bouche bâillonnée.

— Allons-y, grommela le cocher en poussant le gamin en avant. Maintenant, faites voir cette montre...

Robert paraissait fort effrayé et Jared prit soin de dissimuler la dague en la pointant plutôt dans le dos de Tom.

— Par ici, Robert !

Robert, en entendant cette voix, releva la tête, toute peur évanouie.

Jared sortit la montre de sa poche et poussa Tom en avant d'un formidable coup.

— Notre affaire est réglée, dit-il.
— Mais... ma montre ? couina Tom.

Jared fit tournoyer l'objet qui brilla sous le clair de lune. Tom le baroudeur l'attrapa avec un air de profonde satisfaction.

— C'est un plaisir de travailler avec vous, milord, répliqua-t-il en faisant disparaître son butin dans sa veste.

Jared ne daigna pas répondre. Il préférait s'occuper de Robert et le mettre à l'abri, relatif, d'une artère plus animée après lui avoir ôté son bâillon.

— Comment te sens-tu ?
— Bien, monsieur, répondit Robert d'une toute petite voix.

Jared lui délia les poignets.

— Voilà, tu es libre. Sauvons-nous, ta tante et tes frères nous attendent. Ils doivent s'inquiéter.
— Vous lui avez donné votre montre ! s'exclama Robert complètement abasourdi.
— Tu m'avais donné ta parole ! répliqua Jared sèchement.
— Je suis vraiment désolé. Je voulais seulement faire un petit tour. J'avais parié...
— Un pari est-il plus important que sa parole d'honneur ? grommela Jared alors qu'ils rejoignaient l'endroit où il avait laissé les garçons et Olympia.
— Je pensais être revenu avant que vous ne remarquiez ma disparition.
— Cela suffit ! Nous en reparlerons demain matin.
— Vous êtes très en colère ?
— Je suis surtout déçu... Voilà la différence.
— Je comprends, Sir...

Le feu d'artifice était terminé mais l'orchestre jouait toujours. Olympia fut soulagée de les revoir.

— Enfin vous voici ! Nous allions partir à votre recherche...
— Absolument, déclara Ethan. Tante Olympia nous a garanti que si nous restions ensemble, nous ne craindrions rien.

Jared eut froid dans le dos à l'idée de ce qui se serait passé s'ils étaient arrivés pendant les négociations avec Tom le baroudeur. Il eut du mal à contenir sa colère.

— Je vous avais expressément demandé de rester là ! Lorsque je donne un ordre, j'entends bien qu'il soit exécuté, madame.

Olympia le regarda comme s'il l'avait frappée. L'incompréhension se lisait dans ses yeux.

— Oui, milord.

Puis elle s'enquit de Robert.

— Où étais-tu ? Qu'est-il arrivé ?

— On m'a kidnappé, laissa tomber ce dernier non sans fierté. J'ai été conduit hors des jardins, on m'a dit que je ne serais rendu que demain.

— Tu nous fais marcher, n'est-ce pas ? demanda Ethan.

Hugh paraissait indécis et il se tourna vers Jared, quêtant une confirmation.

— C'est une histoire, n'est-ce pas, Sir ? Personne n'a kidnappé Robert puisqu'il est avec nous.

— J'ai peur que cela ne soit vrai, répliqua Jared en s'emparant du bras de la jeune femme pour se diriger vers la sortie.

— Que dites-vous ! s'exclama cette dernière en se précipitant sur Robert.

— Robert, est-ce vrai ?

Ce dernier hocha la tête.

— Je n'aurais jamais dû emprunter Dark Walk la nuit, tout seul.

— Mon Dieu ! Est-ce que tout va bien ?

— Oui, bien sûr, déclara Robert en se dégageant. Je savais que Mr. Chillhurst, je veux dire, sa seigneurie, viendrait me chercher. Je n'osais espérer que ce serait si vite.

— Mais pourquoi avoir voulu le kidnapper ? demanda Olympia en fixant Jared. Je n'y comprends rien.

— Moi non plus, répondit ce dernier en reprenant le bras de la jeune femme pour sortir des jardins. Je n'ai pu découvrir leurs motifs.

— Seigneur ! souffla Olympia. Il n'y a qu'une raison de vouloir s'emparer de cet enfant...

— Laquelle ? s'enquit Hugh.

— Le journal Lightbourne !

— Par tous les saints ! tempêta Jared.

— Il l'aurait échangé contre Robert, expliqua Olympia. Cette vilenie a été perpétrée par...

Jared vit le danger.

— Maintenant, chère Olympia...

— Par le Cerbère ! Ce ne peut être que lui. Nous devrions peut-être engager quelqu'un pour le filer, n'est-ce pas milord ?

Jared en avait plus qu'assez.

— Damnation, Olympia ! Allez-vous cesser ? Le Cerbère n'existe pas, ou s'il a existé, il est mort maintenant.

Olympia se dégagea d'un mouvement brusque, les garçons paraissaient désapprobateurs et Jared essaya de retrouver son sang-froid.

En fait, la colère qu'il ressentait était en partie dirigée contre lui. Il avait failli à son devoir, il aurait dû mieux surveiller Robert au lieu de rêver à sa nuit de noces. Ils avaient frôlé le désastre et Olympia ne trouvait rien de mieux à faire qu'à condamner le Cerbère.

Un homme digne de ce nom ne pouvait supporter cela, surtout le jour de son mariage, songea Jared en hélant une voiture. Cependant, lui seul était à blâmer.

— Comment avez-vous délivré Robert ? s'enquit Ethan avec son insatiable curiosité.

— Oui, comment ? reprit Hugh en montant dans le cabriolet.

Robert jeta un rapide coup d'œil à Jared et dit d'un ton ennuyé :

— Il m'a échangé contre sa montre...

— Sa montre ? s'exclama Ethan, les yeux ronds.

Un lourd silence s'abattit sur les occupants de la voiture. Tous regardaient Jared, abasourdis.

— Oh ! mon Dieu... murmura Olympia.

— Par tous les diables ! souffla Ethan.

— Je n'arrive pas à le croire, dit Hugh. Votre si belle montre, contre Robert, Sir ?

— C'est exact, expliqua Robert en se tenant très droit. N'est-ce pas, milord ?

Jared les observa en silence avant de laisser tomber :

— Robert, nous en reparlerons demain matin à neuf heures précises. D'ici là, je ne veux plus entendre une parole sur le sujet.

Le silence retomba sur l'assistance.

Satisfait d'avoir eu le dernier mot, Jared se cala dans son siège et fixa la vitre. Quel prélude à sa nuit de noces! songea-t-il. Pourquoi rien de ce qu'il prévoyait n'arrivait ces temps-ci?

Plus d'une heure plus tard, Olympia faisait les cent pas dans sa chambre. Pour la quatrième fois, elle consulta son réveil. Il n'y avait aucun bruit dans la chambre de Jared. Pourtant, elle était prête, dans une splendide chemise de nuit et déshabillé de soie assorti.

La maison était calme. Tout le monde dormait, Minotaure y compris.

Jared avait pris ses quartiers dans le bureau, nanti d'une bouteille de cognac, juste après avoir envoyé tout le monde se coucher. A priori, il n'en avait pas bougé.

Olympia avait fini par renoncer à sa nuit de noces. La mauvaise humeur de Jared l'avait gagnée. Elle supposait qu'elle était due aux événements pour le moins extraordinaires de cette soirée. Sauver Robert n'avait pas dû être chose facile. Donner sa montre, encore moins. N'importe quel homme en aurait été affecté.

Mais de là à renoncer à sa nuit de noces...

Elle continuait d'arpenter sa chambre, ne sachant plus que faire.

Elle pria pour que Jared ne commence pas à regretter de s'être marié. Pour qu'il ne les juge pas, elle et ses neveux, comme une trop lourde charge.

Elle s'arrêta un instant devant le miroir de sa table de toilette et contempla son image. Après tout, Jared partageait les torts. S'il ne s'était pas introduit dans sa maison, ils ne seraient pas mariés à l'heure qu'il est. D'ailleurs, cette façon de faire l'avait fortement déçue, elle devait bien l'admettre. Il avait été son employé et il l'était toujours. Le contrat n'avait pas été rompu...

Elle redressa son menton d'un air volontaire. De quel droit Jared traitait-il son employeur de la sorte?

Forte de cette idée, Olympia ferma son déshabillé et ouvrit la porte. Elle descendit en silence les escaliers et, après avoir hésité à frapper, posa sa main sur la poignée.

Raide comme la justice, elle pénétra dans la pièce.

Puis elle s'arrêta, saisie par le spectacle de Jared avachi sur son siège, ses pieds sur le bureau, se conduisant comme s'il était le maître des lieux.

Sa jaquette et sa chemise étaient ouvertes et il tenait un verre à moitié vide à la main.

A la lueur de la chandelle et avec son cache-œil de velours, il paraissait fort intimidant.

— Bonsoir, Olympia. Je croyais que vous dormiez...

Olympia trouva son ton de voix très déplaisant.

— Je suis descendue vous parler, Mr. Chillhurst.

Jared fronça les sourcils.

— Mr. Chillhurst ?

— Votre seigneurie, corrigea-t-elle avec impatience. Nous avons à discuter.

— Vraiment ? Je ne vois pas de quoi, madame, rétorqua-t-il en levant son verre à sa santé. En tout cas, je ne suis guère d'humeur à discuter, ce soir.

— Je comprends, dit Olympia en lui adressant un pauvre petit sourire. Vous avez eu une rude soirée. Un homme de votre sensibilité ne peut qu'en être affecté. Vous avez, sans aucun doute, besoin de temps pour vous remettre.

— Sans aucun doute, répondit Jared, l'œil amusé. Les hommes passionnés et sensibles comme moi ont de curieuses réactions émotionnelles devant les enlèvements.

— Vous n'avez pas besoin de railler, Chillhurst, répliqua Olympia calmement. Nous sommes ainsi faits et nul ne nous changera. Je pense que cela s'applique aussi à notre mariage, milord.

Jared prit l'air choqué.

— Est-ce possible ?

Machinalement, Olympia resserra son déshabillé.

— A l'évidence, nous sommes liés l'un à l'autre...

— Liés l'un à l'autre ? Quelle charmante idée...

— J'ai l'impression que vous commencez à regretter notre mariage... Cela me désole, mais rappelez-vous que j'avais essayé de vous en dissuader.

— Je ne me le rappelle que trop bien, madame.

— Oui ! Eh bien ! Il n'y a plus rien à faire maintenant que de s'en accommoder.

Jared posa son verre et croisa les doigts sous son menton en la regardant avec une expression énigmatique.
— Regrettez-vous ce mariage, Olympia ?
Elle hésita.
— Je suis triste que vous, vous le regrettiez.
— Je ne regrette rien...
— Si, vous le regrettez !
— Allez-vous encore discuter ? Je vous ai épousée parce que je le désirais.
— Oh ! fit Olympia, abasourdie. Cela me rassure, milord. Cela ne me plaisait pas tellement de penser que vous m'aviez épousée pour sauver mon honneur.
— Je vous aurais épousée malgré tout.
— Je vois.
— Je me fiche des conventions.
— Je suis heureuse d'entendre cela, milord.
Il hocha la tête lentement, d'un air moqueur.
— Pensez-vous pouvoir arriver un jour à m'appeler Jared ? Comme vous venez de me le faire remarquer, nous sommes mariés maintenant !
Olympia rougit.
— Bien sûr, Jared.
— Pourquoi m'avoir épousé, Olympia ?
— Pardon ?
— Je vous demande, pourquoi m'avez-vous épousé ? Est-ce parce que je m'occupe si bien de votre maison ?
— *Jared !*
— C'est ce que vous m'avez dit hier en acceptant mon offre. C'était clair.
Olympia en fut horrifiée.
— J'avais une migraine atroce, j'étais bouleversée par cette scène déplaisante dans le salon avec lady Beaumont, lady Kirkdale et Mr. Seaton... Je ne voulais pas dire cela ! Je suis ravie de vous avoir épousé.
— Vraiment ? répliqua Jared en faisant craquer ses doigts. C'est heureux, car je ne suis pas aussi utile que vous le croyez. J'ai bien failli perdre Robert, ce soir...
— Robert s'est perdu seul, sans votre aide, protesta Olympia, désespérée. Vous lui avez sauvé la vie, Jared. Jamais je ne l'oublierai.

— Est-ce pour cela que vous êtes descendue ? Pour me remercier ?

— Oh ! Cela suffit maintenant ! explosa Olympia en traversant la pièce. Vous êtes délibérément odieux !

— C'est possible. Je suis d'humeur maussade.

— Pourquoi me cherchez-vous querelle ?

— Ce n'est pas moi qui ai commencé, répliqua Jared en enlevant ses pieds du bureau et en se levant. C'est vous !

— Absolument pas !

— Si. J'étais là, bien tranquille, lorsque vous avez fait irruption.

— C'est notre nuit de noces, siffla Olympia. Vous devriez être avec moi, là-haut. Je n'aurais pas dû avoir à descendre...

Jared se pencha au-dessus du bureau.

— Dites-moi, pourquoi m'avoir épousé ?

— Vous connaissez la réponse ! hurla Olympia, outragée. Vous êtes le seul homme que j'aie jamais désiré, le seul qui me comprenne, le seul qui ne me juge pas folle. Jared, vous avez fait de mes rêves une réalité. Est-ce que cela vous semble suffisant, sale pirate !

Olympia avait la sensation d'avoir sauté dans le vide.

— Ah ! dit Jared doucement. Nous y voilà...

Et il se précipita sur elle, emporté par la passion.

14

Toute sa colère s'envola, à l'instant même où il la toucha.

Vous avez fait de mes rêves une réalité.

Aucune femme ne lui avait dit cela. Aucune femme ne l'avait désiré ainsi. Sans préjugé, même quand il n'était qu'un précepteur, même après avoir découvert sa véritable identité. Elle avait continué de l'aimer tout en sachant qu'il courait après le journal de Claire Lightbourne. Les titres, la fortune ne l'intéressaient pas.

Elle le désirait.

C'était plus que tout ce qu'il avait jamais imaginé. Mais ce n'était pas encore assez. Cela ne serait jamais assez.

Il voulait quelque chose qui n'avait pas de nom.

Il installa Olympia sur ses genoux tandis qu'il reprenait place sur son siège. Elle tremblait de désir dans ses bras.

— Jared...

Elle lui passa les bras autour du cou et pressa ses lèvres contre les siennes en gémissant de plaisir.

Jared caressa ses chevilles que laissait apparaître le retroussis de sa chemise et de son déshabillé et, brusquement, il se souvint que Draycott avait tenté semblable caresse. Mais Olympia ne voulait que lui.

Seulement lui.

Il sentit sa bouche l'inviter à des baisers plus profonds. Ému, il suivit la courbe de sa cuisse, sa peau était pareille à des pétales de rose, si douce.

Il tremblait, lui aussi, de désir contenu.

Ses doigts partirent à la recherche de son intimité. Et Olympia s'ouvrit doucement.

— Oui, murmura Jared en la sentant bouger lentement. Ma sirène...

Olympia eut un petit cri de plaisir et agrippa ses épaules.

Alors Jared entreprit de la dénuder, baisant le bout de ses seins à la saveur fruitée. Olympia eut un sursaut.

— Je ne peux plus attendre... Jared !

Il répondit à son désir avec passion, les yeux clos, le souffle court.

Enfin comblée, la jeune femme murmura.

— Tu es magnifique, si désirable, comme un héros de légende !

— Par tous les diables ! siffla Jared. Tu arriverais à me le faire croire.

Il plongea ses mains dans l'ample chevelure auburn qui retombait en cascades sur les épaules de la jeune femme.

— Viens ! cria Jared, pris par un désir impérieux.

Il l'attira et l'enlaça sur le tapis.

— Jared ? s'étonna Olympia.

— C'est une coutume bien connue des... des îles lointaines, grommela-t-il tout à son excitation.

— Oh, je ne demande qu'à apprendre... Mr. Chillhurst, balbutia-t-elle.

Jared vit une lueur sensuelle qui dansait au fond de son regard.

— Rappelez-moi de vous la noter... Miss Wingfield, dit-il en souriant.

— Si cela ne vous gêne pas...

— Voyons ! Cela rentre dans les attributions d'un précepteur, marmonna-t-il, tout en continuant à l'aimer.

— *Jared !* s'écria la jeune femme surprise. Quelle intéressante coutume.

— J'étais certain que vous trouveriez cela fascinant, haleta-t-il. Certain...

S'il ne pouvait plus parler, tout son corps répondait au chant de la sirène, raidi de désir. Il ne faisait plus qu'un avec elle. Il ne serait plus jamais seul, quelqu'un partageait son intimité. Quelqu'un était venu, enfin, le chercher sur son île déserte.

— Ma douce sirène... Ma femme...

Olympia cria, trembla.

Et il l'écouta chanter pour lui seul. Alors seulement il s'abandonna à son désir trop longtemps contenu.

— Feu d'artifice... grommela Jared.

Olympia remua. Elle était étendue contre lui, ses jambes mêlées aux siennes. Ses cheveux épars sur son torse... telle une immense flamme rouge.

— Que dites-vous ? demanda-t-elle poliment.

— Que vous avoir fait l'amour ressemblait à un véritable feu d'artifice, murmura-t-il en souriant. Vous êtes une sirène talentueuse, capable de transformer une dispute en une scène d'amour.

— Je ne voudrais pas vous offenser, milord, mais vous êtes facile à séduire.

— Pour vous, certes, répliqua-t-il, tout sourire évanoui.

Elle perçut son changement d'humeur mais, tout à sa joie, décida de ne pas y prêter attention.

— Il en est de même pour moi, répondit-elle gentiment. Vous êtes le seul homme que j'aie jamais voulu.

— Nous sommes bel et bien mariés maintenant. Il n'y a pas à revenir là-dessus, fit-il avec calme.

On eût dit qu'il scellait quelque invisible pacte.
— Je comprends. C'est ce que j'essayais de vous dire tout à l'heure.
— Ah oui ! ironisa-t-il. Votre histoire de lien...
Elle rougit sous la moquerie.
— J'essayais seulement de mettre un peu de logique...
— Laissez-moi le monopole de la logique... Je suis bien meilleur que vous, en la matière.
— C'est curieux, d'ailleurs...
— Pourquoi ?
— Que vous soyez si pratique, alors que vous êtes un homme d'émotions. Votre sang-froid est fort impressionnant, milord.
— Merci.
La jeune femme sourit aux anges.
— Jared ?
— Hum !
— Vous ne m'avez jamais dit comment vous aviez perdu votre œil ? demanda-t-elle en touchant le bandeau de velours noir.
— L'histoire est si peu édifiante.
— J'aimerais l'entendre. Je veux tout connaître de vous.
Jared passa ses doigts dans la magnifique chevelure.
— J'ai deux cousins, Charles et William, qui, toute leur vie, ont fait honneur à la famille. Ils sont d'un abord agréable mais si imprudents, si téméraires qu'ils peuvent en devenir insupportables. Lorsqu'ils ont eu respectivement quatorze et seize ans, ils ont décidé de faire de la contrebande et sont tombés sur un filou qui traitait avec les Français.
— Et qu'est-il arrivé ?
— J'ai eu vent de leurs plans. Mon père et mon oncle étaient en Italie lancés dans quelque folle aventure et ma tante me fit venir. Elle voulait que je veille à ce que Charles et William ne prennent pas de mauvais coups.
— Mais quel âge aviez-vous ?
— Dix-neuf ans.
— Ainsi... Enfin, rien ne s'est passé cette nuit-là comme vous le désiriez, bredouilla Olympia mal à l'aise.
Jared prit un air dégoûté.

— En effet. Tout va toujours de travers lorsqu'un membre de la famille met à exécution une de ses stupides idées. La marchandise une fois chargée, le capitaine a voulu prendre le large, sans s'embarrasser de ces deux jeunes idiots.

Les yeux d'Olympia s'arrondirent d'appréhension.

— Avait-il dans l'idée de les... tuer ?

— Je suis arrivé au moment où il pourfendait Charles. Mes cousins n'étaient pas armés. Heureusement, j'avais la dague de mon père. Le capitaine, malheureusement plus habile que moi, me fit sauter l'œil à la première botte.

— Mon Dieu ! cria Olympia, horrifiée. Vous auriez pu être tué.

Jared abaissa son regard vers elle, avec un drôle de sourire.

— Comme vous le voyez, je suis toujours là et mes cousins aussi. Tout s'est bien terminé, ma sirène.

— Je vous défends d'encourir d'autres dangers à l'avenir !

— Je ne suis pas amateur de sensations fortes, ne vous inquiétez pas.

Olympia se pressa contre lui.

— Quand je pense à cette nuit et à ce que vous avez perdu...

— N'y pensez pas, ordonna Jared en lui prenant le visage. Ce sujet est clos.

— Mais, Jared...

— Cela suffit. L'histoire remonte à une quinzaine d'années et c'est la première fois que j'y fais allusion. Et ce sera la dernière.

Elle lui caressa lentement la joue.

— Vous l'avez tué, n'est-ce pas ? Pour sauver vos cousins ? Voilà la raison de votre silence.

Il lui passa un doigt sur les lèvres.

— Plus un mot, ma sirène. Le passé appartient au passé.

Olympia se tint coite, la tête reposant sur son épaule, les yeux pleins de visions d'horreur.

Jared était un homme intelligent, passionné et sensible. Ce genre d'homme ne sort pas intact d'une telle histoire, sans de secrètes blessures.

— Au sujet de Robert... commença Jared.
Olympia reprit aussitôt ses esprits.
— Oui, pauvre Robert. Il est temps que nous en parlions. Que s'est-il passé à Vauxhall Gardens ?
— Je n'en ai aucune idée.
— Mais nous devons trouver qui a voulu le kidnapper ! Et pourquoi. Je sais que vous ne croyez pas à l'existence du Cerbère, mais essayez d'y réfléchir.
Jared, exaspéré, se dégagea.
— Par tous les diables ! Vous n'allez pas me faire croire que le fantôme du capitaine Jack se promène à la recherche de ce fichu journal !
— Ne soyez pas ridicule, le somma Olympia en arrangeant ses cheveux et en réajustant son déshabillé. Je ne crois pas aux fantômes, mais il n'y a jamais de fumée sans feu.
— Personne ne cherche à découvrir le secret Lightbourne, à part vous, madame.
— Vous oubliez Mr. Torbert.
— Mr. Torbert ignore sur quelle légende vous vous penchez. De plus, je l'imagine mal mêlé à un enlèvement et il n'est certainement pas le Cerbère.
— Je vous concède qu'il n'en a pas le profil.
— Quelle sagacité ! dit Jared sèchement.
— Bref, celui qui a voulu enlever Robert ce soir devait avoir une raison de le faire.
— Bien sûr. L'argent.
— L'argent ? balbutia Olympia, atterrée. Croyez-vous que quelqu'un ait eu vent des trois mille livres que j'ai reçues ?
— Non. Certainement pas, répliqua-t-il en se levant et en l'invitant à faire de même.
— Je n'y comprends rien. Robert n'a aucune famille riche...
— Oh ! si, répondit simplement Jared.
Olympia fut sidérée. Elle garda le silence un instant puis elle déglutit.
— Votre famille ?
— La fortune des Flamecrest est assez conséquente, même sans le trésor perdu du capitaine Jack. Voilà la raison de l'enlèvement de Robert : une forte rançon.

— Mon Dieu ! s'exclama la jeune femme en tombant assise sur le premier siège venu. Il ne me serait jamais venu à l'esprit que quelqu'un puisse penser que vous vous sentiriez responsable de Robert après avoir été obligé de m'épouser.

— Je vous préviens, Olympia, si vous dites encore une fois que je vous ai épousée contraint et forcé, je crains de perdre mon calme. Nous nous sommes mariés parce que je le désirais. Est-ce clair ?

Elle lui jeta un drôle de regard.

— Oui, milord.

— Bien, alors... fit-il en cherchant en vain sa montre dans sa poche et en étant obligé d'avoir recours à la pendule. Il est temps d'aller nous coucher. La journée fut longue.

— Certes, répondit Olympia, toute joie envolée.

Jared s'empara du chandelier.

— Olympia, que vous soyez ma femme ne change rien à la situation, vous comprenez ? Je continuerai à m'occuper de la maison, à éduquer les garçons. Que les menus détails de la vie quotidienne ne vous tracassent point, je me ferai un plaisir de m'en charger.

Olympia retrouva le sourire.

— Oui, Jared, répondit-elle en déposant un baiser sur sa joue. Mais il y a un détail pourtant...

— Lequel ?

Olympia rougit, cherchant ses mots.

— Où allons-nous dormir ? Je pense que nous n'avons plus besoin dorénavant du bureau pour... pour faire ce genre de chose.

Jared eut un sourire carnassier.

— En effet, madame. Je pense qu'il est grand temps que nous expérimentions l'amour suivant la traditionnelle méthode anglaise.

Il lui donna à tenir la chandelle, puis la prit dans ses bras pour la porter jusque dans sa chambre.

Le Maître de la Syrène doit faire la paix avec le Maître du Serpent pour que les moitiés se réunissent en un tout.

Olympia fronça les sourcils à la lecture de ce qu'elle venait de déchiffrer.

Le Maître de la Syrène ne pouvait qu'être capitaine Jack et le Maître du Serpent devait faire référence à son associé et ami, Edward Yorke.

Claire Lightbourne ne s'étendait pas sur la querelle qui avait séparé les deux amis lorsqu'ils étaient aux Antilles bien avant qu'elle n'épouse son Mr. Ryder en Angleterre. Elle n'avait fait que reporter les recommandations de son mari : ne rien tenter pour revoir Yorke et sa famille.

Et les deux boucaniers ne s'étaient jamais réconciliés.

Et les deux moitiés de la carte n'avaient jamais été recollées.

— Damnation ! siffla Olympia entre ses dents.

Elle avait l'étrange impression d'être près du but. Les Flamecrest étaient les descendants de Ryder. Qui pouvaient être les descendants de Yorke ? Comment faire pour les retrouver ?

Olympia tapota son crayon sur son bureau. Elle aurait aimé que Jared montrât plus d'intérêt à cette recherche. Elle aurait aimé pouvoir en parler avec quelqu'un d'intelligent. Mais il continuait de se montrer inflexible. Le sujet ne l'intéressait pas. Cela ne lui facilitait pas la vie.

Un coup frappé à la porte la tira de ses pensées.

— Entrez ! cria-t-elle impatiemment.

Ethan, Hugh et Mrs. Bird firent leur entrée, suivis de Minotaure, arborant tous le même air morose.

— Quelque chose ne va pas ? s'inquiéta-t-elle.

Hugh fit un pas en avant.

— Robert nous coûte trop cher.

Olympia en lâcha son crayon.

— Je te demande pardon ?

— Nous craignons que Robert ne coûte trop cher, expliqua Ethan d'un ton réfléchi. Lord Chillhurst a perdu sa superbe montre dans l'histoire et passe un sacré savon à Robert dans la salle à manger... Vous verrez que bientôt nous serons obligés de partir...

— Oh ! Je ne crois pas que Chillhurst renverra Robert pour ce qui s'est passé hier soir. Personne ne partira d'ici.

— Nous partirons bien assez tôt ! lâcha Mrs. Bird avec défiance. C'est sa seigneurie qui m'l'a dit.

Olympia sursauta.

— Vraiment ?

— C'est ce qui dit. On part pour une grande maison en ville, pas plus tard que demain. Y va louer les services d'un *majordome*, Miss Olympia, et d'un tas de domestiques... Un vrai majordome ! Qu'est-ce que je deviens, moi ? Sa seigneurie voudra plus d'une gouvernante ordinaire !

— Et sa seigneurie ne s'encombrera pas plus de trois enfants, grommela Hugh. Surtout après avoir perdu sa belle montre. Il va nous renvoyer dans notre famille du Yorkshire.

— Peut-être pourrions-nous envisager d'acheter une nouvelle montre à sa seigneurie, tante Olympia, j'ai six pence, proposa Ethan.

Hugh lui jeta un coup d'œil ironique.

— Ne sois pas stupide, Ethan, cela ne peut suffire !

Mrs. Bird éclata soudain en sanglots.

— Y veut plus de nous !

Exaspérée, Olympia sauta sur ses pieds.

— Cela suffit ! Je ne veux plus entendre de pareilles idioties. Je ne savais pas que nous allions déménager, mais cela ne saurait changer quoi que ce soit à notre manière de vivre ! Chillhurst m'en a donné l'assurance.

La gouvernante laissa tomber d'un air morbide :

— Y vous décevra encore, Miss Olympia. Maintenant, vous êtes mariés et y fera ce qui veut !

— C'est faux, assura Olympia en les regardant. Il a promis de continuer à s'occuper de la maison, de nous. Robert ne sera pas renvoyé, ni vous Mrs Bird, ni aucun de vous, Ethan, Hugh...

— Comment que vous pouvez en être sûre ? demanda la gouvernante.

— Parce que c'est un homme de parole, répliqua calmement Olympia. Chillhurst sait que vous êtes ma seule famille, il n'essaiera jamais de nous séparer car je ne le permettrais pas.

La lueur d'espoir qui avait brillé dans le regard de Mrs. Bird vacilla.

— Vous causez toujours comme si vous étiez son employeur, Miss Olympia. La vérité, c'est que vous ne donnez plus d'ordres, maintenant. Z'êtes sa femme, ça change tout. Il est le maître ici. Y fera comme y voudra.

Minotaure, à ces mots, posa sa tête sur la main d'Olympia et se mit à gémir doucement.

— Milord, je suis désolé pour hier soir, dit Robert en se tenant fort penaud devant Jared, le regard fuyant.

Jared fit craquer ses doigts. Il étudiait le visage du garçon et vit que ses lèvres tremblaient.

— As-tu compris que tu m'as affreusement déçu ?

— Oui, milord, fit Robert en cillant.

— Et ce n'est pas parce que tu as eu des ennuis ou que tu m'as coûté une montre.

Robert abaissa son regard une seconde, puis reprit sa contemplation.

— Je suis désolé pour votre montre, Sir.

— Oublie la montre, ce n'est rien à côté de l'honneur d'un homme. Rien n'est plus important que son honneur.

— Certes, milord.

— Lorsque tu donnes ta parole, Robert, tu ne peux y manquer. Le contraire est inacceptable, c'est un déshonneur.

Robert renifla.

— Oui. Je vous promets de faire très attention à mon honneur à l'avenir.

— Je suis heureux d'entendre cela.

Robert paraissait anxieux.

— J'aimerais vous demander une grande faveur, milord. Je sais que je ne la mérite guère, mais je vous promets de faire n'importe quoi en échange.

— De quoi s'agit-il ?

Robert déglutit.

— Ne punissez pas mes frères pour ce que j'ai fait. Ethan et Hugh sont jeunes encore, ils sont terrifiés à l'idée d'être renvoyés dans le Yorkshire. De plus, tante Olympia en serait fort triste. Je crois qu'elle nous aime beaucoup... Nous lui manquerions...

— Personne ne partira d'ici, Robert. Vous êtes tous sous ma protection, je m'en porte garant... Je tâcherai d'être plus vigilant à l'avenir.

— Ce qui s'est passé la nuit dernière est entièrement de ma faute, Sir, protesta Robert.

— Nous sommes tous deux à blâmer. J'aurais dû deviner que tu voudrais tenir ton pari.

Robert parut troublé.

— Qu'en savez-vous ?

— J'ai eu, moi aussi, ton âge !

Robert resta sans voix.

— C'est difficile à croire, n'est-ce pas ? ironisa Jared en se calant sur sa chaise. Bien, le sujet est clos. Allons rejoindre les autres.

Robert marqua un moment d'hésitation.

— Pardonnez-moi, Sir, mais j'aimerais connaître ma punition.

— J'ai dit que le sujet était clos. Je pense que tu es assez puni comme cela.

— Vraiment ?

— Absolument. Prendre conscience de ses actes est le début de la sagesse, dit Jared satisfait. Je suis content de toi, Robert. Voir un de ses élèves devenir un jeune homme est une des joies de cette profession.

Et c'était vrai, songea Jared avec une certaine surprise. Être précepteur n'allait pas sans quelques satisfactions. Il n'y avait pire métier, mais on pouvait modeler l'avenir d'un pays en éduquant ses jeunes.

Robert restait très droit.

— Je vous promets, Sir, de ne pas retomber dans les mêmes erreurs. Continuerez-vous à être notre précepteur maintenant que vous êtes marié à tante Olympia ?

— Oui, absolument. Mais il y a quelque chose que j'aimerais savoir.

— Quoi ?

— Tous les détails de ton enlèvement. Je veux retrouver celui qui a employé ces hommes de main.

— Vous allez faire ça ?

— Avec ton aide, Robert.

— Je ferai de mon mieux, mais je crains de ne pas savoir grand-chose. Ils ont juste dit que cet homme était un homme d'affaires, comme vous, milord.

— Je suppose que vous avez entendu parler de ces

rumeurs d'amant possible, dit lady Aldridge à Olympia tout en tenant sa tasse de thé d'une main. On dit que lord Chillhurst aurait trouvé sa fiancée en très compromettante compagnie et qu'il aurait aussitôt rompu. Cela n'a jamais été confirmé. Aucune des parties n'ayant voulu en parler.

— Je mets en doute ces rumeurs et je ne me permettrais pas d'en parler moi-même, répondit Olympia, gênée.

Olympia n'avait accepté de prendre le thé avec lady Aldridge que par pure politesse. Après avoir passé deux bonnes heures dans la bibliothèque avec lord Aldridge, elle ne pouvait faire moins que de tenir compagnie à sa femme. Elle n'avait malheureusement rien découvert, à part que son hôtesse adorait les ragots.

— Vous avez raison, lady Chillhurst, ces rumeurs ne doivent pas être fondées, dit cette dernière avec l'air de ne pas en penser un traître mot.

— Alors, sans doute pouvons-nous changer de sujet, proposa Olympia, fatiguée.

Lady Aldridge eut un regard chagriné.

— Bien sûr, madame. Je ne voulais pas vous offenser. Je ne mettais pas en cause la famille Chillhurst, seulement lady Beaumont...

— Cela ne m'intéresse pas.

— On parle de lady Beaumont ? demanda lord Aldridge en pénétrant dans le salon après avoir rangé les cartes dans la bibliothèque. A-t-elle quelque chose à voir avec les cartes des Indes occidentales que lady Chillhurst essaie de trouver ?

— Non, mon cher, dit son épouse en souriant. Je racontais simplement la rupture survenue entre lady Beaumont et Chillhurst, il y a trois ans.

— Sottises ! s'exclama Aldridge en se servant un cognac. Chillhurst a eu raison d'en finir.

— Bien sûr, murmura lady Aldridge.

— Les Flamecrest ont beau être une famille d'excentriques, ils n'en sont pas moins des hommes d'honneur...

Lady Aldridge eut un sourire ironique.

— Si Chillhurst est si pointilleux sur son honneur, pouvez-vous me dire pourquoi il n'a pas poursuivi en duel son adversaire, ni d'ailleurs le frère de lady Beaumont qui lui avait lancé le gant ?

— Sans doute est-il trop intelligent pour risquer la mort pour une vulgaire femelle ! affirma Aldridge en buvant une gorgée de cognac. Et puis, Chillhurst n'a pas le sang chaud comme le reste de sa fichue famille. Demandez à ceux qui traitent d'affaires avec lui, c'est un homme posé et intelligent.

— Êtes-vous en affaires avec mon mari ? s'enquit Olympia, espérant pouvoir changer de sujet.

— Certainement. Et avec profit, assura Aldridge l'air satisfait.

— Je n'étais pas au courant.

— Je ne traite pas directement avec lui, il n'est jamais en ville, mais avec son agent.

— Mr. Hartwell ?

— Oui. Félix Hartwell s'occupe des affaires de votre mari depuis des années. Mais chacun sait que Chillhurst dirige tout. Il a recréé la fortune des Flamecrest dilapidée par son père et son grand-père.

— Mon mari adore prendre les choses en main, expliqua Olympia non sans fierté.

— Vous avez l'air très amoureuse de votre mari, lady Chillhurst, remarqua son hôtesse. Je trouve cela touchant, je dirais même curieux vu les circonstances.

— Quelles circonstances ? questionna Olympia brusquement irritée.

La politesse inhérente au titre de vicomtesse n'allait pas sans mal, songea-t-elle.

— D'après mon mari, Chillhurst est dépourvu d'émotions. C'est un homme froid. Beaucoup de personnes se demandent si ce n'est pas pour cela que lady Beaumont aurait pris un amant.

La tasse d'Olympia manqua de tomber.

— Mon mari est un homme admirable qui mérite le respect, lady Aldridge, et qui peut être passionné aussi.

— Vraiment ? s'étonna lady Aldridge. Alors pourquoi avoir refusé à l'époque de se battre en duel ?

Olympia sauta sur ses pieds.

— Les décisions de mon mari ne regardent que lui, lady Aldridge. Je vous prierai de bien vouloir m'excuser mais il est quatre heures à l'horloge et je dois m'en aller. Mon mari doit passer me prendre, et il est d'une grande exactitude.

Aldridge posa précipitamment son verre.
— Je vous raccompagne à la porte, lady Chillhurst.
— Merci, lança Olympia en quittant la pièce sans l'attendre.
Aldridge la rattrapa dans le vestibule.
— Désolé de n'avoir pu vous être plus utile...
— Ne vous en inquiétez pas.
En vérité, Olympia avait presque abandonné l'espoir de retrouver la carte qu'elle cherchait. L'autre moitié de la carte inconnue qu'elle possédait n'était reportée nulle part.
— Lady Chillhurst, n'oubliez pas mon avertissement au sujet de Torbert. Vous ne pouvez lui faire confiance. Soyez prudente.
— Je le serai, rassurez-vous.
Le majordome lui ouvrit la porte.
Jared l'attendait dans le cabriolet avec Ethan, Hugh et Robert.
Soulagée, Olympia sourit et courut les rejoindre.

15

— Ça alors ! siffla Hugh entre ses dents alors que Jared venait de déverrouiller la porte de la dernière des pièces de l'hôtel particulier des Flamecrest. Est-ce que tu vois ce que je vois ?
— Fantastique ! laissa tomber Ethan. C'est plein de trucs insensés...
Il suivit son jumeau à travers l'amas de cantines, malles et divers mobiliers dépareillés.
— Il doit y avoir une fortune en bijoux cachée dans une de ces vieilles malles, j'en jurerais... continua-t-il.
— Je n'en serais pas surprise, approuva Olympia en tenant haut la chandelle dans l'espoir d'éclairer la vaste et obscure pièce.
De gigantesques, mais délicates, toiles d'araignées bril-

laient tels des voiles de mariée dans la douce lueur de la bougie.

Olympia songea qu'Ethan avait raison. Cette pièce, qui avait tout d'un grenier, était sans conteste la plus intéressante de toutes celles que Jared leur avait fait visiter. Elle n'était pas la plus étrange, loin de là, la palme revenant à cette galerie, un étage plus bas, dotée d'un escalier qui ne menait nulle part, mais elle était passionnante avec son bric-à-brac incroyable.

— On ne sait pas ce qu'on pourrait découvrir ici, reprit Olympia.

— Peut-être un fantôme ou deux, proposa Robert avec une certaine délectation. N'est-ce pas un endroit surnaturel, comme dans les châteaux hantés décrits dans nos contes de fées ?

— Des fantômes... répéta Hugh d'un ton où la frayeur et l'excitation se mêlaient. Vraiment ?

— Peut-être celui du capitaine Jack, suggéra Ethan d'une voix caverneuse. Il traverse les murs... descend l'escalier de la galerie...

Jared lui lança un drôle de regard.

— C'est intéressant, commenta Olympia. Le fantôme de capitaine Jack...

— Désolé de vous décevoir mais capitaine Jack est mort tranquillement dans son lit, laissa tomber Jared. A l'âge de quatre-vingt-deux ans, sur son île de Flame. La maison n'était pas encore construite.

— Mais qui alors a construit cette splendide demeure ? s'enquit Hugh.

— Son fils, capitaine Harry.

— Votre grand-père ! s'exclama Hugh les yeux ronds. Il devait être extraordinaire, intelligent...

— Il était très fort, en effet, ricana Jared. Très fort surtout pour dépenser son argent. Cet hôtel particulier est l'une des plus belles preuves qu'un homme peut, en une génération, venir à bout de la plus considérable des fortunes.

— Est-ce qu'il en est resté un peu ? s'inquiéta Ethan.

— Mon père et mon oncle ont eu raison du reste. Et s'il n'y avait pas eu ma mère, nous serions dans la plus complète pauvreté aujourd'hui.

— Qu'est-ce que votre mère a fait ? demanda Robert.

— Elle m'a donné une de ses rivières de diamants qui lui avait été transmise par les différentes générations de femmes qui se sont succédé dans la famille.

— Celle de Claire Lightbourne ? s'exclama Olympia.

— Oui. Elle était faite de diamants et de rubis et valait très cher. Ma mère me l'a donnée, lorsque j'ai eu dix-sept ans, pour que je puisse l'offrir à la future mère de mes enfants. Ainsi la tradition aurait-elle continué au travers des comtesses de Flamecrest. Mère était assez romantique.

— Maintenant que vous avez épousé tante Olympia, lui donnerez-vous ce collier ? demanda Robert.

— Oh oui ! s'écria Hugh enthousiasmé par le récit.

— Non, dit Jared sans autre émotion. Je l'ai vendu le jour de mes dix-neuf ans.

— *Vendu !* grimaça Ethan déçu.

— Comment avez-vous pu faire une telle chose ? dit Hugh.

— J'ai utilisé l'argent obtenu à remettre en état le dernier navire qui nous restait... Et ce navire a été le fondement de la nouvelle fortune des Flamecrest.

Olympia vit, derrière la détermination de son regard, ce qu'il lui en avait coûté de vendre le collier de sa mère.

— Ce fut un geste nécessaire, milord, lui dit-elle. Madame votre mère a dû être très fière de vous.

— Pas particulièrement, répliqua Jared d'un ton aigre. Mère avait un goût pour le mélodrame qui ne la différenciait en rien du restant de la famille. Elle a beaucoup pleuré, ce qui ne l'a nullement empêchée de profiter, bien sûr, de cette nouvelle richesse.

— Comment cela ? dit Hugh, étonné.

Jared eut un geste vague de la main pour désigner l'ensemble de la maison.

— Elle adorait recevoir, c'était l'une des femmes les plus en vue de la capitale. Elle dépensait des fortunes en bals et réceptions... Je me souviens de l'une d'elles, où elle avait émerveillé ses invités avec une fontaine d'où coulait du champagne.

— Oh ! siffla Hugh. Du champagne...

Robert hocha la tête d'un air concentré.

— Je suppose que vous lui avez racheté son collier une fois votre fortune rétablie ?

Jared eut un mouvement d'humeur.

— J'ai essayé, mais il était trop tard. Le joaillier l'avait démonté pour le vendre en broches, bagues, etc. Le tout avait été dispersé et impossible à rassembler.

— Perdu à jamais... déclama Hugh.

Jared hocha la tête.

— J'en ai peur.

Olympia pointa son menton.

— Je pense que vous avez agi de votre mieux, milord. C'était la seule chose à faire et je suis persuadée que votre famille vous en est secrètement reconnaissante.

Jared haussa les épaules et jeta un coup d'œil autour de lui, tenant toujours la lourde clé de ferronnerie à la main.

— Cela n'a aucune importance. Ce qui est fait, est fait. Quant à découvrir ici des fantômes ou autres trésors cachés, je crains que vous ne soyez déçus. Cet endroit ne recèle que de vieux meubles et portraits de famille.

Portraits.

Une onde de curiosité traversa Olympia.

— Sans doute pourrions-nous dénicher celui de Claire Lightbourne et même... celui de capitaine Jack, déclara-t-elle.

Jared prit l'air désabusé.

— Peut-être. Cherchez-les, si le cœur vous en dit. Mais un autre jour, il se fait tard... Il doit être l'heure du dîner.

Il mit la main à sa poche dans le vain espoir d'y trouver sa montre.

Olympia, Ethan, Hugh et Robert retinrent leur souffle. Mais Jared ne fit aucun commentaire et sortit.

— Allons, nous avons perdu assez de temps à visiter cette maison.

Les garçons le suivirent bon gré, mal gré. Olympia contempla une dernière fois ce grenier qui lui plaisait tant. La pensée qu'elle pourrait y revenir très vite la consola.

Jared croisa les doigts tout en observant son nouveau majordome. Il avait décidé de l'engager lui-même, sans l'aide de Félix, comme il était initialement prévu.

Ce dernier avait montré quelque surprise à cette annonce.

— J'aurai tout vu, Chillhurst. Vous, choisir un candidat !

— J'ai peur de n'avoir pas d'autre alternative, avait répliqué Jared. Ce poste requiert certaines qualités, voyez-vous.

Félix lui avait jeté un regard de totale incompréhension.

— Pourquoi cela ?

Jared avait eu un sourire ironique.

— Parce que cette personne devra travailler de concert avec notre actuelle gouvernante, qui se trouve être une femme peu ordinaire.

— Je vous avais conseillé de la remplacer, avait marmonné Félix.

— Il ne saurait en être question. Ma femme y est trop attachée.

Félix avait paru surpris.

— Vous laissez votre femme vous dicter ce que vous devez faire ?

Jared avait eu un geste de la main qui laissait entendre que tel était le lot de tous les maris.

— Disons que j'aime lui faire plaisir, avait-il précisé.

— Je commence à comprendre ce que vous me disiez, l'autre jour, quand vous me parliez de votre passion... mais ce n'est plus vous, Chillhurst ! Mon ami... vous devriez consulter un médecin.

— Croyez-vous ?

— Absolument. Évidemment pas celui qui soigne actuellement lord Beaumont...

Voilà ce que se remémorisait Jared, tout en observant son majordome, Mr. Graves de Bow Street.

L'homme était grand, charpenté mais très maigre. Il arborait un air lugubre que démentait une lueur de vive intelligence dans le regard.

— Bien. Avez-vous compris en quoi consistait votre tâche dans cette maison ? lui demanda Jared.

— Oui, milord. Je pense, répondit Graves en tirant sur son nouveau frac noir qui apparemment le gênait. J'garde un œil sur les occupants de la maison et j'veille qu'y ait personne qui vienne les embêter, sans votre permission.

— Voilà. Tous événements bizarres doivent m'être rapportés. Tous les jours, vous me ferez vos commentaires.

— Oui, milord, acquiesça Graves en essayant de se tenir droit. Vous pouvez compter sur moi. J'vous ai donné entière satisfaction déjà, non ?

— Absolument, Graves, absolument. Vous et votre ami Fox avez fait un excellent travail. Vos renseignements étayent ma théorie...

— Fox et moi, on est contents de vous servir, milord.

— Comme je vous l'ai déjà dit, je soupçonne quelqu'un de vouloir enlever le neveu de ma femme. De plus, on a essayé de forcer ma maison d'Ibberton Street. Je suis inquiet, et je veux pouvoir me reposer sur vous.

— Compris, votre seigneurie.

— Parfait, alors vous pouvez aller travailler, dit Jared qui brusquement fronça les sourcils. Une chose encore, Graves.

— Oui, milord ?

— Il va falloir que vous vous entendiez avec notre gouvernante, Mrs. Bird. Je ne veux pas de querelles. Est-ce clair ?

Les yeux de Graves se mirent à briller.

— Mrs. Bird et moi avons déjà fait connaissance. Une sacrée femme, si j'puis me permettre, milord. Pleine d'esprit. J'ai toujours aimé les femmes d'esprit.

Jared réprima un sourire.

— Donc, le sujet est clos. Merci Graves, vous pouvez disposer.

— Bien, votre seigneurie.

Jared attendit qu'il quitte la bibliothèque pour se lever et se diriger vers la fenêtre. Les jardins étaient encore en piteux état, mais la demeure qui était restée fermée pendant de longues années avait été remise à neuf. Tout avait été astiqué, de la cave au grenier, transformant cette maison délabrée en un hôtel particulier digne de ce nom.

Mais Jared songea brusquement que cette transformation était surtout due à la présence de sa femme et des enfants, qui y avaient apporté leur joie de vivre.

Après quelques instants de réflexion, Jared regagna son bureau. Il ouvrit un tiroir et en sortit son carnet. Il relut avec application les notes qu'il y avait portées, les mois passés. Il ne pouvait se cacher plus longtemps la vérité. Cela sautait aux yeux.

Le coupable ne pouvait être que...
Il devait cesser de se voiler la face. Il devait cesser de jouer les idiots plus longtemps.

L'annonce qu'Olympia avait épousé le vicomte Chillhurst s'était répandue comme une traînée de poudre. Et Olympia en était consternée. Être une vicomtesse n'était pas une sinécure, songeait-elle deux jours plus tard, alors qu'elle descendait du somptueux cabriolet aux armes des Flamecrest. On n'était plus maître de ses faits et gestes.

Jared avait fait sortir le cabriolet pour le faire remettre en état et l'atteler à deux superbes chevaux gris. Il avait aussi ordonné qu'Olympia ne sorte plus qu'accompagnée d'un valet de pied et de sa cámériste.

Cette jeune cámériste de dix-sept ans, soucieuse de plaire, suivait à la lettre les instructions. Elle monta donc, derrière sa maîtresse, les marches de l'Institut Musgrave.

— Lucy, vous pouvez m'attendre sur l'un de ces bancs, dit Olympia en traversant le grand hall. Je serai de retour dans une heure environ.

— Oui, madame, acquiesça poliment la jeune fille.

Olympia se précipita dans la salle de conférences, saluée par le vieux bibliothécaire.

— Bien le bonjour, lady Chillhurst. Pardonnez-moi si je ne vous ai pas montré auparavant toute la déférence...

— Bonjour, Boggs, coupa Olympia en retirant ses longs gants. De quoi parlez-vous ? Vous avez toujours été d'une grande gentillesse.

— J'ignorais que vous étiez la vicomtesse Chillhurst, madame.

— Bien sûr ! s'exclama Olympia, décidée à sortir de cette situation embarrassante. Vous ne pouviez le savoir, mon mari tient tellement à sa vie privée qu'il ne vient à Londres qu'anonymement. Malheureusement, cette fois-ci, nous avons été découverts ! Alors, il n'y a plus de raison de se cacher, n'est-ce pas ?

Boggs paraissait un peu atterré par le fait que des nobles veuillent rester anonymes, mais il était trop bien élevé pour faire un commentaire.

— Certes, madame.

— Verriez-vous quelque inconvénient à ce que j'aille jeter un coup d'œil, à nouveau, sur les cartes des Antilles, dans le petit cabinet ?

— Absolument pas, protesta Boggs en la conduisant. Je vous en prie, madame, mais il y déjà quelqu'un à l'intérieur.

— Oh ? Torbert ou lord Aldridge ?

— Non, Mr. Gifford Seaton, précisa Boggs.

— Mr. Seaton ! s'exclama Olympia, si étonnée qu'elle manquât de faire tomber son réticule. J'ignorais qu'il faisait partie de cette société.

— Si, si. Il nous a rejoints juste après le mariage de sa sœur avec lord Beaumont, il y a deux ans, je crois. Il passe le plus clair de son temps ici.

— Je vois, dit Olympia en pénétrant dans la pièce.

Gifford se tenait devant une grande table d'acajou, à regarder attentivement une carte déroulée. Il leva les yeux et vit Olympia. Il eut un sourire forcé.

— Lady Chillhurst ! s'exclama-t-il et, tenant toujours d'une main la carte, il s'inclina gracieusement. Comme je suis heureux de vous voir. J'avais entendu dire que vous aviez l'habitude de venir ici.

— Bonjour, Mr. Seaton. Je ne savais pas que vous faisiez partie de la *Société des explorateurs*.

— Si, et j'ai lu toutes vos publications, répondit Gifford en baissant le ton. Tout à fait passionnantes, au demeurant...

— Je vous remercie, dit Olympia toute gêne envolée. Je vois que les Antilles vous intéressent. Êtes-vous en train d'écrire quelque chose dessus ou projetez-vous de vous y rendre ?

— Je ne sais encore... laissa tomber Gifford en l'observant attentivement. Mais j'ai cru comprendre que cet endroit vous attire aussi, lady Chillhurst. Boggs m'a tout raconté...

— Vraiment ? répliqua Olympia en jetant un coup d'œil sur cette carte qu'elle n'avait jamais vue auparavant. Celle-ci paraît être très ancienne, je ne l'avais jamais remarquée...

— Vous ne pouviez. Je l'ai trouvée le mois dernier et je l'avais mise de côté.

— Ah, voilà pourquoi mes recherches n'avançaient guère !

— Eh bien, elle est à vous... Étudiez-la à loisir. Elle comporte un certain nombre d'îles inconnues reportées sur aucune autre carte à ma connaissance.

— Merveilleux, s'exclama Olympia en posant son réticule et en se penchant sur la table pour mieux voir.

— Je vois que les îles inconnues d'Indes occidentales vous passionnent, madame.

— Absolument... J'ai l'impression que cette carte est moins élaborée que les autres, n'est-ce pas ?

— J'ai entendu dire qu'elle avait été dessinée par un flibustier qui naviguait dans les parages, il y a plus d'un siècle.

— Une carte de flibustier ? répéta Olympia, étonnée. Vraiment ?

— C'est ce que Boggs m'a conté. Mais qui peut être certain ? Il n'y a aucune signature, et donc aucun moyen de vérifier.

— Fascinant... Elle paraît fort ancienne, ma foi.

— Certes, fit Gifford en se rapprochant. Lady Chillhurst, permettez-moi de vous présenter mes excuses pour l'autre après-midi.

— Oubliez cela, conseilla Olympia tout à sa recherche. Trop d'émotions sont encore en jeu, semble-t-il...

— Ma sœur et moi étions seuls au monde, presque sans fortune, jusqu'à son mariage avec Beaumont. J'ai vraiment cru, par moments, que nous finirions nos jours dans une prison pour dettes.

Olympia fut toute sympathie brusquement. Elle aussi avait connu la peur de manquer avant de recevoir le maigre héritage de ses tantes.

— Comme cela a dû être horrible pour vous deux, dit-elle gentiment. N'aviez-vous aucune famille ?

— Aucune et je dois dire que ma sœur a pratiquement tout assumé. J'étais si jeune...

— Je vois.

— Notre famille n'a pas toujours été pauvre, mais mon

père n'avait aucun talent financier et je dois avouer qu'il adorait le jeu. Il s'est tiré une balle dans la tête le jour où il n'a plus pu faire face à ses dettes d'honneur.

Olympia en oublia ses recherches, la peine de Gifford faisait peine à voir.

— Je suis désolée d'entendre cela.
— Ma grand-mère était noble, vous savez.
— Vraiment ?
— Oui, laissa tomber Gifford, l'expression rêveuse. Elle avait hérité d'un empire naval de mon arrière-grand-père et elle a su s'en occuper aussi bien qu'un homme.
— Quelle femme intelligente ! s'exclama Olympia.
— Ses navires voguaient sur toutes les mers, d'Amérique aux terres les plus éloignées, rapportant des soies, des épices, du thé.
— D'Amérique ?
— Mon arrière-grand-père s'était établi à Boston. Ma grand-mère y fut élevée et elle y épousa un de ses capitaines, Peter Seaton. Mon père était leur enfant unique. Il hérita de cet empire, à leur mort, et le vendit pour venir s'installer à Londres. Une fois marié, il s'évertua à tout dilapider...
— Qu'est-il arrivé à votre mère ?

Gifford baissa les yeux.

— Elle mourut en couches.
— Et maintenant, vous n'avez plus que votre sœur...
— Et elle n'a plus que moi. J'étais fou de rage lorsque Chillhurst rompit son engagement, vous devez comprendre. Elle avait tant espéré nous assurer une vie confortable. Elle avait vendu le dernier des bijoux de ma mère pour acheter sa robe de mariée... une si jolie robe...

Olympia toucha légèrement sa manche.

— Mr. Seaton, vous me voyez fort triste d'entendre tout ceci, mais ne blâmez pas mon mari pour ce qui est arrivé. Je le connais trop bien pour imaginer une seule seconde qu'il ait pu rompre pour une histoire d'argent.
— C'est ce que m'a dit Demetria et je la crois, protesta Gifford en s'éloignant. Toute cette affaire est dégoûtante !
— Mais votre sœur a fait un bon mariage depuis et elle semble heureuse. Alors, pourquoi ne pas en être satisfait ?

Gifford lui fit face. La rage et le désespoir se lisaient sur son visage.

— Parce que ce n'est pas juste. Pas juste... Chillhurst a tout. Nous n'avons rien !

— Mr. Seaton, je n'entends rien à ces arguments.

Gifford tenta de reprendre ses esprits. Il ferma les yeux un instant et respira profondément.

— Je vous présente mes excuses, lady Chillhurst. Je ne sais ce qui m'a pris.

Olympia eut un sourire hésitant.

— Voulez-vous que nous changions de sujet ? Peut-être pourrions-nous étudier la carte ensemble ?

— Un autre jour, certainement, acquiesça Gifford en consultant sa montre. J'ai un rendez-vous.

— Bien sûr, répondit Olympia tout en contemplant la montre qui lui rappelait celle de son mari. Elle est très belle. Où pourrais-je en trouver une semblable ?

— Dans Bond Street. Mais celle-ci a été gravée spécialement pour moi.

— Je vois... fit Olympia intriguée. Quel étrange motif ! On dirait un serpent.

— Un serpent de mer, expliqua Gifford en la remettant dans sa poche. Une créature mythique et légendaire... Le symbole de la puissance de ma famille à travers le monde. Maintenant, si vous voulez bien m'excuser.

— Bonne journée, Mr. Seaton.

Olympia regardait Gifford sortir d'un air pensif. Une fois seule, elle reprit l'étude de la vieille carte laissée sur la table, mais son esprit était ailleurs.

Elle repensait au serpent de mer.

Ce dessin lui était étrangement familier.

— Bienvenue à la maison, madame, dit Graves en ouvrant grand la porte de l'hôtel particulier des Flamecrest à Olympia qui montait en courant les marches. Nous avons des invités...

— Des invités ? s'inquiéta Olympia qui, du coup, marqua une pause. Est-ce que Mrs. Bird est au courant ?

— Absolument, madame, acquiesça Graves. Elle fait avec...

A cet instant, la gouvernante surgit.
— Est-ce que c'est vous, Miss Olympia ? Y serait temps de rentrer ! Sa seigneurie m'a dit qu'il y aurait deux extras pour l'dîner et, de plus, faut que je prépare deux chambres ! Est-ce que ça va tout le temps être comme ça, j'vous le demande ?
— Je n'en sais rien, répondit Olympia. J'ignore tout des amis de mon mari.
— C'est point des amis, précisa Mrs. Bird d'un ton sinistre. C'est d'la famille... Le papa et l'oncle de sa seigneurie...
Elle jeta un regard soupçonneux alentour avant de reprendre à voix basse :
— Le papa de sa seigneurie est *comte*.
— Oui, je sais, répliqua Olympia en dénouant les nœuds de sa capeline. Et je suis certaine que vous viendrez à bout de ce problème domestique, Mrs. Bird.
Graves sourit à la gouvernante avec fatuité.
— C'est évident, madame. Pour le peu que j'ai travaillé ici, j'ai pu voir que Mrs. Bird était une femme remarquable.
La gouvernante rougit sous le compliment.
— J'voulais juste savoir si ce genre de chose allait arriver souvent... Pour organiser, vous voyez...
— Surtout, surtout ne manquez pas de faire appel à moi, Mrs. Bird, insista Graves. Je suis là pour vous. Ensemble, nous ferons du bon travail, assurément.
La gouvernante battit des cils.
— Alors, allons-y.
Olympia les regardait avec étonnement.
— Où sont sa seigneurie et ses parents ?
— Sa seigneurie est dans la bibliothèque, madame, dit Graves, et ses invités, à l'étage, avec les jeunes gens. Je crois que monsieur le comte et son frère leur racontent des histoires.
Olympia, qui se dirigeait vers la bibliothèque, s'arrêta net.
— Des histoires ?
— Sur un individu surnommé capitaine Jack, je crois, madame.

— Parfait. Mes neveux adorent ce genre d'histoire...
— A votre service, madame.
— Merci, répondit Olympia un peu étonnée. Êtes-vous comme cela tout le temps ?
— Certes, madame, cela fait partie de mon service, fit Graves en inclinant la tête et en lui tenant la porte de la bibliothèque ouverte.

Jared était assis à son bureau. Il leva les yeux à son arrivée.

— Bonjour, ma chérie. Heureux que vous soyez de retour. Nous avons des visiteurs : mon père et mon oncle.
— C'est ce que j'ai cru comprendre.

Jared attendit que la porte soit refermée pour lui adresser un sourire de pure invite. Olympia vint aussitôt se jeter dans ses bras, les lèvres offertes pour un baiser.

— En fait, j'adore tout simplement être marié ! déclara Jared.
— Moi aussi ! Jared, je viens d'avoir une fort curieuse conversation avec Gifford Seaton et il y a un ou deux points que je...

Le sourire de Jared s'envola sous l'emprise de la colère.
— Que dites-vous ?

Olympia fronça les sourcils.
— Il n'y a aucune raison d'élever la voix ainsi, milord, je ne suis pas sourde. Je disais juste...
— Seaton a osé vous parler !
— Oui, c'est ce que je m'évertue à vous dire. Nous nous sommes rencontrés à l'Institut Musgrave. C'est plutôt amusant, Mr. Seaton et moi-même partageons le même intérêt pour les Indes occidentales !
— Ce bâtard... s'exclama sourdement Jared. Je lui avais recommandé de se tenir à l'écart.
— Je ne crois pas que vous deviez employer ce genre de mots, fort déplaisants au demeurant. Mr. Seaton est un être perturbé par une vie très difficile.
— Seaton n'est qu'un sale enfant gâté, une erreur de la nature ! Je lui avais ordonné de ne plus chercher à vous voir.
— Cela suffit, Jared ! C'est pure coïncidence que nous nous soyons rencontrés là-bas.

— N'en soyez pas certaine. Seaton a dû étudier vos habitudes et s'arranger pour être là, en même temps que vous.

— Vraiment, Jared, vous allez trop loin. Mr. Seaton s'intéresse assurément aux Indes occidentales et il m'a permis d'étudier une carte extrêmement rare qu'il a découverte.

— Il doit avoir un bon motif pour cela, grommela Jared en se rasseyant à son bureau. Je vais m'occuper de lui... En attendant, plus de rencontres. Est-ce clair, madame ?

Olympia le regardait, consternée.

— Assez, en effet, Sir.

— Assez ? Mais je n'en ai pas encore fini... Je vais donner une leçon à ce jeune Seaton qu'il ne sera pas près d'oublier !

— Jared, je ne permettrai pas cela ! Sous prétexte que vous êtes mon mari, vous ne pouvez donner impunément ce genre d'ordres.

— Je peux comprendre, madame, que les petits détails de la vie quotidienne vous ennuient, laissa tomber Jared d'un ton glacial. Mais il y en a un qui a son importance.

— Ah ! oui. Lequel ?

Jared se carra dans son fauteuil, faisant craquer ses doigts.

— Je suis le maître ici, je prends les décisions. Je fais ce qui me semble être le mieux, et vous n'avez plus qu'à obéir, madame.

Olympia ouvrit la bouche de saisissement.

— N'espérez rien de tel ! Surtout si ces décisions me paraissent injustes. Comme celle qui concerne Mr. Seaton.

— Damnation, Olympia ! Je suis votre mari... Vous ferez ce que je vous demande.

— Je ferai ce qui me chante, comme j'ai toujours fait d'ailleurs ! explosa Olympia alors que la porte de la bibliothèque s'ouvrait derrière elle. N'oubliez pas que je vous ai engagé comme précepteur et, à ma connaissance, cet état de fait n'a pas changé. Vous êtes toujours mon employé !

— Sottises ! s'exclama Jared. Vous êtes ma femme, non mon patron.

— Ce n'est pas mon opinion. Aussi loin que je me souvienne, notre arrangement initial n'a pas été abrogé.

— Tout a changé ! tempêta Jared entre ses dents. Ce n'est pas une question d'opinion, mais de légalité, de droit.
— Oh, oh ! Parfait ! ironisa une voix inconnue avant qu'Olympia ait pu répondre.
— Que se passe-t-il ? demanda une autre voix. Interférerions-nous dans une querelle domestique, par hasard, Thaddeus ?
— J'en ai bien l'impression, ricana l'autre personne. J'ignorais que votre fils avait un tel tempérament, Magnus... Le mariage a l'air de lui réussir !
— Par tous les diables ! grommela Jared en fixant la porte. Madame, permettez-moi de vous présenter mon père, le comte de Flamecrest, et mon oncle, Thaddeus Ryder. Messieurs, ma femme.

Olympia se retourna et se trouva confrontée à deux hommes d'âge mûr, beaux, les cheveux grisonnants, habillés avec une extrême élégance, qui lui souriaient avec un charme qui avait dû faire bien des ravages.

— Flamecrest, pour vous servir, dit le plus grand des deux en s'inclinant gracieusement. C'est un plaisir de faire votre connaissance, madame.
— Thaddeus Ryder, dit précipitamment le second. Heureux de voir que Jared s'est finalement rangé. Je suppose qu'avec tout cela, vous n'avez pas encore eu le temps de trouver l'énigmatique trésor du capitaine Jack, n'est-ce pas ?

Jared prit une expression de profond dégoût.
— Damnation, mon oncle ! N'avez-vous aucun sens de la discrétion ?

Thaddeus sembla surpris.
— Il n'y a pas à être discret, mon garçon, elle fait partie de la famille, non ?
— Et c'était, d'ailleurs, la meilleure des solutions, si tu veux mon avis, dit Magnus en adressant à Olympia un sourire à faire damner un saint. Plus besoin de venir lui voler en douce son secret... Elle se fera un plaisir de tout nous révéler, n'est-ce pas, ma chère ?

Olympia les observait avec intérêt.
— En effet. Je n'y manquerai pas, mais avant je veux que vous sachiez que quelqu'un d'autre tente de se l'approprier.

— Par les cornes du diable ! grommela Magnus, outré. C'est ce que je craignais, n'est-ce pas, Thaddeus ?

Thaddeus était sombre.

— Absolument, Magnus. Absolument. Vos prémonitions sont connues dans la famille, répondit son frère tout en observant Olympia. Avez-vous quelque idée de l'identité de cet individu, ma chère ?

Soulagée, Olympia comprit qu'elle était enfin en présence de personnes qui ne se moqueraient pas d'elle, de ses craintes et de ses intérêts.

— Cela risque de vous étonner, Sir. D'ailleurs, Chillhurst s'est refusé à me croire...

Magnus fronça le nez.

— J'ai un fils intelligent mais dépourvu d'imagination. N'en ayez cure, ma chère, et continuez.

Du coin de l'œil, Olympia vit Jared encaisser le coup. Elle feignit de l'ignorer.

— Je crains que ce personnage ne se nomme le Cerbère...

— *Le Cerbère !* s'exclama Magnus au comble de la joie.

Thaddeus semblait dépassé par les événements.

— Un cerbère, hein ?

Olympia s'empressa d'acquiescer.

— Le journal intime contient une sévère mise en garde contre un certain Cerbère.

Magnus et Thaddeus se regardèrent un instant, puis ils fixèrent Olympia.

— Bien, alors il n'y a pas lieu de s'inquiéter, ma chère ! dit Magnus avec patience.

— Absolument, renchérit Thaddeus.

Jared laissa tomber d'un ton égal.

— Le sujet est clos, messieurs.

— Pourquoi ? s'enquit Olympia troublée. Que savez-vous sur ce Cerbère ?

Magnus leva un sourcil, suivant son habitude.

— Le Cerbère se trouve être votre mari, ma chère. Mon fils aurait-il oublié de vous dire qu'il a le grand honneur de porter ce titre depuis ses dix-neuf ans ?

— Depuis qu'il a sauvé ses cousins, précisa Thaddeus.

Olympia n'en croyait pas ses oreilles. Elle était sans voix.

Lorsqu'elle reprit ses esprits, elle fit face à Jared, folle de rage.
— Je crains qu'il n'ait, en effet, omis ce petit détail !
Jared commença de se lever.
— Olympia, je vais vous expliquer...
Mais cette dernière était hors d'elle.
— Mr. Chillhurst, depuis que je vous connais, vous n'avez fait que me décevoir. J'avais mis cela sur le compte de votre tempérament si passionné et fragile... Mais là, vous allez trop loin ! Comment avez-vous pu me laisser ignorer que vous étiez le Cerbère ?
— Diable ! Olympia, cela n'avait aucun sens. Vous ne parliez que d'un fantôme attiré par le secret Lightbourne. Je n'ai rien d'un fantôme, ni d'une légende et je me fiche totalement de ce satané trésor !
— Mr. Chillhurst, laissez-moi vous dire que, loin de m'aider, vous n'avez fait qu'entraver mes recherches en refusant de vous y intéresser. Sir, vous m'ennuyez !
— Oh ! je vois, murmura Jared. Mais je ne comprends pas pourquoi le fait que mon père m'ait affublé de ce titre idiot à l'âge de dix-neuf ans ait pu changer quoi que ce soit à vos recherches...
— C'est ce que nous verrons, Mr. Chillhurst.
— Olympia ! Attendez...
Mais la jeune femme n'était pas en état d'en écouter plus. Une autre pièce du puzzle venait d'être identifiée, et elle avait besoin d'y réfléchir.
Le regard fixe, elle quitta précipitamment la pièce.

16

Magnus ne put s'empêcher de grimacer.
— Mr. Chillhurst ? Hum !
— Il arrive parfois à ma femme d'oublier que je ne suis plus son employé, laissa tomber Jared.

— Son employé ? s'étonna Thaddeus. D'où sort-elle cela ?

— C'est une longue histoire, Sir, répondit Jared en quittant son bureau. Je vous prie de bien vouloir m'excuser mais je dois aller lui parler. Comme vous avez pu le voir, c'est une femme au tempérament impétueux.

Magnus éclata de rire en se tapant les cuisses.

— Je suis heureux que vous ayez trouvé une épouse aussi intéressante, mon garçon. Inutile de vous dire que j'avais peur que vous n'ayez dégotté une de ces horribles et ennuyeuses femelles qui aurait accentué vos mauvais côtés.

— Elle paraît croire que vous êtes un homme passionné, s'étonna Thaddeus. Par tous les diables ! D'où tient-elle cela ?

— Je n'en sais rien, répliqua Jared. Je reviens, mais je dois absolument discuter avec lady Chillhurst sans plus attendre.

— Allez-y mon garçon, approuva Magnus. Nous nous servirons un petit cognac en vous attendant. Sans doute, un reliquat des fûts du capitaine Harry, je présume ?

— Oui, fit Jared. Essayez de ne pas tout boire avant mon retour.

— Prenez votre temps, petit, prenez votre temps, déclara Thaddeus.

Jared quitta la pièce et, traversant le hall dallé de marbre, emprunta l'escalier.

La porte de la chambre d'Olympia était fermée et Jared entreprit de cogner énergiquement.

— Laissez-moi tranquille ! cria Olympia. Je travaille.

— Olympia, j'ai besoin de vous parler.

— Je n'ai pas le temps de papoter sur qui doit commander ici, Mr. Chillhurst. Je suis très occupée.

— Enfer et damnation, femme ! Allez-vous cesser de me parler comme à un de vos employés !

Furieux, il donna un coup à la porte qu'il croyait fermée à clé et qui s'ouvrit sous le choc.

Olympia le regardait, assise à son écritoire.

— Je vous ai dit que j'étais occupée, Sir.

— Trop occupée pour parler à votre mari ? dit Jared en refermant la porte et en venant vers elle avec une nonchalance feinte.

Olympia était contrariée.

— Je n'ai guère envie de plaisanter en ce moment, milord. Je n'arrive pas à vous pardonner votre silence.

— Diable ! Olympia, croyez-moi, j'ai tellement rejeté l'idée d'être le Cerbère que je n'y pensais plus.

Olympia contempla un instant le bandeau de velours noir et la pitié l'envahit.

— Je comprends que ce titre soit par trop entaché de terribles souvenirs. Mais c'était une pièce importante du puzzle, la clé du mystère peut-être...

— Cela ne peut être une clé. Impossible ! Ce titre ne sort pas de la famille et je me moque éperdument de ce fichu journal et de cet hypothétique trésor. L'avertissement ne peut me concerner. Ce n'est pas sérieux.

— Voilà pourquoi vous ne m'aviez rien dit ! s'écria Olympia. Vous aviez peur que je n'interprète cet avertissement comme étant en votre défaveur.

— Je ne voulais pas vous effrayer, madame. Je ne suis pas le fantôme de capitaine Jack !

Olympia tapota nerveusement ses feuilles de papier avec son crayon.

— Je n'ai rien dit de tel. Je ne crois pas aux fantômes.

— Alors ?

— Je cherche, n'ayez crainte, milord. Je ferai la connexion à n'en pas douter. Sortez, soyez gentil, puisque cela ne vous intéresse pas. Je ne peux me concentrer en votre présence.

— Vous me jetez dehors ?

— J'ai besoin d'être seule. Seule dans *ma* chambre. Pour le moment.

— Vraiment ? fit Jared en la soulevant de terre. Et si nous allions dans la mienne ?

— Reposez-moi ! J'ai du travail.

— Certes. Mais vos obligations d'épouse passent avant tout ! tonna Jared en l'emportant dans sa chambre.

Il se dirigea vers son lit et y jeta Olympia. Le bonnet de la jeune femme chuta, libérant ses superbes cheveux roux. Ses jupes étaient retroussées, révélant ses jarretières de dentelle.

— Ma sirène, souffla-t-il plein de désir.

Il se laissa tomber sur Olympia, la plaquant sur la courte-pointe, tout son corps tendu, la tête en feu.

Olympia en fut atterrée.

— Mon Dieu ! Mr. Chillhurst, nous sommes au beau milieu de l'après-midi !

— Certains pays ne pratiquent l'amour que l'après-midi, assura-t-il.

— Croyez-vous ? s'enquit Olympia les yeux brillants. En plein jour ?

— Cette idée pourrait choquer certains esprits étroits mais, pas nous, Citoyens du Monde... Nous sommes différents.

— Certes, dit Olympia avec un tendre sourire et les yeux pleins de sensuelle invite. Nous sommes des êtres à part, Sir.

Il couvrit ses seins de menus baisers, respirant l'odeur suave de sa peau. Très vite, la passion les emporta dans un flot d'émotions incontrôlées.

Olympia ne lui en voulait plus.

Elle l'aimait. Elle l'aimait tellement.

Jared, au même instant, se demanda pourquoi la jeune femme ne lui avait jamais dit de mots d'amour. Pourquoi ?

Pourtant elle l'aimait, à n'en pas douter.

Olympia lui souriait, se donnait toute à lui, alors pourquoi penser à cela ?

— Quel bonheur que nous nous soyons trouvés, milord. Je ne crois pas qu'il y ait sur terre un homme qui puisse être aussi près de moi que vous l'êtes.

— Heureux de vous l'entendre dire, murmura Jared emporté par son désir. Car il n'y a certainement pas d'autre femme au monde qui puisse me comprendre comme vous le faites...

Quelque temps plus tard, Jared reposait, à demi allongé dans les oreillers, aux côtés d'Olympia. Il replia un de ses bras sous sa nuque et contempla le plafond avec un sentiment de profonde satisfaction.

Olympia s'étirait de son côté.

— Faire l'amour à cette heure-ci est une coutume particulièrement plaisante, n'est-ce pas ? Nous devrions recommencer souvent.

— Adopté ! assura Jared en la serrant contre lui. Si vous me jurez de ne plus me chasser de votre chambre à l'avenir...

— J'y réfléchirai à deux fois, promit Olympia.

— J'étais sérieux tout à l'heure, ma sirène. Vous pouvez faire ce que vous voulez de moi, d'un regard, d'un sourire... mais je refuse que vous me parliez comme à un domestique. Je dirige mon foyer comme je dirige mes affaires. *Je suis le Maître*, est-ce clair ?

— Tout à fait, répliqua Olympia en s'asseyant sur le lit défait sans se soucier de sa nudité. Le Maître de votre épouse...

— J'apprécie votre compréhension, madame, marmonna Jared, éperdu devant la beauté de ses seins.

— Le Maître de votre épouse... Mais Jared, vous m'appeliez votre sirène...

— Bien sûr. Vous en êtes une, assurément.

— Vous ne comprenez pas ? s'exclama la jeune femme. Vous venez de vous déclarer « Le Maître de la Sirène » ! Capitaine Jack était le maître de la Syrène et vous êtes son descendant...

Jared grommela, un peu troublé.

— Olympia, vous poussez la logique un peu loin.

— On non ! Pas assez à mon goût, lança-t-elle en sautant du lit. Je retourne immédiatement travailler. Allez, Jared, sauvez-vous, votre présence me distrait par trop.

— Madame, puis-je vous rappeler que vous êtes dans *ma* chambre ?

— Oh oui ? désolée... toutes mes excuses, bredouilla-t-elle en courant vers la porte.

Jared put contempler les courbes suggestives de son admirable corps avant qu'il ne disparaisse dans l'embrasure de la porte.

Les vêtements de la jeune femme gisaient, épars, dans la chambre. Il prit son bonnet, délicatement, entre ses doigts et sourit.

Puis son regard tomba sur l'horloge posée sur la cheminée et il vit qu'il était une heure. Il avait rendez-vous aux docks dans quarante-cinq minutes.

Damnation !

Jared s'empara de sa chemise. Le mariage était, apparemment, incompatible avec un emploi du temps rigoureux.

Trois quarts d'heure plus tard, Jared descendait d'un fiacre et traversait une rue encombrée pour gagner une petite taverne. L'homme qu'il avait engagé pour enquêter dans les docks l'attendait.

Jared s'assit, non sans avoir jeté un coup d'œil à l'accorte servante.

— Alors, Fox, quoi de nouveau ?

Fox s'essuya la bouche du revers de la manche et éructa.

— Juste ce que vous craigniez, milord. L'homme a eu de drôles d'ennuis, il y a six mois, au point que personne ne croyait qu'il remonterait un jour la pente. Puis, brusquement, s'est arrangé pour payer toutes ses dettes. Ça a recommencé il y a trois mois, même topo, tout perdu, puis tout remboursé !

— Je vois. (Jared marqua un temps d'arrêt.) Je me doutais de quelque chose mais je ne comprenais pas le pourquoi.

« Et c'était le jeu... » pensa Jared. « Chacun de nous a ses secrets. »

— Ah ! milord, soupira Fox. L'enfer du jeu... C'est triste mais ça arrive. Heureusement, celui-là s'en est sorti.

— Oui, heureusement, conclut Jared en se levant. Graves vous donnera votre dû cet après-midi, comme convenu. Merci pour ce petit service.

— De rien, milord, dit Fox en buvant une gorgée de bière. Comme je l'ai dit à Graves, j'suis à votre service.

En sortant de la taverne, Jared faillit héler un fiacre, puis changea d'avis et décida de faire quelques pas pour réfléchir à ce qu'il venait d'apprendre.

Il marcha le nez en l'air, dépassant les cafés et les auberges pleins de matelots, d'ouvriers, de voleurs à la tire et de femmes de peu de vertu. Une partie de son attention restait en éveil et il sentait le poids de sa dague le long de sa jambe.

Il pensait à ce que Fox venait de lui dévoiler. Cela n'allait pas lui faciliter la tâche, il allait devoir confronter l'homme qui l'avait trahi.

Il décida qu'il allait prendre son temps... Après tout, il n'avait pas trop d'amis.

Au même instant, un homme surgit de nulle part, le couteau à la main. Ce fut son ombre que Jared vit en premier se dessiner sur le mur de brique. Cela lui sauva, purement et simplement, la vie. La lame fendit l'air.

Furieux, l'homme reprit son équilibre pour tenter un second assaut, mais Jared l'attendait. Les lames d'acier s'entrechoquèrent, brillant sous le soleil chaud de l'après-midi.

— Y m'ont point dit que vous z'aviez une arme ! siffla l'attaquant.

Jared ne jugea pas utile de répondre et, profitant de ce que son assaillant fixait intensément la dague, lui balança un coup de botte dans le bas-ventre.

L'homme hurla de rage et de douleur. Jared se tendit en avant et son adversaire, blessé, tomba à terre.

Jared le désarma, puis lui pointa le bout effilé de son arme sur la gorge.

— Qui a loué tes services ? demanda-t-il rudement.

— J'sais point. Un homme est venu, j'sais point qui paye.

Jared eut une moue dégoûtée et rangea sa dague.

— Fiche le camp d'ici.

L'homme ne se le fit pas dire deux fois. Il sauta sur ses pieds et voulut reprendre son bien.

— Laisse ça, ordonna Jared.

L'autre s'enfuit aussitôt dans une des innombrables ruelles avoisinantes et Jared, en contemplant la lame qui brillait sur le sol, se dit qu'il ne pouvait plus remettre cette confrontation.

Une heure plus tard, Jared gravissait les marches des locaux que Félix Hartwell occupait depuis bientôt dix ans. C'est avec un sentiment de profonde tristesse qu'il poussa la porte. Il n'était pas sûr de pouvoir trouver les mots qu'il fallait. Mais, en pénétrant dans le petit bureau, il se rendit compte qu'il était trop tard, de toute façon.

Félix s'était envolé.

Il y avait une lettre sur le bureau, écrite à la hâte, qui, visiblement, lui était adressée.

« Chillhurst,

« Je viens de comprendre que vous saviez tout. Vous êtes par trop perspicace. Mais vous devez avoir quelques questions à me poser, le moins que je puisse faire est d'y répondre.

« J'ai répandu la rumeur que vous étiez en ville, en galante compagnie, dans l'espoir que, une fois découvert, vous retourniez au plus vite à la campagne. Il ne m'était pas agréable de vous savoir dans les parages.

« Mais vous avez décidé de rester à Londres et je dus trouver un autre moyen de vous escroquer de l'argent. Aussi, l'idée d'enlever le gamin m'est-elle venue et vous l'avez contrecarrée. Vous et votre sacrée perspicacité.

« Vous allez sans nul doute saisir la justice, mais j'aurai déjà quitté l'Angleterre. Je m'y suis préparé depuis des mois, dans l'attente de ce jour fatidique.

« Je regrette. Profondément. Sincèrement. Mais je n'avais pas d'autre choix.

Vôtre,
F. H. »

« P.S. Je sais que vous aurez du mal à me croire, mais je suis heureux que vous ayez pu échapper à cet attentat. C'était là le fait d'un homme désespéré. Ainsi n'aurai-je pas votre mort sur la conscience. »

Jared froissa la feuille de papier nerveusement.

Félix, mon Dieu, pourquoi ne pas avoir fait appel à moi ? Nous étions amis, à ce que je sache.

Il fixa un long moment le bureau trop rangé de Félix, avant de quitter les lieux et de se replonger dans les rues animées.

Il voulait parler à Olympia. Tout de suite. Elle seule pourrait comprendre.

— Jared, je suis tellement désolée, murmura Olympia en sortant du lit pour venir à la rencontre de son mari qui contemplait le ciel étoilé au travers de la croisée. Je ne savais pas que vous étiez aussi proches, et je comprends ce que vous devez ressentir.

— Je lui faisais confiance, Olympia. Le temps passait et j'augmentais ses responsabilités. Il était mon bras droit. Quelle erreur !

— Vous n'êtes pas à blâmer, protesta Olympia en lui passant le bras autour du cou. Passionné comme vous l'êtes, il est normal que vous ayez écouté votre cœur plutôt que votre raison.

— Notre amitié était solide. Il me connaissait mieux que quiconque. C'est par lui que j'ai connu Demetria...

— Je ne sais pas si c'est ce qu'il a fait de mieux...

— Vous ne pouvez comprendre. Personne n'a été plus frappé par notre séparation que Hartwell.

— Si vous le dites.

Olympia avait tout de suite compris que quelque chose n'allait pas lorsque son mari avait regagné la maison cet après-midi-là. Elle avait alors tenté de lui parler mais il n'avait rien voulu dire tant qu'ils n'avaient pu être seuls, le soir, dans leur chambre.

— J'ai pu comprendre, grâce à quelques investigations, que Félix était un joueur. Bien sûr, au début, il gagnait.

— Mais la chance a tourné ?

— Oui, en effet, répondit Jared en buvant son cognac. La chance tourne toujours. Il a payé ses premières dettes avec l'argent de certains de nos clients, puis il a comblé les trous avec d'autres fonds...

— Et il n'a pas éveillé les doutes.

— Non. Il a continué de jouer. Ses dettes devenaient importantes et, il y a six mois, j'ai commencé de remarquer certaines choses... Naturellement, je lui ai demandé d'enquêter.

— Il devait être intelligent pour vous avoir trompé ainsi.

— Hartwell était intelligent, sinon je ne l'aurais pas employé.

— Je me demande comment il a su que vous aviez tout découvert ?

— Quand, cet après-midi, l'attentat qu'il avait ourdi contre moi a raté.

— *Que dites-vous ?* hurla Olvmpia en l'obligeant à lui

faire face. Êtes-vous en train de m'avouer que quelqu'un a essayé de vous tuer ?

Jared sourit devant sa panique.

— Calmez-vous, chérie, je suis là.

— Nous devons faire quelque chose !

— Que suggérez-vous ? s'enquit poliment Jared.

— Pourquoi ne pas saisir la justice ? Ou louer les services d'un détective. Nous devons le faire mettre en prison...

— Je doute que cela soit faisable. Hartwell a tout prévu, il a déjà quitté l'Angleterre.

— Vraiment ? En êtes-vous sûr ?

— Je pense. C'est logique, et Hartwell est un homme logique.

— C'est ennuyeux. J'aurais voulu qu'il paye pour ses actions. Ce monstre !

— Ce n'était qu'un homme désespéré, poursuivi par ses créanciers, menacé même...

— Bah ! vous êtes trop naïf, milord. C'est un monstre. Quand je pense à quoi vous avez échappé, je remercie Dieu...

Les yeux de Jared se mirent à briller.

— Je vous remercie de me porter si grand intérêt.

— Ne prenez pas cela pour de la politesse. Il est normal que je me préoccupe de votre sort.

— En vérité. Les épouses se doivent d'être effrayées quand leurs maris manquent de perdre la vie...

— Jared, de qui vous moquez-vous ?

— De personne. Je voulais seulement savoir si vous étiez vraiment concernée.

Elle le regarda, consternée.

— Quelle stupidité !

— Ah ? pardonnez-moi, je ne suis pas dans mon état normal aujourd'hui. Trop d'émotions, sans doute...

— Comment pouvez-vous vous demander si je me fais du souci pour vous ? reprit-elle, outrée.

Jared sourit.

— Vous êtes loyale envers vos employés, n'est-ce pas, Madame ?

— Vous êtes plus qu'un simple employé, Sir. Vous êtes mon mari, protesta-t-elle.

— Ah ! Heureux de vous l'entendre dire.
Il posa son verre de cognac et la prit dans ses bras.

17

Mrs. Bird posa la cafetière sur la table du petit déjeuner et jeta un œil maussade alentour.
— La cuisinière voudrait savoir combien y a de gens à dîner ce soir, votr' seigneurie. Faudrait point qu'il nous en tombe sans prévenir.
Jared prit sa tasse de café.
— Dites à la cuisinière qu'étant donné les gages reçus, je m'attends à avoir un service parfait. Ce sont, sans contexte, les gages les plus élevés de Londres... N'est-ce pas, Mrs. Bird ? Nous serons tous là à dîner, soit dit en passant.
— Bien, votr' seigneurie. Mais ne me blâmez pas si elle brûle la soupe !
Jared leva le sourcil.
— Si elle brûle la soupe ce soir, demain elle se cherchera un nouvel emploi. Et cet avertissement vaut pour tout le monde.
Mrs. Bird renifla un coup et s'en fut.
— Soyez gentille de prendre le chien avec vous ! cria Jared.
La gouvernante s'arrêta net.
— Avec tous les domestiques que vous avez engagés, est-ce que j'dois toujours veiller à tout ? J'vous le demande ? s'exclama-t-elle en claquant dans ses doigts pour appeler Minotaure. Sortez de là, monstre. Z'avez point assez eu de saucisses ?
Minotaure sortit de son repaire, la gueule pleine des restes du petit déjeuner. Ethan regarda Jared d'un air innocent.
— Ce n'est pas moi, Sir. Sur mon honneur !
— En effet. Je sais qui a fait cela, répliqua Jared avec un

coup d'œil réprobateur à son père. Nous essayons de faire perdre l'habitude à ce chien de manger à table, Sir. J'apprécierais que vous ne l'encouragiez point.

— Vous avez raison, mon garçon. Puis-je vous demander où vous avez trouvé cette gouvernante ? s'enquit Magnus. C'est une grande gueule qui ne montre guère de respect envers ses employeurs.

— Elle faisait partie du lot, répondit Jared sans réfléchir.

Robert manqua s'étouffer de rire.

Olympia daigna lever les yeux de ses œufs au plat.

— Ne le prenez pas mal. Mrs. Bird est à mon service depuis toujours et je ne sais ce que je ferais sans elle.

— Vous feriez mieux d'en changer, suggéra Thaddeus.

— Je ne me séparerai jamais d'elle, riposta Olympia.

Jared, les coudes sur la table, les doigts croisés, regardait son père, l'air songeur.

— Pourquoi vous préoccuper de Mrs. Bird, Sir ? demanda-t-il froidement. Elle a parfois un bon sens que je partage. Par exemple, quand elle demande combien de temps, vous et oncle Thaddeus comptez rester.

Magnus prit l'air offensé.

— Essayeriez-vous de nous chasser, mon fils ? Nous venons d'arriver...

— Vous feriez mieux d'être patient, grimaça Thaddeus, car nous ne comptons pas partir avant que votre femme n'ait trouvé le secret Lightbourne. Cela risque de prendre un certain temps...

— C'est bien ce qui m'effraie, répliqua Jared en fixant sa femme. J'espère que vous viendrez à bout de vos recherches très rapidement, ma chère, sinon nous allons devoir les supporter indéfiniment.

— Je fais de mon mieux, milord, rougit Olympia embarrassée.

Pourtant ses hôtes ne semblaient pas frappés par la rudesse de Jared.

— Je m'en remets à vous, alors, fit Jared qui cherchait désespérément sa montre dans sa poche. Je devrais m'en acheter une... C'est l'heure de vos leçons, les garçons ! Géographie et mathématiques, ce matin.

— Comme c'est ennuyeux, grommela Thaddeus.

— Ça, c'est Jared tout craché, ironisa Magnus. Donnez-lui une parfaite matinée d'été et il vous la transforme en cours de géographie et de mathématiques !
Robert jeta un regard innocent vers Jared.
— Sir, nous vous demandons de bien vouloir nous excuser pour ce matin, mais sa seigneurie, le comte, nous a expliqué qu'à notre âge nous devrions aller pêcher tous les matins d'été...
— En effet, reprit Ethan. Et oncle Thaddeus nous a raconté, qu'au même âge, il faisait voguer des bateaux de papier sur la rivière.
— Et il pratiquait l'escrime, rajouta Hugh.
— Vous pouvez quitter la table, leur ordonna Jared sans se troubler. Vous avez cinq minutes pour rejoindre la salle de classe et ouvrir vos cahiers.
— Oui, milord, dit Robert en se levant et le saluant.
— Oui, milord, fit Ethan en sortant précipitamment.
— Oui, milord, clama Hugh en suivant ses frères.
Jared attendit qu'ils soient sortis pour regarder son père et son oncle d'un air réprobateur.
— Ici, nous respectons des règles simples mais inflexibles. Des règles que j'édicte, et l'une d'entre elles est que les garçons aient leurs leçons le matin. Je vous serais reconnaissant de ne plus interférer à l'avenir.
Olympia fut choquée par la rudesse de son mari.
— Chillhurst, vous vous adressez à vos aînés !
— Elle a sacrément raison, fils. Vous devriez montrer un peu plus de respect s'il vous plaît, grommela Magnus.
— Vous êtes assez intelligent pour ne pas être insolent avec vos parents, approuva Thaddeus.
Jared se leva et dit à Olympia.
— Ne vous mêlez pas de cela, madame. J'ai l'habitude de traiter avec eux deux et je peux vous assurer que, si je ne me montre pas très clair dès le début, ils auront vite fait de convertir cette demeure paisible en une sacrée ménagerie...
— Je ne peux le croire... hésita Olympia.
— Croyez-moi, c'est plus sûr. Je les connais de longue date... Bonne journée, ma chère. Je vous reverrai au déjeuner, fit Jared en prenant congé de son oncle et de son père d'un signe de tête.

— Eh bien, bon voyage, fils ! ajouta Magnus. Pour notre part, nous ne bougerons pas d'ici.

— C'est bien ce que je craignais, marmonna Jared en quittant la pièce, laissant Olympia seule avec les deux hommes.

— Chillhurst adore l'ordre, crut bon d'expliquer la jeune femme.

— Ne cherchez pas à vous excuser, ma chère, dit Magnus. Ce garçon a toujours été coincé. Sa mère et moi en étions désespérés parfois.

— C'est un bon gamin, assura Thaddeus, mais qui détonne du reste de la famille.

— Comment cela ? s'enquit Olympia, intriguée.

— Il a le sang froid, laissa tomber Magnus avec tristesse. Il a éteint la flamme des Flamecrest, si vous voyez ce que je veux dire. Toujours à courir après un rendez-vous, à consulter sa sacro-sainte montre... Pas d'émotions trop violentes, surtout pas de passions. En un mot comme en cent, un canard boiteux.

Olympia fronça les sourcils.

— Je crains que vous n'ayez rien compris à Chillhurst.

— Oh, que si ! répliqua Thaddeus. C'est lui qui ne nous comprend pas.

— C'est un homme sensible, aux émotions violentes...

— Bah ! On ne dirait pas qu'il a du sang de flibustiers dans les veines, mais c'est un bon garçon malgré tout... protesta Thaddeus. Au fait, qu'est-il arrivé à sa montre ?

— Il l'a offerte en rançon lorsque mon neveu fut enlevé, laissa tomber Olympia.

Magnus parut surpris.

— Ne me dites pas qu'il a poursuivi des méchants, la dague entre les dents, un pistolet dans chaque main ? Qui était à l'origine de l'enlèvement ?

— Chillhurst a soupçonné un de ses proches qui a quitté le pays depuis. Pour ma part, je serais plus encline à croire qu'il s'agit de la personne qui cherche le journal Lightbourne.

— Ahhh ! s'écria Magnus en tapant fortement sur la table du plat de la main. Ce journal doit être, en effet, à l'origine de tout. Je sens, Thaddeus, que nous frôlons la vérité.

Les yeux de Thaddeus se mirent à briller.

— Dites-nous où en sont vos recherches, jeune fille. Peut-être Magnus et moi pourrions-nous vous aider ?

Olympia fut brusquement submergée de joie.

— Cela serait merveilleux ! J'apprécierais vraiment. Chillhurst n'a jamais daigné m'écouter.

Magnus secoua lourdement la tête.

— C'est mon fils tout craché, aussi excitant qu'une carpe. Alors ?

— J'ai presque tout décrypté, mais certaines phrases me laissent perplexe.

— Lesquelles ?

— Celle où le Maître de la Syrène doit faire la paix avec le Maître du Serpent de Mer. Je suppose qu'il s'agit de capitaine Jack et de Yorke.

— Trop tard pour les réconcilier, ricana Thaddeus. Ils sont sous terre depuis trop longtemps.

— Mais pas leurs descendants... expliqua Olympia. J'ai trouvé une moitié de carte, ils doivent avoir l'autre partie.

— Alors, nous ne sommes pas près de découvrir le trésor ! gémit Magnus.

— Damnation ! cria Thaddeus en frappant la table à son tour. Être si près du but..

— Pourquoi être si négatifs ? s'inquiéta la jeune femme.

— On ne risque pas de trouver le descendant de Yorke. Il n'a pas été foutu de faire un fils.

Olympia ne put répondre car Graves arrivait sur ces entrefaites.

— J'vous demande pardon, madame, dit-il en lui tendant un petit plateau d'argent. Le courrier du matin...

Olympia lui fit signe de s'en aller.

— Sa seigneurie verra cela plus tard.

— Bien, madame.

— Attendez un instant, fit Magnus. Voyons ce qu'il y a là.

— Des invitations, comme toujours, expliqua Olympia, énervée par cette interruption.

— Vraiment ? Votre vie n'est plus qu'une fête, alors ? demanda Thaddeus.

— Non, répondit Olympia, surprise. Chillhurst les met toujours au panier.

— C'est bien lui, marmonna Magnus. Ce garçon n'a jamais su s'amuser. Regardons ça... Y aurait-il une soirée intéressante en ville, Thaddeus ?
— Quelle bonne idée !
— Je ne crois pas... explosa Olympia en voyant Graves poser les cartons sur la table.
— Vous avez intérêt à prendre un peu de bon temps, ma chère, si vous voulez passer le reste de votre vie avec Chillhurst, lui répondit Magnus affectueusement.
— Bien, si vous insistez. Quelqu'un pourrait-il me passer un couteau pour ouvrir ceci ?
Deux dagues apparurent simultanément.
— Voici, ma chère, dit Magnus.
— Est-ce une habitude chez les Flamecrest d'être ainsi armé ?
— Absolument. Une tradition familiale, assura Thaddeus.
— Évidemment, celle de Jared est spéciale, puisqu'il s'agit de la dague de capitaine Jack.
— Oh, vraiment ? releva Olympia oubliant les cartons d'invitation. Je n'avais pas réalisé.
— Cette dague a sauvé bien des vies dans la famille. Sacré capitaine Jack... Il méritait bien son surnom de Cerbère.
— *Cerbère* ? insista Olympia en sautant sur ses pieds. Mais je croyais que c'était Jared, le Cerbère ?
— Oui, aussi. C'est le titre attribué à celui de la famille qui hérite de cette arme.
— Par tous les saints ! marmonna Olympia.
— Que se passe-t-il, jeune fille ? s'enquit Thaddeus.
— Je ne sais... L'autre énigmatique phrase était « Craignez le baiser mortel du Cerbère lorsque vous percerez son cœur à la recherche de la clé »... Je dois inspecter cette lame absolument.
Elle se rua vers la porte, mais déjà les chaises grinçaient derrière elle.
— Vite, souffla Thaddeus. Magnus, elle est sur une piste !
— Suivons-la, mon frère.
Mais Olympia ne les avait pas attendus. Elle avait grimpé

les marches deux par deux et avait atteint le troisième étage. Elle ouvrit brutalement la porte de la salle de classe qui claqua, contre le mur, sous la poussée.

Les garçons, atterrés, la regardèrent. Jared vit aussitôt la lueur d'excitation qui brillait dans les yeux de la jeune femme.

— Quelque chose ne va pas, ma chère ?
— Oui ! Euh... non ! bafouilla Olympia qui entendait les vieux messieurs monter à leur tour. Chillhurst, vous serait-il très désagréable que je jette un coup d'œil à votre dague ?

Jared nota la présence de ses parents et s'inquiéta.
— Mais que se passe-t-il ici ?
— Que je sois damné si je comprends ! persifla Magnus. Cette fille est plus rapide que le vent.

Jared regarda sa femme d'un air réprobateur.
— Si cela concerne votre fichu journal, ma chère, cela pourra attendre cet après-midi. Je n'admets pas que mes cours soient interrompus.

Olympia rougit.
— Je sais, milord, mais la chose est d'importance. Puis-je examiner votre dague ?

Jared hésita un instant puis obtempéra avec une évidente résignation. Il traversa la pièce pour aller la chercher dans son habit. Sans un mot, il la tendit à Olympia.

Elle la prit précautionneusement et en étudia le dessin.
— *Craignez le baiser mortel du Cerbère*, murmura-t-elle. Votre père m'a appris qu'elle appartenait à votre arrière-grand-père, surnommé, lui aussi, le Cerbère.

Jared lança un regard ironique à son père.
— Encore une de vos légendes idiotes.
— N'y a-t-il pas moyen de dévisser le manche ? demanda-t-elle.
— Non, répliqua Jared. Pourquoi ?
— Parce que je veux percer le cœur du Cerbère.

Jared reprit l'arme et, les yeux dans les siens, marmonna :
— Bien, je vois qu'il n'y a pas d'autre façon de satisfaire votre insatiable curiosité.

Olympia lui adressa un de ses merveilleux sourires.

— Merci, Sir.
Ce fut fait en un instant et Jared resta ébahi.
— Par tous les diables !
— Que se passe-t-il ? demanda Robert vivement. Que voyez-vous, Sir ?
— Oui, qu'y a-t-il ? s'inquiétèrent Hugh et Ethan.
— Je rends hommage à ma femme, laissa tomber Jared amusé.
Olympia s'empara du manche creux et en extirpa un morceau de papier soigneusement plié.
— Diable ! grommela Thaddeus.
— Dépliez, jeune fille. L'attente risque de me tuer, soupira Magnus.
Les doigts tremblants, Olympia s'exécuta.
— Je suppose que ces chiffres indiquent la longitude et la latitude de l'île mystérieuse où est enfoui le trésor.
Jared retourna vers le globe terrestre.
— Dites-les-moi.
— Cela doit se trouver dans les Antilles, supposa-t-elle après les avoir lus à haute voix.
— En effet, au nord de la Jamaïque. Et cela risque d'être exact car capitaine Jack était un fabuleux navigateur...
— Mon Dieu, fils ! s'exclama Magnus. Votre épouse a réussi. Elle a trouvé la clé du mystère !
— On le dirait, dit Jared doucement.
— Pas encore, protesta Olympia.
Tous se retournèrent vers elle.
— Que dites-vous ? protesta Thaddeus. Mais nous avons entre les mains les informations nécessaires pour voguer vers cette damnée île où capitaine Jack a enterré son trésor.
— Nous n'avons qu'une moitié de carte, précisa Olympia. L'autre est toujours manquante. Et je suis de plus en plus convaincue que ce sont les descendants de Yorke qui l'ont.
— Alors, tout est perdu ! cria Magnus en tapant du poing. Il n'y a pas le moindre satané descendant.
— On pourrait peut-être entreprendre des fouilles sur toute l'île, proposa Thaddeus avec espoir.
Jared lui lança un regard moqueur.

— Nous pouvons vous aider, Sir, avança Robert.
— Nous savons fort bien bêcher, assura Hugh.
— Minotaure aussi, dit Ethan.
— Suffit ! lança Jared en levant la main pour obtenir le silence. Olympia a raison de vouloir continuer ses recherches.
— Nous devons essayer de trouver la branche Yorke, insista Olympia après un dernier coup d'œil sur le papier qu'ils venaient de trouver.
— Cette branche est éteinte, protesta Magnus renfrogné.
— Même pas l'ombre d'une fille ? ironisa Olympia.
Un silence de plomb s'abattit sur la pièce.
— Damnation ! Je n'y avais pas pensé... reconnut Thaddeus.
— Une fille peut aussi bien transmettre un secret de famille qu'un garçon, ricana Olympia. Justement, pas plus tard qu'hier, Mr. Seaton m'expliquait que sa grand-mère avait fort bien su diriger un empire naval, hérité de son père.
Jared devint de marbre.
— Je ne veux plus entendre prononcer ce nom, Olympia. Est-ce compris ?
— Oui, bien sûr. Pardonnez-moi, fit Olympia en se préparant à sortir. Je dois retourner à mes recherches. Je veux vérifier un ou deux points.
Les deux vieux messieurs se précipitèrent sur ses talons.
— Permettez-nous de vous aider, cria Magnus !
— Non, merci. Je vous avertirai si je trouve quelque chose.
— Bien, dit Thaddeus. Je suppose que nous allons devoir trouver un autre genre de divertissement... Jared ? Qu'êtes-vous en train d'apprendre à ces gamins ?
— Je ne tolérerai aucune présence ici, répliqua Jared.
— Ce garçon a toujours été un rabat-joie, marmonna Magnus en tenant la porte à sa belle-fille. Prévenez-nous, ma chère, lorsque vous serez libre.
— Qu'allez-vous faire aujourd'hui ? s'enquit-elle.
Les deux hommes échangèrent des regards de connivence.

— Nous allons nous occuper des invitations qui nous attendent en bas, fit Magnus avec un grand sourire, car je suppose que mon fils n'a pas jugé utile de vous introduire dans la haute société ?

Jared jura entre ses dents.

— Olympia n'est pas mondaine, Sir.

— Comment pouvez-vous dire cela ? demanda Magnus. Elle n'a jamais essayé. Retournez à vos maudites leçons, fils ! Et laissez-nous la vie sociale de votre épouse...

Olympia paraissait effrayée.

— La vérité est que je n'ai rien à me mettre...

Magnus lui tapota l'épaule d'un geste protecteur et affectueux.

— Laissez-nous arranger ça aussi, ma chère. Nous étions connus dans notre jeunesse pour notre goût parfait et nos femmes, pour leur beauté exceptionnelle... Paix à leurs âmes ! N'est-ce pas, Thaddeus ?

— Absolument, Magnus, répondit-il en commençant de fermer la porte. Au fait, mon garçon, nous commanderons le tailleur pour cet après-midi... Vous ne voulez pas que votre épouse continue de ressembler à une provinciale, je suppose ?

— Allez au diable, mon oncle ! commença Jared.

Mais la porte claqua avant qu'il n'ait pu leur dire ce qu'il pensait d'eux.

— Courez, ma chère, déchiffrer votre journal. Nous allons envoyer chercher une modiste en vogue, quelques jolis colifichets et, en moins de temps qu'il ne faut pour le dire, vous serez dotée de toilettes convenables.

— Merci, laissa tomber Olympia distraitement. Excusez-moi, mais je dois vraiment aller travailler...

Son esprit vagabondait déjà vers de nouvelles pistes.

Bien malgré lui, le soir suivant, à neuf heures tapantes, Jared attendait dans le hall, en habit de soirée. Le cabriolet était arrêté en bas des marches de l'hôtel particulier, prêt à transporter le clan Flamecrest au bal que donnaient lord et lady Huntington.

Jared ne les connaissait pas particulièrement, mais son

père avait assuré que lady Huntington était une de ses vieilles amies.

— Personne mieux qu'elle n'expliquera à Olympia comment être dans le ton. Elle est l'hôtesse la plus prisée de la bonne société.

— Ridicule, avait marmonné Jared. Olympia est très bien comme elle est, et n'apprécie guère les sorties.

— Vous ne connaissez rien aux femmes, mon fils, avait dit Magnus, désespéré. Vous ne croyez quand même pas pouvoir garder pour vous seul une telle femme d'esprit ?

— Dois-je comprendre que vous appréciez votre belle-fille ?

— Elle est parfaite ! s'était écrié Magnus.

Jared se prit à sourire à l'évocation de cette discussion. Puis il jeta un coup d'œil à l'horloge. Personne n'était encore descendu. Quant à sa femme, il ne l'avait pas revue depuis le déjeuner.

Il avait hâte de voir sa toilette. Il savait que son oncle et son père avaient longuement parlementé avec la modiste, la veille, et qu'une robe avait été livrée à cinq heures ce jour, ainsi qu'une profusion de boîtes mystérieuses.

Graves fit son apparition, l'air plus renfrogné que jamais.

— Vous demande pardon, milord. Un message pour vous...

Jared prit le morceau de papier, un peu étonné.

— Par tous les diables ! Qu'est-ce que cela veut dire ?

— Je n'en sais rien, milord. Le garçon a dit que c'était urgent.

Jared ouvrit la feuille et lut.

« Sir,

« Ai le regret de vous informer que le gentleman en question a pas quitté le pays. Un compère l'a vu pas plus tard qu'il y a une heure. Je pense qu'il a dû retourner dans sa tanière. Vous feriez bien de m'y rejoindre le plus vite possible. J'attendrai dans la ruelle derrière l'entrepôt.

Votre, Fox. »

Jared jeta un regard ennuyé vers l'escalier avant de dire à Graves :

— Cela a trait à notre problème, Graves. Surtout ne

dites rien à ma femme. Elle s'inquiéterait inutilement. Prévenez-la que je la rejoindrai au bal, un peu plus tard.
— Vous avez raison, Sir, répondit Graves en lui ouvrant la porte. Puis-je vous accompagner ?
— Non, Fox est là-bas.
Jared sortit en se demandant ce qu'il ferait lorsque Félix Hartwell se tiendrait devant lui.

18

— C'est bien ce que je craignais, dit Thaddeus en regardant la foule qui remplissait la salle de bal. Voilà ce que votre imbécile de fils a fait.
— Enfer et damnation ! grommela Magnus en se consolant dans le champagne. Je savais qu'il n'était pas mondain mais je le croyais assez gentilhomme pour sauver les apparences et ne pas humilier ainsi Olympia.
— Je ne me sens pas humiliée, protesta cette dernière. Je suis certaine que Chillhurst a de bonnes raisons de ne pas être là. Vous avez entendu Graves, il a reçu un message urgent.
— Bah ! Les seules urgences de mon neveu sont ses affaires, marmonna Thaddeus en dévorant Olympia du regard. Il ne sait pas ce qu'il a manqué. Le jeune Robert avait raison, vous ressemblez à une princesse de conte de fées. N'est-ce pas, Magnus ?
— Absolument, approuva son frère avec un sourire à faire damner un saint. Un diamant de la plus pure eau, ma chère. Demain, vous serez la coqueluche de Londres ! Cette fichue modiste n'avait pas tort de préconiser le vert émeraude.
— Heureuse que vous appréciez, milord ! Il est vrai que je me sens transformée, ce soir.
Elle portait une robe de soie absolument féerique dont le bustier descendait très bas et qui dégageait ses gracieuses

épaules. Ses cheveux avaient été coiffés en un élégant chignon, orné de fleurs de satin vertes, laissant quelques légères boucles flotter autour de ses oreilles. Ses mules et ses longs gants de peau étaient assortis à la couleur de sa toilette.

Thaddeus, Magnus et la modiste étaient tombés d'accord pour dire que les seuls bijoux possibles étaient de splendides pendentifs d'émeraude. Olympia avait tenté de leur expliquer qu'elle ne possédait pas pareille fantaisie.

— Je m'en occupe, avait promis Thaddeus.

Et il avait apporté l'après-midi même du bal une spectaculaire paire de boucles d'oreilles en diamants et émeraudes. Olympia en avait été atterrée.

— Par tous les saints! Où avez-vous trouvé cela?

Thaddeus avait pris un air contrit.

— C'est un cadeau, jeune fille.

— Je ne peux accepter un tel présent, Sir!

— Ne vous préoccupez pas de cela... c'est votre mari...

— Jared m'a offert cela? Il les a choisies?

— Pas tout à fait... mais il les a payées.

— Oh! avait laissé tomber Olympia déçue.

— C'est pareil, avait protesté Thaddeus. Chillhurst est charmant, mais n'a pas d'idées.

— C'est exact, jeune fille, avait approuvé Magnus. Il n'a jamais suivi la mode, mais c'est le seul, depuis capitaine Jack, qui ait le sens des affaires!

— Ça! Toute la famille dépend de lui...

— Alors, s'était écriée Olympia, montrez-lui un peu plus de respect, Sir!

— Oh! Mais nous adorons ce garçon, n'en doutez pas. Mais il ne nous ressemble en rien.

Lorsque Olympia était enfin descendue dans le hall, Ethan, Hugh et Robert en étaient restés saisis.

— Ouah! Vous êtes magnifique, tante Olympia, avait sifflé Hugh.

— La plus belle femme du monde, avait assuré Ethan.

— Une vraie princesse de conte de fées, avait conclu Robert.

Olympia avait été touchée de leur admiration et cela l'avait consolée du départ inattendu de Jared.

Elle espérait maintenant avec impatience l'arrivée de son mari au bal.

— Attention, voici Parkerville, annonça Magnus. Il va vouloir être présenté et obtenir une danse, comme les précédents, dit-il en jetant un regard vers Olympia. Êtes-vous sûre de ne pas vouloir vous dégourdir les jambes, ma chère ?

— Je ne sais pas danser, répliqua la jeune femme. Mes tantes ont préféré m'enseigner le grec, le latin et la géographie.

— Nous devrons nous occuper de ce petit problème très vite, souffla Thaddeus tandis que l'homme s'approchait. Dès demain, j'engage un professeur de danse.

— Je m'occupe de Parkerville, proposa Magnus. Bonsoir, Parkerville. Cela fait un siècle que nous ne nous sommes vus. Comment va votre charmante épouse ?

— Elle est morte, merci, dit le vieil homme en détaillant Olympia. J'avais entendu dire, Flamecrest, que vous aviez enfin une belle-fille. Votre fils nous l'a bien cachée jusqu'à présent... maintenant, je comprends pourquoi. Auriez-vous l'obligeance de me présenter ?

— Bien sûr, dit Magnus qui s'exécuta d'un air résigné.

Lord Parkerville garda la main gantée d'Olympia dans la sienne.

— Enchanté, madame. Puis-je avoir cette danse ?

Olympia sourit vaguement en récupérant de force sa main.

— Impossible, Sir.

Parkerville eut l'air désespéré.

— Une des prochaines, peut-être ?

— J'en doute, répliqua Magnus avec un plaisir évident. Ma belle-fille est très difficile dans le choix de ses partenaires.

— Vraiment ?

— Oui, vraiment, répondit Magnus avec un sourire benoît. D'ailleurs, elle n'a pas dansé de la soirée.

— J'avais remarqué. Comme tout le monde ici... nous attendons tous avec impatience de voir l'heureux élu.

— Sir, je ne...

— Lady Chillhurst ! s'écria lord Aldridge, émergeant de la foule. Ravi de vous voir ici ce soir !

Magnus prit l'air choqué.

— Connaissez-vous cet homme, ma chère ?

— Oui, bien sûr... heureuse de vous rencontrer, Sir. Votre femme est-elle là ?

— Quelque part par là... Puis-je vous inviter à danser, madame ? J'aurais l'honneur d'être le premier à...

— Non, merci. Voyez-vous, je...

— *Olympia !* Pardon, lady Chillhurst ! s'exclama Gifford Seaton en s'approchant. J'ai entendu dire que vous étiez ici ce soir... On ne parle que de vous. Permettez-moi, madame, de vous dire combien vous êtes ravissante.

Magnus le fusilla du regard.

— Vous êtes le jeune Seaton, sans doute ? Je me souviens vous avoir rencontré quand votre sœur était fiancée à mon fils.

— Oui, je me souviens, marmonna Thaddeus. Je doute que Chillhurst apprécie que l'on vous introduise auprès de lady Chillhurst, aussi nous en abstiendrons-nous. Bonsoir.

Gifford lui jeta un regard méprisant.

— Lady Chillhurst et moi avons déjà été présentés. Nous partageons les mêmes intérêts. N'est-ce pas, madame ?

— Certes, répondit Olympia en sentant l'atmosphère s'alourdir. S'il vous plaît, messieurs, pas de scène inutile.

Magnus et Thaddeus parurent dégoûtés.

— Si vous l'entendez ainsi, marmonna Magnus.

— Lady Chillhurst et moi sommes membres de la *Société des explorateurs*, expliqua Seaton.

Magnus grimaça. Thaddeus regarda le plafond.

— Je vous en prie, intima Olympia. Mr. Seaton a les mêmes droits que quiconque ici.

— Merci, madame, sourit Seaton. Puis-je vous inviter à danser ?

— Très volontiers, mais j'ai peur de devoir refuser... J'aimerais vous parler un instant, Sir.

Le sourire de Gifford devint triomphant.

— Avec plaisir, madame, laissez-moi vous conduire au buffet.

Olympia prit son bras et vit Magnus ciller et Thaddeus se renfrogner.

— Je ne serai pas longue, milord, précisa Olympia au comte. Excusez-moi, mais je dois discuter de choses importantes avec Mr. Seaton.

— Bien, bien, bien ! murmura Parkerville. Voilà un fait intéressant, n'est-ce pas ?

Magnus et Thaddeus se tournèrent vers lui, l'expression menaçante.

— Venez, Seaton, pressa Olympia. J'ai quelques questions à vous poser.

— Oui ?

— Au sujet de votre montre.

— Pardon ? s'étonna Seaton.

— A quoi correspond ce dessin de serpent de mer ?

— Diable ! grommela Gifford en s'arrêtant brusquement près des portes-fenêtres. Vous êtes au courant ?

— Je le crains, répondit gentiment Olympia. Vous êtes l'arrière-petit-fils de Yorke...

Gifford, effaré, se passa une main dans les cheveux.

— Enfer et damnation ! Je subodorais que vous trouveriez la vérité, que vous sauriez assembler les pièces du puzzle.

— N'ayez crainte, Mr. Seaton. Nous travaillerons de concert, dit Olympia qui l'observait avec curiosité. Puis-je vous demander pourquoi vous avez tenu votre identité secrète ?

— Mon identité ? Je m'appelle Seaton. Évidemment, je n'ai jamais dit à Chillhurst que Yorke était mon arrière-grand-père.

— Pourquoi ?

— Parce que nos ancêtres étaient ennemis jurés ! explosa Gifford. Ryder a toujours cru que Yorke l'avait donné aux Espagnols, mais c'est faux. C'était quelqu'un d'autre... De toute façon, Ryder s'en est tiré et il est revenu à Londres en homme riche.

— Mr. Seaton, baissez le ton !

Gifford rougit et se rendit compte, tout à coup, qu'il était le point de mire de la salle.

— Lady Chillhurst, nous ferions mieux d'en discuter dans les jardins. Cela sera plus discret.

— Bien sûr, fit Olympia, troublée par la colère de Gifford. Je comprends, Mr. Seaton, mais cette vieille histoire s'est passée il y a des lustres.

— Vous avez tort, madame. Rien n'est fini. Les Flamecrest ont toujours juré que les Yorke n'auraient pas l'autre moitié de la carte, l'autre moitié du trésor...

— Qu'en savez-vous ?

— Ma grand-mère nous a laissé un avertissement avec sa moitié de plan.

— Ainsi, vous l'avez !

— Certes. C'est la seule chose que mon père nous ait léguée, et uniquement parce qu'il en ignorait la valeur marchande. Ma grand-mère a tenté de se réconcilier avec les Flamecrest, en vain. Elle a poussé mon père à faire de même, au nom de l'admirable amitié qui avait existé entre Yorke et Ryder.

— Elle a fait cela ? s'étonna Olympia.

— Faites confiance aux femmes pour tenter l'impossible. Mais Harry, le fils de capitaine Jack, refusa l'armistice et clama que les Yorke et leurs descendants n'entreraient jamais en possession de leur moitié d'héritage. Question d'honneur !

— Voilà le pourquoi de votre hostilité, déclara Olympia.

— Flamecrest a tout, nous n'avons rien. *Rien !*

— Tout comme le comte de Flamecrest, si son fils ne s'était mêlé de reconstruire leur fortune, rétorqua Olympia. Mais il y a une chose que je ne saisis pas bien, pourquoi avoir voulu que votre sœur épouse Jared, si vous le détestiez tant ?

— Elle n'entendait pas l'épouser. Elle voulait simplement se rapprocher de lui, être en bonne place...

— Je n'y entends rien !

Gifford montra des signes d'impatience.

— J'avais convaincu Demetria de le rencontrer. Nous avions entendu dire que Chillhurst cherchait femme. Demetria a profité d'une de leurs relations communes...

— Félix Hartwell ! s'écria Olympia, comprenant tout.

— Absolument. Demetria est très belle, elle n'eut aucun mal à le persuader.

— Ainsi, Hartwell fit en sorte que votre sœur reçoive une invitation pour l'île de Flame, continua Olympia.

— Naturellement, je l'accompagnai. Je pensais qu'une fois là-bas, j'aurais l'opportunité de m'emparer de l'autre moitié du plan, dit Gifford avec un doux rire. Mais nous n'étions là que depuis quelques jours quand Chillhurst demanda Demetria en mariage ! Ma sœur accepta pour gagner du temps.

— Mon Dieu, murmura la jeune femme. J'ignorais que Chillhurst ait pu chercher une épouse de cette façon, si calculée, si froide... Ce n'est pas lui...

— C'est tout à fait lui ! ricana Gifford. Cet homme a du sang de navet dans les veines.

— C'est faux ! protesta Olympia. Il a dû avoir un coup de foudre, cela ne s'explique qu'ainsi. Il ne l'aurait point demandée en mariage, sinon.

Gifford la regarda comme si elle était simple d'esprit et préféra ne pas répondre.

— En tout cas, vous n'avez rien trouvé, continua Olympia avec une froide satisfaction. Juste retour des choses...

— Je n'avais pas d'autre moyen d'agir, protesta rageusement Gifford. Les Flamecrest et leur satané honneur !

Olympia fronça son petit nez.

— Il est évident que nous sommes en présence de deux familles follement passionnées... Il est temps de faire la paix, n'est-ce pas, Mr. Seaton ?

— Jamais, s'écria Gifford, le regard mauvais. Pas après ce que Chillhurst a fait à ma sœur. Jamais je n'oublierai, jamais je ne pardonnerai.

— Enfin, Mr. Seaton ! Votre sœur n'entendait pas l'épouser au début, et vous, vous vous serviez d'elle comme d'un appât. Ne jouez pas les offensés !

— Chillhurst l'a insultée, s'indigna Gifford, en brisant leur engagement pour une question d'argent. Et ce couard a refusé de se battre...

Olympia posa la main sur son bras, en signe d'apaisement.

— C'est un sujet délicat, mais j'insiste pour vous dire qu'il ne peut s'agir d'argent.

— C'est ce qu'il a proclamé à l'époque. Mais pourquoi avoir rompu, un après-midi, comme ça ?

— Sans avertissement ?

— Demetria, lady Kirkdale et moi-même avons été priés de partir sur-le-champ !

Olympia resta sans voix.

— Lady Kirkdale était avec vous à l'île de Flame ?

— Bien sûr, s'irrita Gifford. Il y avait bon nombre d'invités, et lady Kirkdale, qui est une vieille amie de ma sœur, était venue avec elle. Elles ne se quittent jamais. D'ailleurs, c'est elle qui, plus tard, l'a présentée à Beaumont.

— Oh ! Je vois.

— Madame, votre loyauté envers votre mari est fort louable, mais vous empêche de le voir sous son vrai jour. Il n'a pu, par exemple, vous épouser par amour.

— Je ne discuterai pas de ce sujet avec vous, Sir.

Gifford la regarda avec une certaine pitié.

— Pauvre et naïve jeune femme... Comment pouvez-vous, vous innocente provinciale, connaître un homme tel que Chillhurst ?

— Sottises. La naïveté n'est pas mon fort, riposta Olympia outrée. J'ai reçu une excellente éducation. J'ai beaucoup appris par moi-même et je me considère comme une Citoyenne du Monde !

— Alors, comprenez qu'il ne vous a épousée que pour connaître le secret contenu dans le journal Lightbourne.

— Laissez-moi rire. Mon mari ne s'intéresse pas à ça. Il n'a nul besoin de ce trésor, sa fortune personnelle est considérable.

— Sans doute, mais l'argent est la seule chose qui compte pour lui. Il n'en a jamais assez...

— Comment pouvez-vous le savoir ?

— J'ai passé un mois entier à ses côtés, dit Gifford en élevant la voix d'exaspération. J'ai beaucoup appris sur Chillhurst. Cet homme est froid comme un serpent, incapable d'éprouver le moindre sentiment. Seules les affaires l'intéressent.

— Mon mari n'est pas un serpent ! Je vous prierai de ne plus l'insulter et d'arrêter de répandre la rumeur qu'il m'a épousée pour connaître le secret Lightbourne.

— Et pour quelle autre raison vous aurait-il épousée ? Vous êtes sans fortune...

— Restons-en là, Mr. Seaton.
Gifford lui saisit les bras et la fixa avec gravité.
— Lady Chillhurst, dit-il avec une émotion non feinte. Ma chère Olympia, je comprends ce que vous ressentez. Laissez-moi vous aider.
— Otez vos mains de ma femme ! intima Jared d'une voix tranchante comme la lame acérée du Cerbère. Ou je vous tue sur-le-champ, Seaton !
— *Chillhurst !*
Gifford lâcha Olympia pour l'affronter.
— Jared ! Vous vous êtes enfin décidé à venir au bal, dit Olympia. Je suis si heureuse.
Jared l'ignora.
— Je vous avais recommandé de vous tenir éloigné, siffla-t-il entre ses dents.
— Sale bâtard ! lança Gifford avec dégoût. Ainsi, vous avez décidé de vous montrer enfin... Les gens jasaient. Avez-vous conscience d'avoir humilié votre pauvre épouse ?
— Idioties ! coupa Olympia.
Mais aucun des deux hommes ne prêtait attention à elle.
— Je m'occuperai de vous plus tard, Seaton, l'avertit Jared en s'emparant du bras d'Olympia.
— Je n'attends que cela ! se moqua Gifford. Trouvez-moi une place dans votre carnet de rendez-vous si surchargé, voulez-vous ? Après, il sera trop tard.
Olympia se rendit compte que Jared allait exploser.
— Mr. Seaton, par pitié, plus un mot, sinon je ne réponds plus de mon mari.
— Ne vous affolez pas, ma chère. Il n'y aura pas duel. Votre mari ne risque pas son honneur comme cela, n'est-ce pas, Chillhurst ?
— Mr. Seaton, vous ne savez plus ce que vous dites ! cria Olympia paniquée.
— Je pense qu'il sait parfaitement ce qu'il fait, laissa tomber Jared. Venez, ma chère, cette conversation m'ennuie.
— Bien sûr, dit Olympia en le suivant, rassurée.
— M'accorderez-vous cette danse, madame ? lui demanda-t-il ironique, une fois dans la salle de bal. J'en serais très honoré.

— Oh, Jared ! J'ai vraiment cru que vous vouliez vous battre en duel avec Seaton. Vous m'avez fait peur.
— Il n'y a pas de quoi, chérie.
— Je suis toujours aussi impressionnée par votre calme, votre sang-froid.
— Merci. Je fais de louables efforts, il est vrai.
— J'ai craint que vous ne preniez mal les sottises que Mr. Seaton a proférées !
— Puis-je vous demander ce que vous faisiez dans les jardins avec lui ?
— Mon Dieu ! J'avais presque oublié, s'écria Olympia tout excitée. Nous voulions avoir une conversation privée...
— Folle que vous êtes ! marmonna Jared en pénétrant dans la foule. Tout le monde ici en faisait des gorges chaudes, quand je suis arrivé.
— Oh ! mon Dieu...
— Peut-être auriez-vous la bonté de m'éclairer maintenant ? ironisa Jared.
— Volontiers, bredouilla Olympia. Jared, vous n'allez pas croire ce que je viens d'apprendre... Gifford Seaton et sa sœur sont les descendants de capitaine Yorke. Ils ont l'autre moitié de la carte...
— Par Dieu ! s'exclama Jared abasourdi. En êtes-vous certaine ?
— Absolument, dit Olympia très fière. Je commençai à le soupçonner après qu'il m'eut raconté l'histoire de sa famille et avoué son intérêt pour les Indes occidentales. Et puis, j'ai vu sa montre avec cet étrange dessin...
— Quel dessin ?
— Un serpent de mer ! clama Olympia triomphante. Le même que celui qui était gravé dans le journal Lightbourne.
— L'emblème du vaisseau de Yorke ?
— Précisément. Ce soir, j'ai pressé Gifford de questions et il a avoué qu'il était bien son arrière-petit-fils.
— Damnation !
— Lui et sa sœur descendent de la fille de Yorke, ce qui explique qu'ils ne portent pas le même nom.
Jared paraissait pensif.
— Ainsi, quelqu'un cherchait bien à s'emparer du journal Lightbourne...

— Oui, admit Olympia. Je dois aussi vous apprendre que votre rencontre avec Demetria avait été arrangée... Ils voulaient essayer de s'emparer de l'autre moitié du plan.

— Elle a dû persuader Hartwell... laissa tomber Jared avec un dégoût non dissimulé.

— Je suis sûre qu'Hartwell ignorait ses véritables intentions, protesta Olympia.

— Nous n'en saurons jamais rien.

— Le passé est le passé, milord.

Jared la contempla des pieds à la tête.

— Je regrette infiniment de ne pas avoir pu vous escorter à ce bal, ma chère.

Olympia s'épanouit sous l'admiration qu'elle pouvait lire dans son regard.

— Cela n'a pas d'importance, Jared. Graves m'a dit que vous aviez reçu un message urgent.

— Oui. Hartwell était bien encore à Londres.

Olympia reçut un choc.

— Vous avez essayé de le trouver ? Ce soir ?

— Oui, je suis allé chez lui, mais il n'était pas là.

— Merci, mon Dieu, soupira Olympia. J'espère que cet homme restera éloigné d'Angleterre à jamais.

— Moi aussi, dit Jared en lui prenant la main. Me ferez-vous l'honneur de danser avec moi, ma chère ?

— J'aimerais. Mais je ne sais pas.

— Je vous conduirai.

— Vous ?

— J'ai appris, il y a trois ans. Je n'ai guère pratiqué depuis, mais cela ne doit pas s'oublier.

— Oh ! J'espère que je me montrerai à la hauteur. Cela paraît assez excitant.

Jared la conduisit sur la piste de danse, à travers une foule curieuse.

— Jared, s'il vous plaît, je détesterais vous embarrasser.

— Vous ne m'embarrassez jamais, Olympia, répondit-il en plaçant sa main sur sa hanche. Suivez mes instructions, ne suis-je pas précepteur, après tout ?

— Il est vrai, admit Olympia souriante. Et fort talentueux.

Les premières mesures d'une valse éclatèrent dans la salle de bal.

Le message de Demetria fut transmis à Olympia le matin suivant, alors qu'elle se préparait à reprendre ses recherches.

« Madame,
« Je dois vous parler sur-le-champ d'un fait d'importance. Ne parlez de cette note à personne, je vous en prie, et, surtout, n'informez pas votre mari de notre rencontre. C'est une question de vie ou de mort...
Votre,
Lady B. »

Un frisson glacé parcourut Olympia. Elle sauta sur ses pieds et se rua vers la porte.

19

— Êtes-vous certaine de ce que vous avancez ? demanda Olympia.

Elle était assise, très droite, sur le canapé de soie bleu et or, encore choquée par ce qu'elle venait d'apprendre. Choquée, mais pas surprise outre mesure.

— J'ai plusieurs sources d'information, je les ai toutes vérifiées et revérifiées, répondit Demetria les yeux pleins de colère et d'effroi. Il n'y a aucun doute, Chillhurst a provoqué mon frère en duel.

— Mon Dieu ! soupira Olympia. Je le craignais...

— Vous, vous n'avez aucune raison d'avoir peur ! s'exclama Demetria en quittant son poste d'observation près de la fenêtre. Je suis la seule à devoir craindre quelque chose. Votre mari a juré de tuer Gifford !

— Demetria, calmez-vous, conseilla Constance en se servant une tasse de thé dans laquelle elle mit du sucre comme si elle était chez elle. Il ne sert à rien de céder à la panique.

— Vous avez beau jeu de dire cela, ce n'est pas votre frère...

— Je sais, coupa Constance en jetant un regard appuyé à Olympia. Mais rien n'est perdu, tant que lady Chillhurst se sent concernée. Elle nous aidera.

— Si ce que vous dites est vrai, nous devons trouver un moyen d'arrêter ce duel, admit Olympia qui essayait de rassembler ses idées.

— Mais comment ? s'écria Demetria en marchant de long en large ! Je n'ai pu apprendre le jour et l'heure de la rencontre !

— Sans doute y arriverai-je mieux que vous, déclara Olympia en se levant vivement.

Jared allait risquer sa vie dans un duel. *Et par sa faute.*

— Vous ? Mieux que moi ? s'étonna Demetria.

— Ce ne sera guère difficile, mon mari est un homme d'habitudes, dit Olympia doucement.

— Ah oui ! A n'en pas douter, persifla Demetria. Réglé comme ces jouets mécaniques du Winslow Museum.

— C'est inexact, répliqua sèchement Olympia. Il croit seulement à la vertu des horaires respectés. Et s'il a pris date pour un duel, il devrait être noté sur son agenda.

— Par Dieu ! s'exclama Constance les yeux arrondis de stupeur. Elle a raison.

Demetria jeta un coup d'œil à Olympia.

— Trouverez-vous un moyen d'accéder à son carnet ?

— Très facilement. Le seul problème est de trouver un moyen d'arrêter l'affaire.

— Et si nous prévenions les autorités ? suggéra Constance. Les duels sont interdits. Évidemment, Gifford et Chillhurst seraient arrêtés et cela causerait un véritable scandale.

— Oh oui ! approuva Demetria. Beaumont serait furieux et couperait les vivres à Gifford, c'est certain.

— Et Chillhurst ne me remercierait pas de l'avoir dénoncé, c'est sûr, poursuivit Olympia. Nous devons trouver autre chose. Avez-vous essayé de dissuader Gifford ?

— C'est la première chose que j'ai faite, dit Demetria furieuse, dans une envolée de jupons bleus et blancs. Il a nié avoir un duel, et a refusé de m'écouter lorsque je l'ai prévenu que Chillhurst lui logerait une balle en plein cœur !

— Mon mari ne peut délibérément tuer votre frère,

répliqua sèchement Olympia. Il se défendra seulement. Et j'ai peur que ce ne soit votre frère qui le tue.

— Il n'est pas de taille, persifla Demetria. Les duels sont remportés par des hommes de sang-froid, tels que Chillhurst.

— Ce n'est pas toujours vrai.

— Oh que si ! protesta Demetria en faisant volte-face. Et Gifford ne veut pas l'admettre, tout à sa joie de se battre pour venger mon honneur.

Olympia soupira.

— Votre frère est par trop émotif. Comme tous ceux d'ailleurs impliqués dans cette affaire...

— De surcroît, il pense vous rendre service en vous débarrassant de votre mari, madame !

— Gifford perd la tête ! Est-ce un trait de famille ?

Demetria la foudroya du regard.

— Gifford m'a dit que vous étiez au courant de notre parenté avec Yorke.

— Exact.

Constance leva l'arc de ses sourcils soigneusement épilés.

— Très intelligent à vous, lady Chillhurst, d'avoir résolu ce mystère !

— Merci. Mais pour retourner à ce qui nous préoccupe, je dois trouver la date de la rencontre, puis je dois imaginer un moyen de tenir Chillhurst éloigné.

— Ils trouveront toujours un moment pour que ce duel ait lieu, réfléchit Constance.

— La colère sera passée. Nous pourrons essayer de les calmer. C'est un avantage, non ?

— Cela ne marchera pas, laissa tomber Demetria désespérée. Gifford est persuadé que Chillhurst est un couard alors qu'il n'en est rien...

— Je m'en doutais... murmura Olympia.

Les deux amies se regardèrent.

— Vraiment ? demanda doucement Demetria.

— Certes, fit Olympia en fixant sa tasse de thé toujours pleine. Il est évident que Chillhurst a refusé de se battre avec votre frère dans le but de vous protéger...

— Me protéger, moi ? dit Demetria de plus en plus surprise.

Constance lança un coup d'œil emprunt d'ironie à Olympia, tout en portant ses lèvres à sa tasse.

— Êtes-vous certaine de ce que vous avancez, lady Chillhurst ?

— Absolument. Il connaissait l'amour que vous portiez à votre frère et il ne voulait pas vous causer de peine.

— Bah ! Il ne se souciait nullement de moi, marmonna Demetria. Chillhurst avait mené ce mariage comme il menait ses affaires.

— Je réfute cette idée, répondit Olympia, car j'ai beaucoup pensé à votre histoire et j'en suis arrivée à certaines conclusions.

Demetria refit volte-face, exaspérée.

— Laissez-moi vous dire, madame, que si Chillhurst n'a pas accepté de se battre avec Gifford, il y a trois ans, c'est parce que la vérité ainsi révélée aurait provoqué un scandale tel qu'il en aurait été éclaboussé !

— Vous faites référence à cette rumeur qui court sur un éventuel amant ? s'enquit Olympia.

Un ange passa.

Puis Constance reposa sa tasse de thé.

— Je vois que vous avez entendu parler de ce vieux conte à dormir debout.

— En effet. Et c'était vrai, n'est-ce pas ?

— Oui, admit enfin Demetria. Mais j'ai préféré raconter que c'était mon absence de fortune qui avait provoqué la rupture. Et personne n'a démenti.

— Il y allait de l'intérêt de tous, murmura Constance. L'exacte vérité aurait causé de grands préjudices...

Demetria lança à son amie un regard incendiaire.

— Si Gifford a traité Chillhurst de couard, c'est aussi parce qu'il n'a pas poursuivi mon amant.

— Évidemment, il pouvait difficilement le faire, n'est-ce pas ? dit Olympia doucement. Un gentilhomme, digne de ce nom, ne provoque pas une femme en duel, au petit matin...

Les deux amies en restèrent coites. Constance, la première, retrouva l'usage de la parole.

— Ainsi, vous savez... murmura-t-elle et ses yeux se mirent à pétiller de malice. Le tenez-vous de Chillhurst ?

cela me surprend... Vous devez comprendre qu'il est déjà assez dur pour un homme de découvrir un rival dans le lit de sa promise, alors, *a fortiori*, une femme !

— Non, Chillhurst ne m'a rien dit. C'est un gentilhomme. Il ne bavarderait jamais sur une femme avec qui il a été fiancé.

— Alors, comment avez-vous deviné ? demanda Constance les sourcils froncés.

— Ce n'était guère difficile, expliqua Olympia avec un petit haussement d'épaules. Je savais que vous étiez aussi à l'île de Flame, il y a trois ans. Il était aussi évident que votre amitié paraissait profonde, un peu comme celle de mes tantes... J'ai réuni ces deux faits, voilà tout.

— *Vos tantes ?* s'exclama Demetria, atterrée.

— Tante Sophie était la seule à avoir un lien de parenté avec moi, précisa Olympia. Sa compagne s'appelait Ida et je l'ai toujours appelée tante Ida.

— Vous les connaissiez bien ? s'enquit Constance intéressée.

— Très bien. Elles m'ont élevée lorsque j'ai été laissée sur leur perron, à l'âge de dix ans. Elles m'ont donné un foyer, de l'affection.

— Je vois, commenta Constance. Sa seigneurie n'a rien de la petite oie blanche que vous imaginiez, ma chère Demetria.

— Certes, admit cette dernière. Toutes mes excuses, madame. Vous me semblez être une Citoyenne du Monde, à part entière.

— C'est exactement ce que je ne cesse de répéter à Chillhurst, approuva Olympia.

Olympia tint la chandelle haute et lut dans le carnet de Jared ces quelques mots qui la glacèrent :
Jeu. Mat. Cinq heures. Chalk Farm.

Ainsi Chalk Farm était le lieu de la rencontre. Elle referma l'agenda, la mort dans l'âme, et souffla la bougie.

Jeudi matin, cinq heures.

Il lui restait une journée pour trouver un moyen d'empêcher Jared de s'y rendre. Il était évident qu'elle aurait besoin d'aide.

— Olympia, appela Jared en s'étirant alors que la jeune femme regagnait le lit. Quelque chose ne va pas ?
— Je buvais un peu d'eau.
— Mais vous êtes gelée, constata-t-il en la serrant contre lui.
— L'air est frais, ce soir, admit Olympia.
— Je connais un moyen de vous réchauffer...
Les lèvres de Jared furent sur celles de la jeune femme, chaudes, passionnées. Ses mains partirent à la reconnaissance de son corps et Olympia referma ses bras sur lui. Très fort, pour conjurer le sort.
Il l'appelait sa sirène mais elle saurait l'empêcher de se fracasser contre les rochers. Elle le sauverait.

— Vous désirez notre aide ? Pour sauver la vie de mon fils... bredouilla Magnus complètement atterré, en se tournant vers les autres qui arboraient la même expression.
— Oui, Sir, dit Olympia avec détermination. Vous devez tous m'aider. Mon plan ne peut fonctionner sans vous.
— C'est d'accord, tante Olympia, dit très vite Hugh.
— J'accepte, fit Ethan.
Robert se redressa sur son siège.
— Je dirai même plus, vous pouvez compter sur moi, tante Olympia.
— Excellent ! fit cette dernière.
— Attendez un instant ! protesta Thaddeus. Qui me dit que ce garçon a besoin d'aide ?
— Thaddeus a raison. Mon fils sait très bien se défendre tout seul, approuva Magnus, retrouvant sa fierté. C'est moi qui lui ai appris à se servir d'un pistolet. Laissez-le se débrouiller de cette affaire de duel, ma fille, il nous reviendra vainqueur.
— Ah que oui ! renchérit Thaddeus en se frottant l'estomac. Il a l'œil perçant, la main sûre. C'est un homme de sang-froid. Rien à craindre, ma chère.
Olympia devint furieuse.
— Vous ne semblez pas comprendre, Sir. Je refuse que mon mari risque sa vie pour sauver mon honneur !
— Mais l'honneur d'une femme est sacré, ma chère ! A l'âge de Jared, j'avais déjà eu deux ou trois duels...

— Je ne le permettrai pas ! cria Olympia, outrée par le peu d'intérêt que montrait Magnus.
— Cela m'étonnerait que vous puissiez l'arrêter, dit Magnus. Je dois avouer que ce garçon me surprend plutôt agréablement. Aurait-il hérité du sang des Flamecrest, après tout ?
— Il fait honneur à la famille, acquiesça Thaddeus. Vous pouvez être fier de lui, Magnus.
— Assez vous deux ! intima Olympia en sautant sur ses pieds. Et vous, Sir, dit-elle en désignant Magnus, vous n'avez jamais rien compris à votre fils. Et vous non plus, ajouta-t-elle pour Thaddeus. Vous n'avez apprécié que ses largesses.
— Mais dites donc ! protesta Thaddeus.
— Je ne veux plus entendre un mot au sujet de la fameuse flamme des Flamecrest. En vérité, Chillhurst vous vaut tous réunis ! Mais il a dû garder ses passions ensevelies à cause de ses responsabilités.
— De quoi parlez-vous ? demanda Magnus.
— Il a pris sur lui parce que tout reposait sur ses épaules, qu'il devait toujours vous venir en aide.
— Vous allez un peu loin... grommela Magnus.
— Vraiment ? Oseriez-vous dire le contraire ? Et cela depuis son plus jeune âge, milord.
— Enfin, si l'on veut. Je suis là pour les choses importantes, tout de même. N'est-ce pas, Thaddeus ?
— Absolument. Et j'étais là, aussi. Bien sûr, nous n'avons pas vraiment la tête aux affaires. Nous devons bien l'admettre, Magnus. Votre fils est bien le seul à avoir le sens de l'économie et des finances...
— Et vous êtes bien heureux, tous les deux, de profiter de son savoir-faire, n'est-ce pas ?
— Euh... bredouilla Magnus.
— Et vous êtes tous bien contents de dépenser l'argent qu'il gagne, même si vous faites la fine bouche !
— Le problème n'est pas là, grommela Magnus en se tortillant sur son siège. Ce qui nous désespère n'est pas son aptitude à faire fortune, mais son absence de caractère. Les Flamecrest sont réputés pour avoir le sang chaud.
— Jared est très différent de nous, Olympia, acquiesça

Thaddeus. Et maintenant qu'il commence à changer, nous n'allons pas le décourager.

— Il ne s'agit pas de le décourager, fulmina Olympia, mais de lui sauver la vie ! Et vous allez m'aider.

— Nous ? fit Magnus sceptique.

— Absolument, argua Olympia d'une voix glaciale, sinon je me verrai obligée de détruire le journal Lightbourne et le trésor sera perdu à jamais.

— Grand Dieu ! siffla Thaddeus.

Les deux hommes échangèrent un regard horrifié. Puis Magnus se retourna vers sa belle-fille avec un de ses sourires charmeurs aux lèvres.

— Ainsi présenté, nous ne pouvons que nous rendre, ma chère...

— Ravi de pouvoir vous être utile, renchérit Thaddeus avec chaleur.

— Que voulez-vous que nous fassions, tante Olympia ? demanda Robert.

Olympia se rassit avec lenteur et posa ses mains à plat sur le bureau.

— J'ai un plan qui devrait marcher. Chillhurst risque de ne pas apprécier, mais il finira bien par entendre raison...

— Sans aucun doute, se lamenta Magnus. Mon fils n'entend que ça... la raison. C'est son mot clé !

Jared leva la chandelle pour mieux voir l'incroyable fouillis du grenier.

— Que vouliez-vous me montrer, Olympia ?

— Un portrait, répondit Olympia en chemise de nuit qui se démenait avec une énorme malle. Il doit se trouver derrière ceci.

— Cela ne peut-il attendre demain matin ? Il est presque neuf heures du soir.

— Il faut absolument que je voie ce tableau, Jared, insista la jeune femme en tirant vainement sur une des poignées. Je pense qu'il s'agit du portrait de votre arrière-grand-père.

— Très bien, alors poussez-vous. Je vais le faire, proposa Jared en souriant à la vue des cheveux défaits de son épouse. Qu'est-ce qui vous fait croire qu'il s'agit de capitaine Jack ?

Olympia se redressa, le souffle court, en essuyant ses mains poussiéreuses sur sa chemise de nuit.

— J'ai vaguement aperçu un homme qui vous ressemblait, avec un bandeau et...

— Hum... Tenez la chandelle.

— Voilà. J'apprécie votre aide, dit-elle avec un sourire forcé qui étonna Jared.

— Vous allez bien, ma chère ?

— Très bien. Peut-être le tableau contiendra-t-il une des clés du mystère ?

— Ah oui ! Ce satané trésor... dit Jared en réussissant à passer de l'autre côté de la malle. Olympia, venez ici avec la chandelle.

— Je suis désolée, répondit cette dernière en s'éloignant. Mais je crains de ne pouvoir vous aider.

Jared repoussait une vieille chaise lorsqu'il entendit la lourde porte claquer bruyamment. La bougie s'éteignit.

Jared fut brusquement plongé dans l'obscurité la plus totale et il put entendre la clé tourner dans la serrure.

— Je sens que vous allez être en colère, cria Olympia de l'autre côté de la porte. Mais c'est pour votre bien.

Jared essaya de se diriger dans le noir, non sans se cogner.

— Ouvrez cette porte, Olympia !

— Je vous ouvrirai demain matin. Je vous en donne ma parole d'honneur, Sir.

— A quelle heure ?

— Vers six ou sept heures, j'imagine...

— Enfer et damnation ! je suppose que avez regardé dans mon carnet, madame...

— En effet, Jared. C'est ce qui m'a conduite à prendre ces mesures drastiques.

— Olympia, cela n'était pas nécessaire, je vous assure, cria Jared en butant contre un autre meuble. Zut !

— Tout va bien, Jared ?

— Je suis dans le noir, Olympia.

— Mais je vous ai laissé la chandelle.

— Elle s'est éteinte lorsque vous avez claqué la porte.

— Oh ! fit Olympia hésitante. Bien, il y a une réserve de bougies et un briquet à silex près de la porte. J'ai aussi pensé à vous laisser une légère collation sur un plateau dans le coin.
— Merci, dit Jared en frottant sa meurtrissure.
— Mrs. Bird vous a préparé une tourte au veau et à l'agneau, le pain est cuit de ce matin et il y a un morceau de fromage.
— Vous avez pensé à tout, très chère, répliqua Jared en se frayant un chemin vers la sortie.
— Je le crois. Il y a un pot de chambre sous l'une des chaises... Je dois avouer que cette idée vient de Robert.
— Quel garçon intelligent ! apprécia Jared qui avait enfin trouvé les bougies.
— Jared, une dernière chose. Le personnel a pris sa soirée, il est donc inutile d'appeler.
— Je n'avais pas l'intention d'appeler, marmonna Jared en essayant d'allumer une chandelle pour la troisième fois.
— Très bien, répondit Olympia, soulagée. Ah oui ! Votre père et votre oncle ont emmené les enfants au *Astley Theatre*. Ils rentreront tard et m'ont donné leur parole d'honneur de ne pas vous ouvrir.
— Je comprends, murmura Jared en inspectant les murs du grenier à la lueur vacillante de la bougie.
— J'espère que vous pourrez me pardonner un jour, même si pour l'instant vous êtes furieux. Mais vous devez comprendre que je ne vous laisserai pas risquer votre vie aux aurores.
— Allez vous coucher, Olympia. Nous discuterons de tout ceci demain.
— Vous êtes en colère... mais vous avez la nuit pour vous calmer et réfléchir à vos actions.
— Certes.
— Bonne nuit, Jared.
— Bonne nuit, ma chère.

Il entendit son pas décroître dans les escaliers. Il avait dix ans quand, pour la dernière fois, il s'était trouvé là.

Il ne serait pas facile de se souvenir du passage secret qui donnait dans l'escalier sans fin de la galerie. Peut-être en bougeant maintes et maintes caisses.

Le mur était si poussiéreux que les vieilles marques s'étaient effacées, mais il avait tout le temps.

Il sourit en pensant au mal que s'était donné Olympia pour le garder à l'abri. Pour le sauver.

Lui qui s'était toujours demandé si quelqu'un, un jour, le sauverait à son tour... Maintenant, il connaissait la réponse.

Au bout d'une heure, Jared parvint à ses fins. Lorsque ses doigts touchèrent la fine ligne du panneau, il jura doucement. Il sortit sa dague et l'introduisit dans l'interstice.

Le panneau glissa sur lui-même avec un grincement sourd et Jared, armé de la bougie, put descendre l'escalier du capitaine Harry.

Les comtes de Flamecrest étaient sans nul doute de flamboyants excentriques mais ils n'étaient point stupides. Ils ne faisaient jamais rien sans raison, même si ces raisons restaient obscures pour les autres... Comme cet escalier. Grand-père Harry avait prévu des sorties de secours pour chaque pièce.

Jared fronça les sourcils en voyant que les deux étages étaient plongés dans l'obscurité. Olympia devait travailler dans la bibliothèque en attendant le retour de ses neveux. Il pensa qu'il pourrait la surprendre et lui faire l'amour. Après tout, cet endroit leur avait été propice.

Le hall était sombre et un fin rai de lumière filtrait sous la porte de la bibliothèque. Jared sourit et fit un pas en avant.

Un corps gisait de tout son long sur le sol de marbre. Jared songea aussitôt à Olympia mais ce n'était que Graves. Il s'agenouilla et prit son pouls, ce dernier était régulier Graves ne s'était pas rompu le cou dans l'escalier, il avait été assommé.

Jared frissonna en pensant à ce qui l'attendait dans l'autre pièce. Il sortit sa dague et tourna lentement la poignée de la porte, en ayant eu soin d'éteindre avant sa bougie.

Olympia se tenait près de la fenêtre, les yeux agrandis d'effroi.

Félix Hartwell lui pointait une lame sur la gorge et tenait un pistolet de l'autre main.

— Bonsoir Félix, désolé que vous n'ayez pas eu le bon sens de quitter la ville, laissa tomber Jared.

— N'approchez pas, Chillhurst, ou je la tue.

Olympia fixait Jared, les yeux brillants.

— Il m'a dit avoir surveillé la maison en attendant une opportunité d'entrer. Je pense que mon plan la lui a donnée. Il croyait les lieux vides.

— Si vous m'aviez demandé mon avis, ma chère, je vous aurais fait remarquer une ou deux failles dans votre tactique, répondit Jared gentiment sans prêter plus attention à Félix.

— Suffit, Chillhurst, s'écria ce dernier. Je veux dix mille livres sterling tout de suite.

— Il est à bout, souffla Olympia. Je lui ai pourtant dit que nous ne gardions pas d'argent liquide ici.

— Absolument. Prenez quelques objets, si le cœur vous en dit, Félix.

— Ne vous moquez pas, Chillhurst! Je ne quitterai l'Angleterre que lorsque j'aurai payé mes débiteurs. Ils ont menacé de me tuer. Cette somme est le prix de ma liberté.

— Bien, alors prenez l'argenterie, proposa Jared. Évidemment, ce n'est guère facile à transporter...

— Vous devez avoir des bijoux, coupa Félix désespéré. Votre femme, du moins.

— Des bijoux? répéta Jared en s'avançant. J'en doute.

Olympia s'éclaircit la gorge.

— Il y a mes bouches d'oreilles, milord. Émeraudes et brillants, celles que je portais au bal Huntington.

— Ah oui! Les pendentifs... bien sûr.

— *Je le savais!* s'écria Félix. Où sont-ils, lady Chillhurst?

— Là-haut, dans une boîte sur ma coiffeuse.

— Parfait, fit Félix en la poussant en avant. Allez les chercher, madame. Vous avez cinq minutes, après je tue votre mari. Compris?

— Oh oui! riposta Olympia. Ne vous inquiétez pas, Sir, je serai aussi rapide que le vent.

— N'oubliez pas la chandelle, ma chère, dit Jared d'un ton curieux.

— Mon Dieu, bien sûr, la chandelle...

— Dépêchons! intima Félix.

— C'est ce que je fais! protesta Olympia qui surprit le

271

regard de son mari alors qu'elle tentait d'allumer la bougie à la flamme de la première.

Il lui souriait malicieusement.

Elle comprit et souffla. La pièce fut aussitôt plongée dans l'obscurité.

— Damnée femelle ! cria Félix.

Le coup partit avec une légère flamme. Ce fut suffisant pour Jared qui lança sa dague dans sa direction.

Il y eut un cri horrible.

— Jared ?

Des bruits de lutte couvrirent sa voix.

— Jared ? Tout va bien ? demanda-t-elle alors que la chandelle reprenait vie.

— Fort bien, ma chère. La prochaine fois, songez à mon éventuelle utilité avant de m'enfermer dans le grenier !

Par terre, Félix gémissait.

— Vous et votre satanée perspicacité !

— Mais vous n'êtes pas mal non plus, Félix.

— Je suis désolé.

— Moi aussi, répliqua Jared en s'agenouillant près du blessé. Vous vivrez, Félix.

— J'aurais préféré mourir, persifla Félix.

— Je paierai vos dettes, si vous me promettez de quitter le pays.

— Vraiment ? Je ne vous comprendrai jamais, Chillhurst.

— Je sais, admit Jared en fixant Olympia qui se rapprochait. Il n'y a qu'une personne sur cette terre capable de me comprendre.

Graves arrivait en titubant, une main sur le front, l'air abasourdi.

— Milord... Je crains d'arriver un peu tard...

— Tout va bien, Graves. Comment vous sentez-vous ?

— En vie. Merci, Sir.

Olympia se précipita vers lui, inquiète.

— Graves ! Vous avez été blessé.

— Rien d'important, madame. J'ai reçu pas mal de coups dans ma carrière, je n'ai pas peur de le dire. (Graves grimaça de douleur.) Mais n'en touchez mot à Mrs. Bird, s'il vous plaît. Je voudrais rester dans ses bonnes grâces.

— Comptez sur moi, le rassura Olympia.
Mais le sourire de Graves s'évanouit lorsqu'il vit Jared.
— Désolé de ce qui est arrivé, Sir. Madame m'avait renvoyé pour la soirée. Je suis revenu aussi vite que j'ai pu... mais trop tard. Il était déjà là, derrière moi. Je n'ai rien vu.
— Cela n'a pas d'importance, Graves. Nous avons survécu !
A l'entrée, on frappait des coups sourds.
— Vous devriez répondre, Graves.
— Je m'en charge, dit Olympia vivement. Graves n'est pas en état de reprendre son service ce soir.
Elle prit une chandelle et traversa le hall, Graves sur les talons qui protestait vaillamment.
Jared toucha la blessure de Félix.
— Saleté ! gémit ce dernier avant de s'évanouir.
— Demetria ? Constance ? s'exclama Olympia en ouvrant. Que faites-vous là ? Mr. Seaton ! S'il s'agit du duel, ce n'est pas le moment.
— Nous venons prévenir Chillhurst, répliqua sèchement Constance. Demetria a tout avoué à son frère. Gifford souhaite présenter ses excuses. N'est-ce pas, Gifford ?
— En effet, approuva Gifford. Dites à votre mari que je souhaiterais lui parler.
Jared passa la tête hors du salon.
— Je suis là, Seaton. Mais avant de me présenter vos excuses, pourriez-vous faire quérir un docteur ?
— Pourquoi ? s'enquit Gifford en risquant un œil et en découvrant Félix. Mon Dieu ! Qui est-ce ? Tout ce sang...
Olympia se mit sur la pointe des pieds pour regarder par-dessus son épaule.
— C'est Mr. Hartwell. Il a tenté de me dérober mes pendentifs d'émeraude et de tuer Jared avec ce pistolet.
— Mais lui, que lui est-il arrivé ? demanda Gifford fasciné.
— Chillhurst a lancé sa dague pour nous sauver, répondit-elle, très fière.
— Chillhurst l'a eu avec une dague ? répéta Gifford au bord de la nausée.
— Mon mari la porte toujours sur lui... et tout ça dans le

noir. C'est amusant, non ? Je venais juste de souffler la chandelle...

Jared arracha la dague et garrotta vivement le blessé. Gifford, à ce spectacle, émit un drôle de son.

— Mon Dieu... Je n'avais jamais vu...

— Ce n'est rien à côté d'une blessure par balle, répliqua vivement Jared. C'est pour cela que je vous avais conseillé d'avoir un docteur avec vous sur le lieu de la rencontre.

— Vous êtes un véritable pirate, n'est-ce pas ? bredouilla Gifford qui devenait gris.

Il tomba sur le sol, évanoui.

20

— Je dois dire que votre évasion du grenier m'a vraiment impressionnée.

— Heureux de savoir que je vous impressionne toujours, murmura Jared en lui caressant les cheveux.

Il était presque trois heures du matin. La demeure avait retrouvé son calme, ses occupants étaient couchés. Olympia, quant à elle, était trop excitée pour trouver le sommeil, malgré son immense fatigue.

— Vos dons multiples m'ont toujours impressionnée, Sir, répondit-elle en lui couvrant l'épaule de petits baisers. Et je suis surtout si contente que vous m'ayez pardonné...

— Ma charmante sirène, souffla Jared. Comment pourrais-je vous en vouloir ? Lorsque vous avez tourné la clé, j'ai su combien vous m'aimiez.

— Quel drôle de raisonnement !

— Personne n'avait jamais essayé de me sauver la vie. Donc, j'en déduis que vous m'aimez... Ai-je tort ?

— Mais Jared, je vous ai aimé depuis le jour où vous m'avez sortie des griffes de Draycott.

— Pourquoi ne me l'avoir jamais dit, sirène ?

— Parce que je ne voulais pas que vous vous sentiez

obligé de m'aimer en retour, je ne voulais pas vous presser. Ce fut dur, car il n'y avait rien d'autre au monde que je désirais plus que votre amour !

— Mais vous l'aviez... depuis la minute où je vous ai vue, murmura Jared en l'embrassant. Même si je n'en ai pas pris conscience tout de suite, emporté par la passion.

— Ah oui ! La passion... Olympia sourit.

— Absolument, répondit Jared en lui plantant un baiser sur le bout de son nez. Et l'amour aussi. Olympia, je n'avais jamais ressenti une telle chose.

— J'en suis heureuse, Sir.

— Dire que je vous ai rencontrée pour tenter de trouver un trésor... Mais j'ai vite compris que vous étiez le seul trésor que je voulais.

Olympia l'attira à elle.

— Milord, racontez-moi d'autres contes...

Mais Jared l'étreignait déjà avec force, plein de désir. Bientôt plus rien n'exista pour eux que leur passion déchaînée.

— Chante pour moi, ma sirène.

— Oui, et seulement pour toi, murmura Olympia.

— Je ne voulais pas tuer Seaton, vous savez, avoua Jared un long moment après.

— Bien sûr, pas intentionnellement. Mais un accident est si vite arrivé. Et vous auriez pu être tué !

— Je ne crois pas, répondit Jared en réprimant un sourire dans l'obscurité de leur chambre. Il était juste temps de donner une bonne leçon à Seaton.

— Que comptiez-vous faire ?

— Seaton était tellement persuadé de ma couardise qu'il aurait déjà été étonné de me voir arriver à Chalk Farm. Alors, je l'aurais laissé tirer le premier... C'était son premier duel, sa main n'aurait pas été sûre. Puis, après une minute ou deux, j'aurais répliqué en tirant un coup en l'air.

— L'honneur aurait été sauf et Gifford aurait pris sa leçon, approuva doucement Olympia.

— Certes. Il n'y avait donc pas besoin de m'enfermer dans le grenier, ironisa Jared en la serrant sur son cœur. Mais je suis heureux que vous l'ayez fait.

— A l'avenir, Mr. Chillhurst, vous êtes prié de me tenir au courant de vos plans !

Jared éclata de rire.

Deux jours plus tard, la bibliothèque retentissait de vives discussions. Tout le monde était présent, à part Jared qui recevait son nouvel homme d'affaires dans la pièce d'à côté. Et tous parlaient en même temps.

Dans un coin de la pièce, Magnus et Thaddeus s'esclaffaient sur la moitié de la carte de Gifford, et ce dernier leur posait maintes questions sur la leur.

Robert, Hugh et Ethan couraient de cartes en mappemondes, hurlant qu'ils seraient à même de creuser n'importe où.

Minotaure aboyait, remuait la queue et sautait à cœur joie sur ses jeunes maîtres.

A l'autre bout, Demetria expliquait à Olympia comment elle avait pris conscience qu'il lui fallait enfin avouer toute la vérité à son frère.

— J'avais passé ma vie à le protéger depuis la mort de mère. Je ne pouvais supporter l'idée qu'il se fasse tuer à cause de moi.

— Je comprends, répondit Olympia. Il a de la chance de vous avoir pour sœur.

— Chillhurst avait raison de dire qu'elle le maternait trop, approuva Constance.

— En fait, cette rage qui l'habitait donnait un sens à sa vie, l'empêchait de sombrer dans l'enfer du jeu... Et puis, nous n'avions jamais osé espérer retrouver l'autre moitié du plan. Aussi, l'ai-je suivi dans sa folie, il y a trois ans... Et lorsque Chillhurst m'a demandée en mariage, j'ai cru que ce serait une bonne solution.

— Elle pensait que cela résoudrait ses problèmes financiers, expliqua Constance.

— Je croyais que Chillhurst me laisserait mener ma vie avec Constance, il ne paraissait guère passionné.

— Moi, j'avais compris que ce mariage n'irait jamais, précisa Constance. Chillhurst n'était pas mondain, il détestait Londres et j'aurais été séparée de mon amie pendant de longs mois...

— Un après-midi, il nous a trouvées ensemble, coupa Demetria.

Olympia sentit brusquement la présence de Jared derrière elle. Elle en conçut un grand bonheur, comme à chaque fois. Il se tenait dans l'embrasure de la porte, tel un pirate de légende.

— Bonjour à tous, dit-il, et l'assistance se tut comme par miracle.

Alors Jared regagna son bureau. Il ouvrit son carnet de rendez-vous et le regarda. La tension qui régnait dans la pièce était insoutenable.

— Alors, mon fils ? demanda Magnus vivement.

— J'ai pris une décision qui, je crois, respecte l'intérêt de tous ici présents, laissa-t-il enfin tomber en tournant une page. Un vaisseau de la compagnie Flamecrest sera prêt à appareiller pour les Antilles dans une quinzaine.

— Bravo ! clama Thaddeus.

— Le capitaine Richards en sera le commandant. Vous êtes tous invités à monter à bord.

— Et comment ! s'écria Magnus.

— Je ne raterais cela pour tout l'or du monde, dit Thaddeus. L'appel du large... N'est-ce pas, Magnus ?

Gifford hocha la tête. Il n'y avait plus l'ombre d'un ressentiment dans son regard.

— Merci, Chillhurst. C'est très gentil à vous.

— Je vous en prie, ironisa Jared. Je suis si content de pouvoir me débarrasser de vous tous. Ma vie va enfin reprendre son cours normal !

— Vous ne partez pas ? s'écria Robert.

— Non. J'entends bien rester ici, conduire mes affaires, respecter mes devoirs d'époux et de précepteur.

Les garçons échangèrent une grimace.

— Bien, reprit Jared en refermant son carnet. C'est tout pour ce matin. Mon nouvel homme d'affaires vous fournira plus amples détails.

Magnus, Thaddeus et Gifford se précipitèrent vers la sortie. Demetria regarda alors Jared.

— Merci, Chillhurst.

— Je vous en prie. Je vous demanderai de m'excuser, mais j'ai quelques rendez-vous ce matin.

— Bien sûr, répondit Demetria en se levant. Je ne voudrais pas interférer dans votre journée de travail, milord.

— Il ne saurait en être question, ironisa Constance en s'inclinant gracieusement devant Olympia. Bonne journée, madame.

— Bonne journée, répondit Olympia.

Elle attendit que les deux femmes soient parties pour faire un signe à Robert, qui rougit.

— Sir, un instant encore. Mes frères et moi-même avons un cadeau pour vous.

— Un cadeau ? s'étonna Jared.

Robert sortit une petite boîte de sa poche et la tendit à Jared.

— Elle n'est pas aussi belle que celle que vous aviez, Sir, mais j'espère qu'elle vous plaira.

— Il y a quelque chose de gravé, dit Hugh vivement.

— Tais-toi, espèce d'idiot ! s'exclama Ethan. Il n'a pas encore ouvert la boîte.

Jared s'exécuta et contempla longuement l'objet. Un silence de plomb était tombé sur la pièce. Enfin, il se saisit de la montre et lut « Au plus parfait des précepteurs ». Il leva les yeux, très ému, et dit :

— Tu as tort, Robert, celle-ci est bien plus belle que la mienne. Je vous remercie, tous trois, du fond du cœur.

— Elle vous plaît vraiment ? demanda Ethan, anxieux.

— C'est le plus beau cadeau que j'aie jamais reçu depuis mes dix-sept ans.

Les garçons échangèrent des grimaces de joie et Olympia faillit éclater en sanglots. Quant à Jared, il mit sa montre dans sa poche et fixa les enfants.

— Parfait. Il est temps de passer à autre chose.

— J'espère que ce n'est pas un cours de latin, s'enquit Robert, soucieux.

— Non, le rassura Jared amusé. C'est un cours de cuisine avec Mrs. Bird... Elle vous a préparé des gâteaux.

— Quelle bonne idée ! s'exclama Robert.

Hugh émit un petit rire et s'inclina.

— Je dois avouer que j'ai plutôt faim. J'espère qu'il y en aura au gingembre.

— Ou des petits pains aux raisins, répliqua Ethan en s'inclinant.

— Je préférerais un clafoutis aux prunes, dit Robert en suivant ses frères.

Jared regarda Olympia.

— Je commençais à croire que nous ne serions jamais seuls !

— Ce fut une matinée mouvementée, admit Olympia. Êtes-vous sûr de ne pas vouloir partir à la recherche du trésor ?

— Certain, madame, répliqua Jared en posant son frac sur le dos de la chaise. J'ai mieux à faire que de courir après un trésor dont je n'ai nul besoin.

— Ah oui ? Faire quoi, milord ? s'inquiéta Olympia en le voyant fermer à clé la porte de la bibliothèque.

Il marcha vers elle, les yeux brillants de désir contenu.

— Vous faire l'amour, par exemple.

Il la prit dans ses bras et la porta sur le canapé.

Olympia l'observait, mutine, les yeux mi-clos.

— Mais, Mr. Chillhurst, et vos rendez-vous ? Votre emploi du temps risque d'en être perturbé...

— Foin de mes rendez-vous, madame ! Un homme de ma sorte ne peut être esclave de son emploi du temps.

Olympia partit d'un doux rire.

*Achevé d'imprimer en octobre 1994
sur presse CAMERON,
dans les ateliers de la S.E.P.C.
à Saint-Amand-Montrond (Cher)*

— N° d'édit. 6287. — N° d'imp. 2490. —
Dépôt légal : septembre 1994.
Imprimé en France